Excalibur

Herausgegeben von
Melissa Andersson
und
Gerd Rottenecker

Jane Welchs *Runenzauber-Saga* im Droemer-Knaur Verlag:

1. Die Drachenfestung (Band 70133)
2. Das Auge des Druiden (Band 70134)
3. Die Nebel von Farona (Band 70135)

Weitere Bände in Vorbereitung.

Jane Welch

RUNENZAUBER
II

Das Auge des Druiden

Ins Deutsche übertragen von
Jörn Ingwersen

Knaur

Die englische Originalausgabe erschien 1995 unter dem Titel
»The Runes of War, Chapters 15–28« bei HarperCollins, London

Deutsche Erstveröffentlichung 2/99

Umschlagkonzept: Melissa Andersson
Umschlaggestaltung: Agentur Zero, München
Umschlagillustration: Don Maitz, »Merlin's Harp«
Agentur Thomas Schlück, Garbsen
Karte: Dieter Jüdt
Lektorat: Ralf Reiter
Satz: Ventura Publisher im Verlag
Druck und Bindung: Clausen & Bosse, Leck
Printed in Germany
ISBN 3-426-70134-0

2 4 5 3

Für Richard.
Sein Zauber erfüllt mein Leben ebenso,
wie er dessen Verlauf geprägt hat.

KARTEN

NAHENDE EISDECKE
DIE NOMADENSTEPPE
DAS HORN VON VAAL-PEOR
SOMMER FLÜSSE
DRACHEN WÜSTE
LANDES-GRENZEN
GRENZEN DER BARONIEN
STRASSEN, WEGE UND PÄSSE
BARONIE VON TORRA ALTA
KEILER WALD
TORRA ALTA
BARONIE VON JOTUNN
GUT JOTUNN
SILBERFLUSS
BARONIE VON NATTARDA
BARONIE VON OVISSIA
HIRSCH WALD
WIGLAFS LANDSITZ
BLENHAM
FARONA
GRANHAM
DER DORS
BELBIDIA
BARONIE VON FARONSHIRE
BARONIE VON PISCERA
BARONIE VON QUERTOS
ISTHMUS
BARONIE VON CALDEA
ILDROS
TARTRA
NEBELKÜSTE
HESPERA
DER HAKEN
DIE FERNE INSEL
DER KAMM VON OPHIDIA
OPHIDIA
TOTE GÖTTER

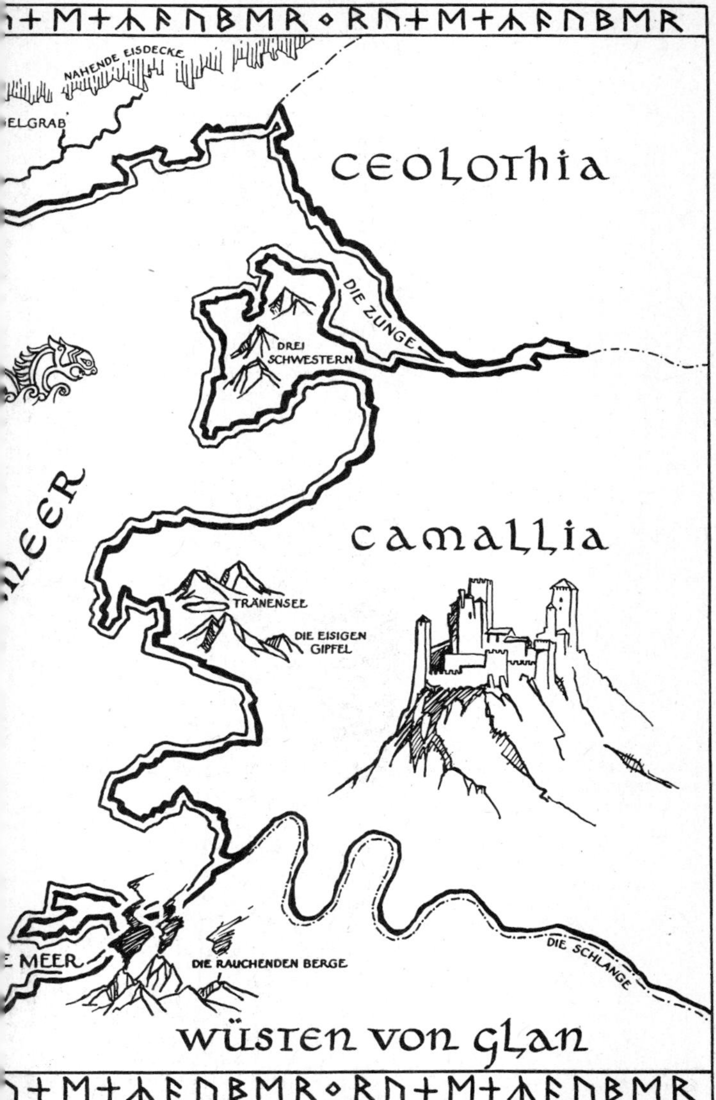
NAHENDE EISDECKE
ELGRAB
CEOLOTHIA
DIE ZUNGE
DREI SCHWESTERN
MEER
CAMALLIA
TRÄNENSEE
DIE EISIGEN GIPFEL
MEER
DIE RAUCHENDEN BERGE
DIE SCHLANGE
WÜSTEN VON GLAN

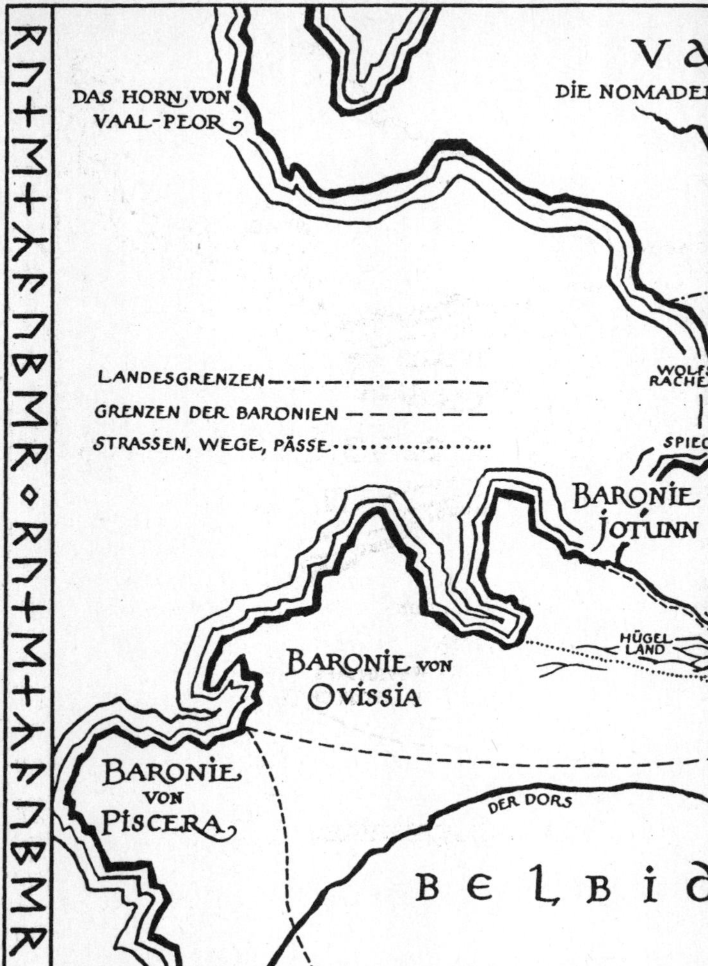
DAS HORN VON VAAL-PEOR
LANDESGRENZEN
GRENZEN DER BARONIEN
STRASSEN, WEGE, PÄSSE
BARONIE JOTUNN
HÜGEL LAND
BARONIE VON OVISSIA
BARONIE VON PISCERA
DER DORS

SOMMERFLÜSSE
KEILER WALD
DER PASS
TORRA ALTA
BARONIE VON TORRA ALTA
CABALLISCHES MEER
HIRSCH WALD
BARONIE VON NATTARDA
WIGLAFS LANDSITZ
GROSSE NORD-
BLENHAM
FARONA
BARONIE VON FARONSHIRE
SÜD-STRASSE

KAPITEL 1

Der weite Wald schützte die Reisenden vor den neugierigen Blicken vaalakischer Spähtrupps, doch Hals Selbstvertrauen war bei der Aussicht auf ein Zusammentreffen mit dem Feind unverzagt.

»Ein Hieb ... wusch!« zischte er, »und der dreckige, blonde Schädel rollt zu Boden. Ein schneller Stoß – zack! – und das Schwert durchbohrt den Panzer, als wäre er aus Pergament. Die Augen des Vaalakers treten hervor, wenn die Spitze ihm ins Herz sticht. Um den großen, belbidianischen Krieger liegt ein ganzer Schwung von Feinden in Stücken, während er selbst noch keinen Kratzer abbekommen hat.«

Brid ritt neben Caspar, und obwohl sie über den forschen Jungen lachte, als dieser das schimmernde Schwert schwenkte, mißbilligte sie es auch. »Ich hoffe doch, er hält das alles nicht nur für ein Spiel.«

»Hal hält das ganze Leben für ein Spiel.« Wie hatte Hal nur so selbstbewußt und beiläufig mit ihr plaudern können? Sobald ich Gelegenheit bekomme, allein mit der Jungfrau zu sprechen, benehme ich mich wie ein Esel.

Morrigwen führte sie stetig nordwärts, suchte sich ihren Weg durch die schmalen Pfade im Unterholz, die Hirsche und Keiler geschaffen hatten, um sich von Wegen fernzuhalten, die deutlich von Menschenhand erschaffen waren. Immer wieder kam sie abrupt zum Stehen, lauschte aufmerksam, dann brachte sie ihren gelben Hengst wieder in Trab. »Sie sind uns zwei Tage voraus und werden den Wald durchkämmen«, murmelte sie.

»Sicher wollten sie sich das Auge so schnell nicht entreißen lassen.«

»Aber ihr Schamane war kein Mann von großer Zauberkraft«, erklärte Brid. »Ich bezweifle, daß er die Spur so einfach wird verfolgen können.«

»Denk nach, Kind«, herrschte die Greisin sie an. »Derart schlichte Urteile kannst du dir nicht erlauben. Vielleicht haben sie noch einen anderen Schamanen. Vielleicht war der eine eher ein Krieger, und sie haben wichtigere Hexenmeister in ihren Reihen.«

»Ich habe niemanden mit Macht gesehen«, knurrte Brid.

»Niemals, *niemals* darfst du die Stärke des Feindes unterschätzen, Bridget. Ich werde nicht ewig leben, und die ganze Bürde des Glaubens wirst du tragen müssen. Du mußt dafür bereit sein.«

Brid nickte und richtete sich auf, als wollte sie die Verantwortung auf ihre Schultern laden, doch dann ließ sie sich ein paar Schritte hinter die scharfe Zunge der Greisin zurückfallen.

»Glaubt sie also, daß der Feind schon in der Nähe ist?« fragte Caspar.

Brid zuckte mit den Achseln. »Sie hat recht: Während wir in der Hütte waren, hatten sie reichlich Zeit, an uns vorbeizuziehen. Sie könnten ohne weiteres ihre Männer in der Hoffnung verteilt haben, daß einer von ihnen über uns stolpert. Also müssen wir wachsam sein. Aber«, und sie lächelte zuversichtlich, »sie werden nicht erwarten, daß wir nach Norden zur Drachenwüste ziehen ... niemand, der bei Sinnen ist, würde das jemals tun. Also werden sie natürlich glauben, daß wir südwärts ziehen.«

»Brid!« fuhr Morrigwen sie wieder an. »Meine Ohren sind nicht so alt, daß ich dich nicht reden hören könnte. Eben erst habe ich dir gesagt, du darfst sie nicht unterschätzen. Es könnte sein, daß sie mehr wissen als du und ahnen, was wir vorhaben.«

Brid biß auf ihre Unterlippe, und das gesunde Leuchten auf ihren Wangen verblaßte sichtlich. »Morrigwen, du hast recht«, gab sie zu. »Ich habe wie ein Kind gedacht.« Sie begann, den Widerrist ihrer gelben Stute zu untersuchen und ignorierte angestrengt Hals Kommentare, als dieser mit dem Schwert einen Buchenschößling hackte.

»Du mußt dir keine Sorgen machen, schöne Jungfer: Ich habe das Schwert. Kein noch so hundsgemeiner Vaalaker wird uns jetzt noch drohen können.«

»Schlag nicht auf die Bäume ein«, tadelte sie böse. »Du bist so hochmütig.«

»Natürlich«, grinste Hal selbstgefällig. »Schließlich habe ich auch allen Grund dazu.«

Es folgte ein Augenblick betretenen Schweigens. Brid wandte ihr bronzenes, seidenes Antlitz Caspar zu und achtete nicht auf Hal. Wütend über diese Abfuhr drängte der Junge mit dem rabenschwarzen Haar voran. Brid öffnete den Mund, als wollte sie etwas sagen, doch sie machte sich bald wieder daran, den falben Widerrist der Stute zu betrachten.

Caspar nutzte die Gelegenheit und fragte: »Und was wolltest du eben sagen?«

»Nichts«, antwortete sie schnell und wiederholte dann noch einmal zögerlich: »Nichts, aber ich bin froh, Spar, daß du anders bist.«

»Anders als was?«

»Anders als der Rest, als Hal. Du bist nicht taktlos oder arrogant, und du bedrängst mich nicht wie andere Jungen. Du stellst keine Forderungen.«

»Vielleicht doch!« erwiderte er hochnäsig, da er nicht zu jung und unreif wirken wollte, oder vielleicht zu unmännlich, um sich ihr nähern zu können.

»Ach, sei nicht albern, Spar. So bist du überhaupt nicht.«

Das brachte ihn ganz aus der Fassung. Als er Brid ansah,

fühlte er sich stark und tüchtig wie ein edler Ritter. Er stellte sich vor, wie er sie mit seinem Schwert vor wilden Gefahren beschützte. Der Umstand, daß er kein Schwert besaß, konnte seine Phantasie nicht zügeln. Aber wenn sie mit ihm sprach, gab sie ihm das Gefühl, zu jung zu sein. Nun, wenigstens stritt sie nicht ständig mit ihm wie mit Hal. Das war doch sicher ein vielversprechendes Zeichen, oder? Er hustete und hob seine krumme Nase mit den Sommersprossen, versuchte an etwas zu denken, was seine Würde wiederherstellte. »Ich könnte es tun, aber die Gesetze der Ritterlichkeit verbieten solches Verhalten.« Er verneigte sich auf eine Art und Weise, wie es sich für einen Edelmann geziemte, und fügte einen Schwung aus dem Handgelenk hinzu, weil er sich vorstellte, daß sich die heldenhaften Ritter aus den alten Zeiten so vor ihren Damen verneigt hatten.

Brids Gesicht verknitterte sich zu einem Lachen, was nicht die gewünschte Reaktion war. Seine Entrüstung legte sich jedoch, als er merkte, daß ihr Gelächter ihn nicht verspottete, sondern sie nur froh und glücklich war. Aber er konnte sich nicht recht erklären, wieso sie lachte: Diese Jungfer war voller Geheimnisse.

Schließlich führte der schmale Pfad, dem sie durch das dichte Kernholz des Waldes gefolgt waren, auf einen von Wagenspuren gegrabenen Weg hinaus. Morrigwen winkte, daß sie stehenbleiben sollten, während sie weiterschlich, um den Weg auszukundschaften. Caspar konnte Stimmen hören, doch sein Puls beruhigte sich, als er merkte, daß sie Belbidianisch sprachen. Mit gezücktem Schwert stürmte Hal augenblicklich auf seinem braunen Pferd vor, wild entschlossen, der Greisin in einer Konfrontation keineswegs den Vortritt zu lassen.

Hier hatten die Bäume Raum genug, ihre Äste auszustrecken. Buchen und breite Kastanien ragten seufzend auf die freie Fläche hinaus und entspannten sich im Sonnenlicht, raschelten mit ihren gelben und kupferfarbenen Blättern in der Luft. Caspar erkannte die Gestalt eines Bauern, der sich auf den langen Griff seiner Holzfälleraxt stützte. Er war in braunes Sackleinen gekleidet und wischte seine Stirn mit einem roten Taschentuch ab, das er von seinem Hals genommen hatte. Als sie sich näherten, sah er sie mißtrauisch an und richtete sich unbeholfen auf, als sei diese Bewegung seinen Muskeln neu. Eine dünne Frau, die in einen dicken Schal gewickelt war, ließ einen schwer beladenen Korb aus ihrer Armbeuge gleiten. Entsetzt gaffte sie die Eindringlinge an. Ein harter Laib schalen Brots rollte zu Boden. Drohend hob der Holzfäller seine Axt und winkte seiner Frau, hinter ihm Schutz zu suchen. Mit zusammengebissenen Zähnen knurrte er die Berittenen an. »Was treibt Ihr in diesem Teil des Waldes, Fremde?«

Morrigwen zupfte an Hals Arm, um ihn zu bremsen, und flüsterte: »Laß mich das regeln. Seit Monaten schon tauchen Spione in den Wäldern auf. Viele Waldbewohner haben ihr Heim am Rande der Lichtungen verlassen und suchen nun tief im Wald Zuflucht.« Sie winkte die anderen mit ihren knochigen Händen zurück, ließ die Zügel fallen und stieg ab. Augenblicklich suchte der Hengst mit seinen samtigen Lippen den Boden nach Sauerampfer und Klee zwischen dem feuchten Farn ab.

Als sie den Leuten entgegenschlurfte, strahlte Morrigwens gebückte Gestalt weit weniger Autorität aus, da sie nun nicht mehr zu Pferde war.

»Fürchtet euch nicht, Freunde«, sagte sie leise. »Wir sind Feinde der blonden Hunde, die aus dem Norden schwärmen. Komm her, Frau.«

Trotz des Armes, den der Mann voll Sorge vor sie hielt, schien sich die Frau der Hexe nicht erwehren zu können.

»Hast du deinem Mann ein Mittagsmahl gebracht?« fragte Morrigwen. Die Frau nickte ängstlich. »Dann laß mich dir etwas dafür geben.« Die Greisin griff in ihre Satteltasche, nahm einen Apfel und löste die goldene Sichel von ihrem Gürtel. Sie schnitt den Apfel seitlich durch. Die obere Hälfte reichte sie dem Mann und die untere Hälfte der Frau.

»Seht euch das Kerngehäuse an«, befahl Morrigwen. »Die Kerne bilden einen fünfzackigen Stern, eine Segnung der Mutter. Eßt und nehmt die milde Gabe der Mutter. Im Gegenzug könnt ihr uns sagen, ob ihr am Waldrand in letzter Zeit Ungewöhnliches beobachtet habt.«

Zitternd sank die Bauersfrau auf ihre Knie. »Oh, verschone mich, du Greisin des Todes! Meine Mutter hat Geschichten von Frauen wie dir, der alten Frau, der Hexe, erzählt! Gott straft uns mit dem vaalakischen Schrecken, weil wir in unserer Schwäche den Alten Glauben hier im Keilerwald noch leben lassen. Hexen wie du haben uns aus unseren Häusern vertrieben.« Sie warf den Apfel zu Boden, als wäre er ein todbringendes Nachtschattengewächs.

Der Holzfäller lachte. »Sei nicht albern, Frau. Abergläubischer Unsinn. Diese Frauen in den Märchen deiner Mutter sind doch nicht gefährlich. Sie verbringen nur zuviel Zeit im Mondlicht: Das steigt ihnen zu Kopfe.« Gelassen nahm er einen Bissen von dem Apfel und sah an Morrigwen vorbei zu den beiden belbidianischen Adligen in ihrem Rücken. »Womit kann ich Euch dienen, junge Herren? Wenn Ihr dieses Schwert dort an einem vaalakischen Hals ausprobieren wollt, so will ich Euch gern zu Diensten sein.«

Morrigwen schnaubte angewidert, daß man sie brüskierte. »Sag den Bauern, Hal, daß ich alles wissen möchte, was der Dummkopf über die feindlichen Spione weiß. Wir müssen wissen, wo wir sicher in die offene Heide nördlich vom Keilerwald gelangen können.«

»Verzeiht der alten Frau«, entschuldigte sich Hal für Morrigwens Unverschämtheit, »aber der Mond, wie Ihr schon sagtet ... Ihr versteht. Seid aber bitte so gut, mir Informationen zu geben.«

»Ich verstehe, Herr.« Der Holzfäller nickte Hal von Mann zu Mann zu und sah die Greisin stirnrunzelnd an. »Und doch seltsame Gesellschaft für einen Edelmann, Herr, wenn Ihr mir die Bemerkung verzeihen wollt.«

»Seltsame Zeiten«, erklärte Hal. »Seltsame Zeiten. Aber habt Ihr Informationen für mich?«

»Vorgestern abend haben wir Feuer auf einer Lichtung gesehen, aber wir halten uns jetzt tiefer im Wald auf. Wir leben allein, versuchen uns als Köhler. Es zahlt sich nicht aus, sich gegen die höllischen Nordmänner zu stellen. Ich bin bestimmt kein Feigling. War früher mal Jäger, habe Wildschweine für den Baron erlegt. Aber seit die Keiler, besonders die großen alten, etwas dünn gesät sind, muß ich auf der Jagd nach ihnen zu weit von meiner Familie fort. Ich muß an meine Frau und mein kleines Kind denken, müßt Ihr wissen, und diese Vaalaker fallen urplötzlich über einen her. Ich habe schon auf Bäumen gesessen, und sie sind unter mir durchmarschiert. Kein Gespür für den Wald, diese Nomaden, absolut kein Gespür. Aber sie haben Cuthburt und seine Frau und das kleine Mädchen erschlagen. Gott sei ihren Seelen gnädig.«

»Aber hier an der nördlichen Grenze – habt Ihr viele am Rande des Waldes gesehen?« fragte Hal nach einer Weile des Schweigens, während der Holzfäller zu Boden blickte und nachdenklich mit einem Zeh im Laub herumwühlte.

»Es ist nicht lange her, da bin ich bis an den Rand des Keilerwaldes geschlichen und habe über das Teufelsland der Drachenwüste geblickt. Aber ich habe noch keine Spur von einer Armee gesehen, nur aasfressende Wölfe und Trollspuren, wo es Spione durch die Ödnis geschafft haben, um Routen durch den Wald zu suchen. Ich halte meine Augen offen und bete, daß der gute Baron die Kraft besitzt, diese Hunde des Nordens zurückzutreiben, bevor sie in großer Zahl über ganz Belbidia herfallen. Der Statthalter hat uns gesagt, wir sollen alle gen Süden ziehen, aber da gibt es für uns keine Arbeit. Ich glaube, hier im Wald sind wir wohl sicher. Dennoch habe ich Angst vor dem, was die Horden der Nordmänner mit dem Tiefland machen, selbst wenn sie uns hier im Keilerwald in Frieden lassen.«

Wie eine Gletscherflut, dachte Caspar, wälzen sie sich übers Land und bringen allem, was ihnen im Weg ist, den Tod.

»Danke für Eure Zeit, gute Leute«, sagte Hal höflich. Schäumend vor Wut suchte sich Morrigwen einen Baumstumpf zum Aufsteigen und kletterte in den Sattel zurück. Trotz aller Beteuerungen des Holzfällers, daß er seit Tagen keine Vaalaker mehr gehört oder gesehen hatte, kreuzte Morrigwen den breiten Weg in Eile und ritt voller Sorge in den Schutz des dichteren Waldes. Stetig bahnte sie sich einen Weg nordwärts durch das Unterholz.

»Auf der Straße wären wir erheblich schneller«, protestierte Hal. »Der Köhler schien doch sicher zu sein, daß da keine Vaalaker sind, und außerdem fürchte ich mich vor Vaalakern nicht.« Er schwang das Schwert im Bogen und stieß damit in die Luft.

»He, paß auf, was du damit machst. Sonst triffst du einen von uns damit«, rief Caspar.

Während sie weiter durch den Wald ritten, wichen Buche, Eiche und Birke allmählich Schwarzdorn, Weißdorn und stachligen Tannen mit langen Nadeln. Die hilfreichen Keilerpfade wurden weniger, wie auch das Unterholz, und

Caspar spürte, wie sich die stille Waldluft, die zwischen den eng stehenden Bäumen stand, langsam rührte.

»Seid leise«, warnte Morrigwen. »Wir sind am Rand des Keilerwaldes. Wenn ich ein Vaalaker wäre, würde ich im Freien Posten aufstellen, wo man besser sehen kann.« Als sie am Rand des Waldes endlich wieder Sonnenlicht sahen, ließ die Greisin anhalten. »Brid, schleich du nach vorn und sieh für mich nach. Ich will nicht, daß diese Jungen lärmend dem Feind entgegenpoltern und ihn alarmieren.«

Trotz Hals Protests glitt Brid geschickt von ihrem Hengst und lief leichtfüßig über den kahlen Boden, rannte durch Sonnenstrahlen und verschwand im Schatten. Im einen Augenblick dachte Caspar noch, er sähe ihr kupferbraunes Haar und das grüne Kleid, und schon betrachtete er die kupferigen Blätter und von Flechten bewachsene Rinde schlanker Buchenschößlinge. Sie war einfach verschwunden. Seine Augen schmerzten von der Mühe, die Schatten abzusuchen, doch er konnte nichts sehen. Hal gähnte breit, zeigte seine Ungeduld darüber, warten zu müssen, als plötzlich sein Mund zuklappte und er sich in seinem Sattel aufrichtete.

»Woher bist du denn jetzt gekommen?« rief er und sah in Brids gerötetes Gesicht an seiner Seite. Sie hielt sich einen Finger an den Mund.

»Schschscht, sie sind gleich vorn am Waldrand. Ich habe zehn gezählt.«

»Sind es dieselben Männer?« fragte Morrigwen besorgt. »Ich meine, würden sie uns gleich erkennen?«

Sie schüttelte den Kopf. »Nein, diese Männer sehen dürr und abgemagert aus. Ich glaube, sie sind eben erst durch die Drachenwüste gewandert und stehen jetzt Wache. Was natürlich bedeutet, daß wahrscheinlich mehr Männer am Wald entlang postiert sind.«

»Nun, dann ist die Sache doch klar, oder nicht?« verkündete Hal entschlossen, bevor er daran dachte, etwas leiser zu sprechen. »Wir müssen etwas weiter am Waldrand entlang, bis wir außer Sichtweite sind, und dann hinüber in die Drachenwüste schleichen.«

Stirnrunzelnd sah die Jungfrau ihn an und schüttelte den Kopf. »Nein, der Boden ist eben, und es gibt keine Deckung. Wir könnten hindurchkriechen, aber die Pferde würden nicht unbemerkt bleiben. Dort liegt mindestens eine halbe Meile freier Fläche, bis wir zu den ersten kahlen Felsen kommen, die wenigstens etwas Deckung bieten. Selbst wenn sie uns nicht sehen, würden sie die Pferde jagen, um sie zu essen.«

»Also sitzen wir hier und warten, oder wie?« höhnte Hal. »Komm schon, wir müssen irgendwas tun.«

»Natürlich müssen wir etwas tun.« Einen Moment lang sah Brid mit kleinen Augen verächtlich in Hals Richtung. Caspar entging ihre Miene nicht. »Ich denke, wir müssen sie ablenken. Wenn wir sie in den Wald locken könnten, wäre der Weg für uns frei.«

»Und wie wollen wir sie, bitte schön, in den Wald locken?«

»Ooh!« mischte sich Morrigwen ein. »Jemand so Hochtrabendes wie du hat darauf keine Antwort? Und dir bleibt nur, eine Hexe zu befragen, deren Verstand von zuviel Mondlicht getrübt ist?«

»Er hat es nicht so gemeint«, entschuldigte Caspar seinen Onkel. »Aber hältst du es für möglich, den Feind von seinem Posten fortzulocken?«

»Alles, nun, fast alles ist möglich«, verbesserte sich Morrigwen. »Aber es wird nicht leicht sein. Ich brauche einen Plan. Wenn ihr hier bei der Stechpalme warten wollt, kann ich in Ruhe nachdenken.«

»Was soll die Stechpalme schon ausmachen?« fragte Hal.

»Ihre Dryaden geben uns Kraft, uns selbst zu schützen. Es

ist ein Baum für dich Hal, wie dein Schwert, ein Wesen von männlichem Charakter … und das meine ich nicht unbedingt als Kompliment, nur als Tatsache.«

Nichtsdestoweniger wölbte sich Hals Brust vor Stolz.

Das Mädchen zuckte mit den Achseln.

Schließlich kam Morrigwen zurück. »Wir brauchen ein Ablenkungsmanöver.«

»Die Wölfe«, schlug das junge Mädchen vor.

»Nein, irgend etwas, das sie jagen würden. Etwas, das sie ablenkt.«

Caspar hoffte, diese wilden Frauen mit ihren erschreckenden Sitten würden nicht vorschlagen, daß Brid etwas Empörendes tat, und war erleichtert, als sie plötzlich rief: »Die Wildschweine natürlich. Ich habe doch gesagt, daß sie hungern.«

»Natürlich.« Die alte Frau war begeistert. »Der Name eines Ortes führt stets zu seinen verborgenen Kräften. Wir werden die Wildschweine opfern.«

»Wie, ein rituelles Opfer?!« Caspar war entsetzt. »Ihr wollt eine heidnische Tötung vornehmen!«

Einige Sekunden lang sahen die Greisin und die Jungfrau ihn staunend an, dann brachen sie gleichzeitig in Gelächter aus. »Was denkst du nur von uns? Ich meinte kein rituelles Opfer, Junge«, kicherte Morrigwen. »Ich habe von ihnen nur als Opfer gesprochen, weil sie belbidianische Schweine sind und für ihre Heimat sterben müssen. Die Vaalaker werden das Töten übernehmen. Wir versorgen sie nur mit den Schweinen, um sie abzulenken. Jetzt müssen wir eine Herde finden, und das ist nicht mehr so einfach, wie es einmal war. Heutzutage gibt es weniger große Keiler, weil ihre Hauer so hohe Preise erzielen. Ich finde diesen Handel unglaublich. In Keilerzähnen findet sich absolut keinerlei Zauberkraft, aber die Menschen sind so leichtgläubig.«

Sie stiegen ab, und Caspar löste die Leine, mit der Reißer am Sattel festgebunden war. Er hob den Hund an den Schultern zu Boden, damit er seine drei Beine strecken konnte. Brid saß bereits mit gekreuzten Beinen auf einem hohlen Stamm, hielt ihren Lederbeutel auf dem Schoß, durchforstete ihren Vorrat an Kräutern. Sie suchte den Schößling einer Edeltanne, des Baumes der Weitsicht, aus.

»Wozu machst du das jetzt?« frage Caspar, als er sein Pferd für die Jagd vorbereitete, indem er die Satteltaschen leichter machte und prüfte, ob der Gurt fest saß. Seit seinem achten Lebensjahr hatte er Wildschweine gejagt, was ihm wie eine Ewigkeit vorkam. Seine einzige Befürchtung galt dem Umstand, daß sie keine Hunde hatten, mit denen sich die großen, hauerbewehrten Keiler ablenken ließen, falls etwas danebenging, und keinen Speer, mit dem sie sich verteidigen konnten. Außerdem waren die Pferde für die Jagd nicht ausgebildet. Er zuckte mit den Achseln. Hal und er hatten gemeinsam eine ganze Lebensspanne von Erfahrung. Sie brauchten keine Jagdhunde. Da sie die Schweine nur treiben und nicht töten wollten, bezweifelte er, daß sie ihnen viele Schwierigkeiten machen würden. Er sah sich nach Brid um, wartete auf eine Antwort, doch sie schwieg. Er wiederholte seine Frage. »Wozu machst du das mit dem Zweig?«

»Um die Wildschweine zu finden.« Sie hob das Grünzeug Caspar wie zu einem Trinkspruch entgegen, aber er war immer noch nicht klüger. Sie nahm den Setzling in den Mund, fletschte ob des bitteren Geschmacks angewidert die Zähne, doch kaute sie edelmütig weiter. Nach ein paar Minuten sank ihr Kopf zurück, und ihre trüben, starren Augen stierten himmelwärts. Noch immer sah Caspar sie an, halb fasziniert und halb angewidert von ihrer Haltung, doch angelockt von ihrer Kraft und dem Geheimnis, das sie umgab.

Schließlich sank Brids Kopf nach vorn; sie hielt sich eine Hand an die Stirn und stöhnte wie unter Schmerzen. Caspar wollte ihr schon helfen, aber sie stieß ihn beiseite. Plötzlich sprang sie mit einer Hand vor dem Mund auf und stürzte in den Schutz der Bäume, wo sie sich bückte und übergab.

»Igitt!« rief Hal.

Aschfahl kam Brid zurück und setzte sich erschöpft, holte tief Luft, um einen klaren Kopf zu bekommen. Vage winkte sie gen Westen. »Da ist ein großes Wildschweinrudel gut eine halbe Meile in dieser Richtung. Zwanzig bis dreißig. Wir müssen etwas weiter, als der Holzfäller war, dann westwärts, und schon sind wir hinter ihnen.«

»Nicht wir«, erklärte die Greisin. »Sie. Es wird Zeit, daß diese beiden Küchenjungen sich nützlich machen. Meine Knochen fühlen sich nicht danach an, als ob sie einen Galopp durch die Bäume mitmachen würden.«

Nachdem die Bürde der Verantwortung nun auf ihren Schultern lastete, machten sich Hal und Caspar zielstrebig auf den Weg zurück, befolgten Brids Anweisungen gewissenhaft. Der Holzfäller und seine Frau saßen eng beieinander über ihrer Mahlzeit und blickten staunend auf, als die beiden Edelmänner an ihnen vorübergaloppierten und der Dreck von den Hufen der Pferde flog. In ihrer Aufregung darüber, daß man ihnen endlich eine Aufgabe für Männer übertragen hatte, gaben die Jungen ihren Rössern die Sporen und stürmten in den dichten Wald. Mit haarsträubender Geschwindigkeit sprangen sie über Stämme, die auf den Pfad gestürzt waren, und wichen tief hängenden Ästen aus, ohne auch nur einen Augenblick an ihre Sicherheit zu denken.

Die Pferde ließen sich von der Aufregung der Jagd anstecken, rissen fest am Zaumzeug und sprangen in ihrer Begeisterung unnötig hoch über die Stämme. Sie brachen durch einen Dornenstrauch und standen plötzlich vor einer mächtigen, umgestürzten Buche. Der ausgehöhlte Stamm schien unter seinem eigenen Gewicht zusammengebrochen zu sein und hatte dabei Schößlinge niedergewalzt. Fast aus dem Stand stellte sich Hals Brauner auf die Hinterbeine und warf seinen schweren Körper an den umgestürzten Baum, kletterte darüber hinweg. Bei der Landung stolperte er mit der Vorderhand, und als er am Boden aufkam, prallte Hal an den Hals des Wallachs. Mit dem Kinn in der Mähne gab er sich alle Mühe, im Sattel zu bleiben.

Caspar war besser vorbereitet, hielt die Zügel fest, als der Rotschimmel landete, und riß seinen Kopf hoch, um das Pferd im Gleichgewicht zu halten, dann brachte er ihn wieder in den Galopp. Mit festem Griff zwang er den Schimmel seitlich, um dem breiten Stamm einer Kastanie auszuweichen; an der groben Borke schrammten sie entlang, ohne langsamer zu werden.

Dann brachen sie durch ein Weißdorndickicht und stürzten sich mitten in eine Herde haariger Wildschweine. Hohes Quieken schnitt durch die Luft, als die Pferde durch das Unterholz stampften, so daß die Frischlinge eilig Zuflucht suchten. Überrascht rannten die Schweine hierhin und dorthin, so daß die Hinterbeine unter ihnen wegrutschten, als sie in zielloser Verwirrung auseinanderstoben.

Ein mächtiger Keiler hielt die Stellung und senkte den Kopf, die großen, altersgelben Hauer auf die galoppierende Brust des Rotschimmels gerichtet. Mit seinem Paarhuf scharrte er am Boden, schnaubte wie ein Dämon. In jenem Bruchteil einer Sekunde, bevor der großköpfige Keiler angriff, hielt sich Caspar an einem Ast fest, der an seinem Kopf vorüberpeitschte, in der Hoffnung, daß er brechen würde. Der Ast bog und bog sich wie ein weicher, grüner Schößling, doch plötzlich gab er mit lautem Knacken nach, und Caspar hielt einen scharfen Spieß in seiner rechten Hand. Es war eine dürftige Waffe gegen einen zornigen, bedrohten Keiler.

Das stämmige Schwein mit seinem großen, tellerförmigen Gesicht und dem gedrängten Leib griff aus dem hinteren Teil der Herde an, trampelte die Frischlinge nieder. Der Junge, dem keine Zeit zum Nachdenken blieb, tat das einzig mögliche und stellte sich dem Keiler wie ein Ritter im Turnier, hielt seine Schößlingslanze auf den Schädel des Keilers gerichtet. Vom Sattel aus war es unmöglich, auf die Brust des Tieres zu zielen, was, wie Caspar wußte, die einzig wirkungsvolle Stelle war. Ein eisenbeschlagener Pikenschaft wäre die angemessene Waffe gewesen, doch er war längst bereit, sich seinem Angreifer nur mit dem spitzen Stock zu stellen.

Der Ast schlug an die flache Oberfläche der breiten Keilerschnauze, riß ein Stück Haut heraus und stieß dann an den festen Schädelknochen. Caspar spürte den Aufprall in seiner Schulter, dann brach der Ast wie ein trockener Zweig. Der blutende Keiler blieb in seinem Ansturm ungebremst, hielt seine Hauer nach wie vor auf die Pferdebrust gerichtet. Der Junge grub dem Schimmel seine rechte Ferse in die Rippen, ließ den linken Zügel los, so daß das Pferd nicht nach links ausscherte, sondern mit dem ganzen Körper zur Seite sprang. Das Schwein stürmte vorbei, traf das Sprunggelenk der Stute.

Diesmal riß Caspar den Rotschimmel auf der Vorderhand herum, machte sich bereit, dem großen Eber abermals zu begegnen, aber er wußte nicht, wie er den Angriff aufhalten sollte. Der Schwung ließ das Schwein an einen Baumstamm prallen, wo es umfiel und wieder auf die Beine kam, wobei die Hinterläufe bei dem Versuch zu wenden ausschlugen. Es gab ein höllisches Kreischen von sich wie das wilde Heulen aus den Hundezwingern, die der Vater des Jungen vor langer

Zeit schon verbannt hatte. Einen Moment lang hielt der Eber inne, um sich zu orientieren, dann griff er wieder an. Caspar schluckte trocken, ließ alle Hoffnung fahren, bis er im Augenwinkel eine Bewegung bemerkte.

Hals Brauner stürmte im vollen Galopp heran, und der Junge hielt das Breitschwert wie einen Dolch, als er sich nach unten beugte und es zwischen die Schulterblätter des Keilers trieb. Die Klinge knirschte durch die Wirbelsäule und drang bis ins Herz. Das quiekende Heulen des Keilers kündete von seinem Tod, doch trieben seine Beine den Leib noch immer an. Heftig prallte das taumelnde Tier an Caspars Roten, gefolgt vom Braunen, den Hal nicht mehr rechtzeitig hatte bremsen können.

Der Schreck über den Aufprall ließ Caspars großes Roß rückwärts stürzen, dann brach es auf den Hinterläufen ein und sackte schwerfällig seitwärts. Der Braune blieb auf den Beinen, doch Hal flog über dessen Ohren hinweg kopfüber ins Laub. Bald war Caspar wieder auf den Beinen, versuchte verzweifelt, die schlagenden Hufe seines Pferdes von den Zügeln zu befreien.

»Ruhig, Mädchen. Ganz ruhig. Ist alles in Ordnung.«

Der Rotschimmel schob seine Nase vor, um das Gleichgewicht zu finden, dann kam er auf die Beine. Der Sattel hing fast unter seinem Bauch, weil der Gurt verrutscht war, und die Steigbügel baumelten um die Knie der Stute. Das Pferd zitterte vor Schreck, und der Junge löste den Gurt aus Angst, es könnte ausbrechen, während die gefährlichen Steigbügel noch lose hingen. Der Sattel lag am Boden.

»Ich weiß, ich weiß, Pferde können Schweine nicht ausstehen«, fuhr Caspar mit beschwichtigender Stimme fort, gurrte der Stute sinnlose Worte zu.

Hal hielt seinen Kopf, als er seinem eigenen Pferd nachlief. Der braune Wallach tanzte mit wildem Blick und bebenden

Nüstern am Rand der Lichtung, mißtrauisch jedem Menschen gegenüber, der ihn in ein solches Blutbad trieb. Noch wand sich der Keiler im Todeskampf. Der Rest der Herde war verschwunden.

»Verdammter Idiot!« knurrte Hal vor sich hin, als er den braunen Wallach endlich mit dem Versprechen auf etwas Sauerampfer eingefangen hatte.

»Wer, ich?« wollte Caspar wissen, sattelte den Schimmel und zog den Gurt fest.

»Ja, du. Du und ich. Wie oft haben wir schon Wildschweine gejagt? Mindestens ein dutzendmal in jeder Jagdsaison, seit ich denken kann. Und Keiler auf fremden Pferden jagen? Absurd! Wir hätten sterben können, so wie wir hereingestürmt sind.«

»Das wären wir auch beinah.«

»Verdammte Idioten!« Hal war wütend auf sich selbst. Er reichte seinem Neffen die Zügel des Braunen, damit er sie hielt, bis er sein Schwert geholt hatte. Er stemmte einen Fuß gegen den blutgetränkten Rücken des Keilers und riß am Griff, bis das Schwert endlich knirschend über Knochen scharrte. Es löste sich und fügte sich endlich mit feuchtem Schmatzen seinem Reißen, bis frisches Blut aus der Wunde spritzte. Hal taumelte rückwärts.

»Wir haben die Herde über die ganze Breite des Waldes verstreut, und es wird bis zum Sankt-Nimmerleins-Tag dauern, sie wieder zusammenzutreiben«, seufzte Caspar, reichte Hal seine Zügel und schwang sich in den Sattel. »Was machen wir jetzt?«

»Morrigwen wird uns umbringen, und Brid wird uns für unfähige Kinder halten.«

»Ich dachte, es kümmert dich nicht, was sie denken«, sagte Caspar.

»Tut es auch nicht«, knurrte Hal, doch klang er nicht eben

überzeugend. »Jedenfalls werden sie es nicht herausfinden. Wir reiten in den Wald zurück, hinter die zerstreute Herde, und diesmal schleichen wir uns vernünftiger an.«

Hal hat das Kommando wieder übernommen, dachte Caspar, als er vom Kadaver des Keilers fortgaloppierte. Im großen Bogen schlängelten sie zwischen den Stämmen der Bäume hindurch, beschrieben einen Kreis bis dorthin, wo sie die Wildschweinherde vermuteten. Caspar selbst hatte dem Plan, die Schweine neu zu formieren, nichts Praktikables entgegenzusetzen gehabt, und ihm war nicht in den Sinn gekommen, wie leicht es war, sich im Wald zu verirren und getrennt zu werden. Hal hatte alles geplant: einen Bogen in gebremstem Kanter reiten, die Schritte zählen, sich umdrehen und dann langsam im Zickzack zum toten Keiler zurück, die Frischlinge antreiben, dann aufeinander warten. Hal war gut im Pläneschmieden.

Die unbekannten Bäume und das ständige Ausweichen machten es Caspar sehr schwer, die Orientierung zu behalten: Er verzählte sich. Waren das jetzt siebzig oder achtzig Schritte, und wieviele habe ich seitdem gemacht? Ich weiß es nicht, dachte er. Ich bin ein Idiot. Hal wird sorgsam zählen, seine Schritte zu dem Keiler zurückverfolgen, und wo bin ich dann? Im Wald verirrt. Instinktiv griff er nach seinem Anhänger aus Haselnußholz und setzte seinen Bogen durch die Bäume fort. Jetzt, dachte er, höre ich auf, im Bogen zu reiten und drehe um, wenn ich irgendein Zeichen sehe.

Als das Zeichen kam, war es verblüffend offensichtlich: Er sah das Hinterbein eines Frischlings, als es im Schutz eines Farnwedels verschwand und das Tier dabei laut quiekte. Caspar schnalzte mit der Zunge und lenkte den nervösen Schimmel hin und her, arbeitete sich allmählich nordwärts zu dem toten Keiler durch. Er freute sich, daß das Sonnenlicht links von ihm grell durch die Bäume fiel, da es ihm bei der

Orientierung half, und langsam machte er sich auf den Weg zurück zu ihrem vereinbarten Treffpunkt. Das lauter werdende Grunzen und Schnüffeln im Unterholz zeigte Caspar, daß er eine ansehnliche Herde zusammenbekam. Der Rotschimmel wurde unruhig.

»Ganz ruhig, Mädchen. Die tun dir nichts«, tröstete Caspar.

Kurz vor der Lichtung hielt er an und wartete auf Hal. Er mußte nicht lange warten. Der dunkelhaarige Junge trottete heran, stand hoch in seinen Steigbügeln und sah sich unruhig um. Caspar sah keine Frischlinge.

»Kein einziger«, rief Hal. »Ich habe keinen gefunden.«

»Wahrscheinlich sind sie vorausgelaufen. Ich habe jedenfalls mehr als ein Dutzend.«

»Sehr gut. Gut gemacht.« Hal beruhigte sich. »Diesmal machen wir es schön langsam. Fertig?«

Natürlich bin ich fertig, dachte Caspar ärgerlich, nickte aber nur.

Mit langsamen Schritten und lockeren Zügeln marschierten sie voran, schnalzten mit den Zungen und raschelten mit Zweigen, um die Schweineherde anzutreiben. Schließlich entspannten sich die Pferde, nachdem sie nun an die Nähe der Schweine gewöhnt waren. Immer wenn sie das tiefere Schnauben eines ausgewachsenen Tieres hörten, blieben sie auf der Stelle stehen und sprachen mit lauter Stimme, bis das Tier vor ihnen durchs Unterholz schnaubte.

»Können wir die nicht verschonen?« fragte Caspar, als er das Quieken und Nuckeln eines kleinen Frischlings und das liebevolle Grunzen einer Sau, die ihr Junges säugte, hörte.

Ich denke schon«, willigte Hal zögernd ein.

Sie schwenkten aus und gingen wieder in den langsamen Trott über, ließen die Sau hinter sich. Die stille Waldluft wurde frischer, und die Blätter fingen an zu rascheln, je mehr die Bäume ausdünnten. Sie kamen an den Rand des Waldes und hielten inne.

»Und was machen wir jetzt?« fragte Caspar, sah sich mit leerem Blick um und fand keine Spur von den Frauen. »Das ist doch die richtige Stelle, oder?«

»Ja, da bin ich mir sicher, aber …«

»Sucht ihr mich?« erkundigte sich eine leise Stimme von den schlanken Zweigen einer Weide her, deren Geäst sich zu einem Bogen über ihren Köpfen aufschwang. Caspar zuckte überrascht zusammen, was sein Pferd erschreckte.

»Wo kommst du denn her?« fragte er, als sich Brid geschickt aus dem Baum schwang und auf den Füßen landete.

»Von nirgendwo. Ich habe auf euch gewartet. Das hat ja Ewigkeiten gedauert. Was ist passiert?«

»Nichts«, log Hal, und seine Stimme klang scharf. »Wir haben uns nur Zeit gelassen, um die Schweine nicht zu erschrecken. Und das ist uns auch ganz gut gelungen.«

Brid mußte zugeben, daß die Jungen eine ansehnliche Herde versammelt hatten, die nun unter den Weißbirken am Waldrand herumwühlten. »Trotzdem hat es lange gedauert.«

»Wo ist denn Morrigwen?« Hal wechselte das Thema.

»Hier oben natürlich.« Die Greisin kam aus ihrer Hocke in der Gabelung des Weidengeästs hoch und sah sie mit ernster Miene an.

»Ich habe dich gar nicht gesehen.« Caspar hatte das Gefühl, er müßte sich entschuldigen.

»Nein? Das kommt davon, weil du nicht hingesehen hast.« Sie wandte ihre kalten Augen Hal zu. »Du hast also zum ersten Mal getötet.«

»Nein, ich …«, stammelte er. »Woher weißt du das?«

»Vom Schwert natürlich. Es singt, wenn es getötet hat, was bedeutet, daß du dir keine Illusionen zu machen brauchst, mich anlügen zu können. Also hat euch der Keiler Probleme bereitet?«

»Ja«, räumte Hal ein. »Als wir ihn versehentlich aufgeschreckt haben.«

»Wir können uns keine Versehen leisten. Jeder Schamane oder Hexenmeister wird gespürt haben, wie der Wald von der Macht des Schwertes erbebt. Jetzt müssen wir uns sputen. Aber wenigstens wart ihr erfolgreich. Wir werden uns jetzt den Feind mal ansehen, und versucht – sofern ihr dessen überhaupt fähig seid – nicht soviel Lärm zu machen«, warnte sie ärgerlich.

»Entschuldigung«, flüsterte Caspar, als er versehentlich auf einen trockenen Zweig trat.

Am Rand des Waldes lösten Büsche im hohen Gras die Röcke der Hängebirken ab. Die vier Belbidianer lugten hinter ihrer Deckung hervor und sahen sich die Feindestruppen an, die auf einem Stück Heidefläche Wache standen, das den Keilerwald von der trockenen Drachenwüste trennte, kaum zweihundert Meter entfernt. Die meisten Nordmänner hatten es sich am Boden bequem gemacht, während einige Ausschau hielten. Viele stöhnten und hielten sich die aufgeblähten Bäuche. Entweder hatten sie faules Fleisch gegessen, das sie auf ihren langen Marsch durch die Drachenwüste mitgenommen hatten, oder sie hatten in dem Versuch, etwas gegen ihren Hunger zu unternehmen, im Wald versehentlich giftige Beeren gesammelt. Caspar zählte insgesamt neun Männer, mit schlechtem Schuhwerk, hängenden Köpfen, und die meisten stützten sich auf Heugabeln. Waffen waren rar. Viele trugen nur Spieße oder Mistgabeln. Fast empfand Caspar Mitleid beim Anblick dieser jämmerlichen vaalakischen Krieger.

Offensichtlich dachte Hal ganz ähnlich. »In den Tunneln unterhalb von Torra Alta müssen wir wohl ihren besten

Truppen in die Hände gefallen sein. Der Haufen da scheint weder Axt noch Armbrust bei sich zu führen.«

»Wir haben sie schon eine Weile beobachtet«, begann Morrigwen. »Sie sind in keiner sonderlich guten Verfassung, aber es muß nur einer von ihnen Hilfe holen und den nächsten Spähtrupp erreichen, und schon sitzen uns mehr davon im Nacken.«

»Ziemlich verhungert, würde ich sagen«, bemerkte Hal. »Scragg und seine Bande müssen eine ganze Menge belbidianisches Fleisch getötet haben, seit sie durch die Drachenwüste gekommen sind.«

»Endlich lernst du, dein Hirn einzusetzen, Junge. In der Tat sind sie sehr mager proviantiert, also würde ihnen ein Stück gebratenes Wildschweinfleisch sicher gefallen. Wir müssen nur ihre Aufmerksamkeit auf die Schweine lenken. Wenn sie merken, daß ihr Abendessen hier frei herumläuft, werden sie ihren Posten verlassen. Während sie dann abgelenkt sind, können wir aus dem Wald schleichen.«

Sorgsam dachte Caspar alles durch. Irgend etwas an diesem Plan beunruhigte ihn. »Wer oder was ist der Köder, der sie ablenken soll?«

»Das bin ich«, verkündete Brid mit fester Stimme.

»Nein!« Hal und Caspar waren gleichermaßen unnachgiebig.

»Wenn sie einen Jungen sehen oder dessen Stimme hören, werden sie nur Alarm schlagen und Mistgabeln werfen. Irgendwie müssen wir die Vaalaker zu den Schweinen locken, und das ist die bei weitem wirksamste Möglichkeit. Wie sollten wir es sonst tun? Und außerdem: Seit wann gebt ihr beiden mir Befehle?«

»Von jetzt an!« schnaubte Caspar. »Ab sofort. Du bist ein Mädchen: Du kannst nicht einfach vor diese Männer treten.«

»Darum geht es doch aber, Spar. Sie werden sich für mich

weit mehr interessieren. Mir würden sie folgen, dich würden sie ignorieren oder vielleicht nur mit einer Armbrust auf dich schießen. Weißt du noch, wie das war? Wahrscheinlich haben sie eine unter ihren Lumpen verborgen.«

»Ich sehe keine Armbrust, und ich verbiete dir immer noch zu gehen.«

Brid lachte. »Ich denke, ich soll jetzt beeindruckt sein, oh, großer Erbe der Baronie.« Brids Nase reckte sich himmelwärts. »Für mich bist du nur ein kleiner Junge.«

Ein roter Fleck bildete sich an Caspars Hals und flutete sein zorniges Gesicht, was sich mit seinem kastanienbraunen Haar biß. »Laß dich nur umbringen oder … oder schlimmeres, ist mir doch egal. Du bist eine sture, dumme Hexe.«

Die knochigen Finger an Morrigwens Hand kniffen ihn in den Arm und zogen ihn zurück, so daß er in ihre verständnisvollen Augen blickte. »Hör zu, Spar, wenn dir was Besseres einfällt, machen wir das, aber wenn nicht, müssen wir Brid gehen lassen. Frauen sind nicht so schwach und zerbrechlich, wie man dich zu glauben erzogen hat. Brid tut es für die Mutter und somit für die Sicherheit der ganzen Baronie. Du mußt das Wohl deines Volkes vor deine Gefühle für Brid stellen.«

Caspar schnaubte zähneknirschend, riß sich los und schmollte im Schutz der Birken. Reißer sprang ihm nach und saß schweigend bei seinem Herrn, forderte nichts, fragte nichts, gab sich damit zufrieden, ihm Gesellschaft zu leisten. Caspar kraulte den Hund hinter seinen grauen Ohren.

»Du bist doch ein braver Junge, nicht? Ich würde dich an Brids Stelle hinausschicken, nur könnten sie dich mit deinen drei Beinen fangen und schlachten, und das kann ich nicht zulassen. Ich weiß, daß du gehen würdest, wenn ich es dir sagen würde, du treuer, alter Freund.« Liebevoll, doch ohne jeden Funken von Verständnis sah der Hund ihn an. Caspar seufzte und holte tief Luft. »Mir fällt kein anderer Plan ein, und dir, Reißer?« Selbstverständlich antwortete der Hund nicht, und dem Jungen blieb nichts anderes, als seinen Stolz zu schlucken und Brid mit ihrem Plan fortfahren zu lassen.

»Dann macht euch bereit«, befahl Morrigwen. »Und, Spar, sorg du für den Hund. Binde ihn fest. Es wird ein holperiger Ritt.«

Der Hund jaulte, als Caspar ihn anhob und mit breiten Ledergurten um Lenden und Schulter am Hinterzwiesel des Sattels festband. Morrigwen prüfte die Satteltaschen, um sicherzugehen, daß sie fest waren, und dann stiegen alle auf, nur Brid nicht. Caspar hielt für sie die Zügel der gelben Stute.

»Wir warten hier auf dich«, sagte er kalt, fühlte sich der Jungfrau sehr fern und brachte es nicht fertig, fürsorglich zu klingen. Es fiel ihm schwer, ein so selbständiges Mädchen zu verstehen, und noch immer war er gekränkt. Zwar wünschte Caspar ihr alles Glück der Welt, doch er behielt seine Gedanken schmollend für sich.

Hal dagegen sagte die Worte, die er selbst nicht über die Lippen brachte. »Viel Glück, Brid.«

Nachdem sie ihren Umhang abgelegt und Morrigwen gereicht hatte, damit sie ihn verwahrte, löste Brid ihren dicken Zopf. Sie fuhr mit den Fingern durch die Strähnen, so daß sich die seidigen Locken wie ein Taubenschwanz spreizten, dann holte sie tief Luft. Vorsichtig scheuchte sie die Schweine an den Rand des Waldes und trat in den Schatten der Weißbirken. Gierig schnaubend zeigten die rundlichen Tiere mit den buckligen Rücken keinerlei Mißtrauen dem Mädchen gegenüber. Grunzend liefen sie ins hohe Gras, wo sie ganze Hände voll Eicheln und Haselnüssen verteilt hatte, damit die Schweine beschäftigt waren. Caspar folgte Morrigwen und Hal, als sie sich tiefer in den Wald zurückzogen, um nicht gesehen zu werden.

Als Brid die letzte Nuß aus ihrer Tasche genommen hatte, schritt sie tapfer auf die freie Fläche hinaus; lange Gräser klammerten sich an ihren grünen Rock. Sie fing an, Arme und Körper im Tanz zu wiegen, drehte sich mit wehendem Haar um sich selbst. Ihre klare, singende Stimme erhob sich über den Wind hinweg zu einem lockenden Gesang, der alle Augen und Ohren auf sie lenkte.

Sprachlos starrten die vaalakischen Männer sie an. Brid setzte ihren neckenden Tanz fort, lockte die Blicke der Nordmänner auf die Schweine, während sie sich drehte wie die Strudel im Silberfluß, wenn dieser zum Meer hin tanzte. Anfangs waren die Männer wie erstarrt, als hätten sie einen Geist gesehen, doch nicht lange.

»Sie gehen zu ihr«, brachte Hal erstickt hervor.

Mit angehaltenem Atem sahen die versteckten Belbidianer, wie drei Kundschafter vorsichtig zu Brid hinübergingen.

»Sie sind nicht sicher. Vielleicht halten sie sie für eine Waldfee«, meinte Caspar unschuldig.

»Ich glaube nicht, daß sie solche Märchen kennen«, merkte Morrigwen an.

Ich hoffe, das Mädchen kann schnell rennen, dachte Caspar bei sich und merkte nicht, daß er den Rotschimmel schon gewendet hatte und bereit war, zur Rettung der Jungfrau zu eilen, wenn es sein mußte.

Brid lockte die Kundschafter vor, lenkte ihren Tanz zu den Wildschweinen, die noch immer im Gras nach den verstreuten Nußschätzen wühlten. Plötzlich duckte sie sich und verschwand im Gras. Caspar sah an den Bewegungen der Halme, daß sie die Richtung änderte und direkt in den Wald zurücklief, wobei sie kraß von ihrer vorherigen Route abwich und damit die Kundschafter verblüffte. Die Vaalaker hielten inne und sahen sich amüsiert um.

»Kommt, kommt, kommt, schaut auf die Schweine«, zischte Hal.

Die blonden, barbrüstigen Männer sahen verdutzt umher, zuckten mit den Schultern. Sie sahen aus, als wollten sie wieder auf ihren Posten gehen, als wäre das Mädchen nur ein Traum gewesen, doch dann endlich streckte einer deutend seinen Arm aus. Zwei trabten voran, duckten sich zur Pirsch, während der dritte Kundschafter mit der Nachricht zum Rest der Truppe lief, daß sie ein Abendessen gefunden hatten.

Mit den Röcken um die Knie gerafft, kam Brid am Waldrand entlanggelaufen, und ohne sich die Mühe zu machen, den Fuß in einen Steigbügel zu setzen, schwang sie sich in den Sattel. Sie zitterte leicht, doch bald schon fing sie sich, während alle gemeinsam mit angehaltenem Atem lauschten, wie sich die Vaalaker sammelten und auf die Schweinsjagd vorbereiteten. Minuten später hatten sich die Schweine im Wald verteilt, und die Vaalaker stürmten ihnen johlend und brüllend hinterher.

»Ich wünschte, wir hätten den großen Keiler am Leben gelassen«, murmelte Hal. »Der hätte sich ein paar von denen vorgenommen.«

Als der Weg frei war, marschierten sie aus dem Wald und durch den Streifen aus Reet, bevor sie langsam über die Heide und in die Drachenwüste galoppierten. Caspar lief ein Schauer über den Rücken. Sie hatten die Grenze überquert und befanden sich nun im trostlosen südlichen Vaalaka. Nie zuvor in seinem Leben hatte er einen Fuß außerhalb von Belbidia gesetzt.

Das wölfische Heulen hungriger Männer ließ Caspar herumfahren. Das Quieken eines Frischlings nach seiner Mutter kündete vom ersten belbidianischen Opfer.

»Wir wollen diesen Anblick so schnell wie möglich hinter

uns lassen und jenseits dieses kahlen Hügels dort gelangen«, beschloß Morrigwen. »Im Galopp. Fertig?«

Caspar, der sich fest an die Mähne des Rotschimmels drückte, trieb sein Roß an. Er hielt die Zügel in einer Hand und griff mit der anderen hinter sich, um Reißers Halsband festzuhalten. Ich hoffe, sie entkommen, dachte Caspar. Gute belbidianische Wildschweine fielen an die Vaalaker … schrecklich. Wieder zerriß entsetztes Quieken ihm das Herz. Oft schon hatte er Wildschweine gejagt, doch nie zuvor hatte er Skrupel gehabt, wenn sie getötet wurden, aber diesmal war es anders. Es würde wohl lange dauern, bis er je wieder Spanferkel aß, von Wildschweinbraten ganz zu schweigen.

Die gelbe Stute stolperte, als sie mit dem Vorderhuf in einer Furche hängenblieb, und Brid sank vorwärts an die lange Mähne, verlor die Zügel im verzweifelten Bemühen, im Sattel zu bleiben. Wütend trat Hal sein Pferd und beugte sich herab, um die flatternden Zügel zu ergreifen, bevor die gelbe Stute einen Huf durch die Schlinge trat, doch Caspar war bereits da. Ein alter Ziegenpfad, der aus den Jahren geblieben war, in denen die schmelzenden Eisdecken Leben in das Ödland brachten, schnitt sich durch die Felsen, und Caspar lenkte die Nase seines Rotschimmels zum Pfad hinüber. Er warf Brid ihre Zügel zu.

»Hier. Kommst du jetzt zurecht?«

Sie antwortete nicht, konzentrierte sich statt dessen auf den steinigen Anstieg, der vor ihnen lag. Caspar warf einen Blick zurück zum Wald und einen letzten auf die Baronie von Torra Alta.

KAPITEL 2

Wie in einem Traum drangen Stimmen zu Branwolf.
»Ist es einer von denen, Pip?«

»Schscht, ich glaube, er ist ohnehin tot. Aber der Dolch muß ein paar Keilerzähne wert sein.«

»Geh nicht nah heran, Pip. Warte auf Pa.«

»Ich habe keine Angst. Sieh ihn an, May. Er ist in Stücke gehackt. Und dieser Gestank!«

Verschwommen kam ein kleines, schmutziges Gesicht mit braunen Augen ins Blickfeld. Irgend etwas stieß Branwolf an die Rippen, und seine Reflexe schickten einen Arm hoch, der sich den Angreifer packte. Erschrocken schrie das Kind auf.

»Tut mir nichts, Herr. Ich wollte nichts Böses.«

Durch zusammengekniffene Augen versuchte Branwolf, den Jungen böse anzusehen, aber er war zu schwach und erschöpft, um sich wehren zu können. Er ließ los.

»Hol Hilfe, Junge«, keuchte er durch gesprungene Lippen. »Hol deinen Vater. Hol Hilfe.«

»May, komm schnell. Sieh nur, er ist keiner von den Nordmännern. Wir müssen Pa suchen.«

Es schien Stunden zu dauern, und vielleicht waren es auch Stunden, bis er ihre Stimmen wieder hörte. Er wußte, daß seine Wunden stanken. Die Klauen des Trolls mußten giftig gewesen sein. Branwolf balancierte auf dem schmalen Grat zwischen Wachsein und Vergessen, und Szenen der letzten alptraumhaften Nächte suchten ihn heim. In der Dunkelheit, lange bevor die Kinder gekommen waren, hatte er ein Tier gehört, das Knochen kaute und zerbiß, und der schwere Atem war ganz nah gewesen. Anfangs hatte er geglaubt, der Troll sei zurückgekommen, um die Überreste seines Gefährten zu fressen, doch dann hörte er, wie sich das Tier bei der Futtersuche bewegte ... die Erde bebte bei jedem Schritt. Selbst noch im Delirium hatte er gewußt, daß dieses Tier für einen Troll zu groß war. Er versuchte, leiser zu atmen und betete, daß Donnerkeil nicht aus Angst wieherte und das Tier anlockte. Doch schließlich fiel das erste graue Licht des neuen Morgens durch die Bäume, und das Tier verzog sich.

Später, als das Fieber mit ihm spielte und ihm das Bewußtsein immer wieder entglitt, fragte er sich, ob er das Monstrum nicht geträumt hatte. Vielleicht hatte er auch die Stimmen der Kinder nur geträumt, doch jetzt endlich hörte er sie wieder.

»Hier drüben, Pa.«

Endlich! Die Kinder waren wieder da.

Die Stimme eines Mannes schimpfte: »Ich habe dir doch gesagt, daß du hier oben nichts verloren hast. Du solltest die Hütte im Wald nicht verlassen, und jetzt stelle ich fest, daß du dich hier im Freien herumtreibst. Und deine Schwester ist mit dabei. Sie mag ja älter sein als du, aber sie ist immer noch ein Mädchen. Hier ist alles voller Trollspuren. Wir wissen nicht, ob die vaalakischen Spione nicht wiederkommen, auch wenn sie ihr Lager abgebaut haben.«

»Aber er ist verletzt, Pa, und er ist Belbidianer.«

Die tiefe Stimme des Mannes seufzte. »Nun, ich werde deiner Ma davon erzählen, das werde ich. Sie wird in dieser Sache ein paar Worte zu sagen haben.«

Branwolf konnte Zweige knacken hören, als die Bauern näherkamen, dann ragte plötzlich ein breites, wettergegerbtes Gesicht mit Bartstoppeln am Kinn über ihm auf.

»Hallo da, Herr. Seid Ihr noch bei uns?«

Branwolf stöhnte.

Die Stimme fing an zu flüstern. Er sprach mit seinen Kindern. »Er trägt reichlich viele Waffen bei sich … zuviele Waffen, und alle etwas hübsch und teuer. Was sollte jemand, der so reich ist, allein hier draußen machen? Ich habe noch nie einen Edlen ohne seinen Treck von Männern im Rücken gesehen. Da ist etwas merkwürdig. Höchstwahrscheinlich ist er ein Räuber oder ein Dieb. Bleibt zurück, Kinder.«

»Habt Ihr einen Namen, Mann?« fragte das stoppelige Gesicht mißtrauisch. »Was macht Ihr hier draußen allein, so weit im Norden?«

»Weshalb fragst du ihn das, Pa?« erkundigte sich das kleine Mädchen mit ängstlicher Stimme. »Du siehst doch, daß er zu verletzt ist, als daß er jemandem schaden könnte. Wir müssen ihn heimbringen und ihm helfen.«

»Immer bist du ein so hübsches, schlaues Köpfchen, meine süße Maiblüte. Nur was ist, wenn er ein Spion von der anderen Seite ist? Du darfst nicht immer so gutgläubig sein, mein Lämmchen, nicht ein Mädchen, das so hübsch ist wie du.« Dann wurde seine Stimme wieder hart: »Hört zu, Mann, könnt Ihr mich hören? Wie heißt Ihr? Woher habt Ihr die Waffen und das Pferd? Was ich dort sehe, ist ein echtes Streitroß. Sagt mir Euren Namen, Mann, sonst helfe ich Euch nicht.«

Es schmerzte Branwolf, einzuatmen. Sein Mund war trocken, und die Lippen fühlten sich wie rostige Eisenstäbe an.

»Torra …«, begann er matt.

»Ihr seid von der Burg?«

Branwolf versuchte zu nicken. Plötzlich wurde ihm klar, daß dieser mißtrauische Bauer unmöglich glauben würde, daß er hier über einen Edelmann gestolpert war, der halbtot in seinen eigenen Wäldern lag. Es war einfach so … so unwahrscheinlich. Wenn er behauptete, der Baron zu sein, würden sie ihn für verrückt halten und liegen lassen, auf daß ihn die Wölfe fraßen.

»Bran«, sagte er. »Bran … von der Burggarnison. Troll … mich angegriffen. Bitte, Wasser …«

Schließlich gab der Mann seinen Widerstand auf. Er kniete nieder und hielt Branwolfs Kopf mit einer Hand, die andere ins Wasser, um ihm etwas davon in den ausgedörrten Mund zu geben.

»Ich kann hier nichts für Euch tun, Bran«, seufzte er bedauernd. »Die Wunde riecht übel. Habt Ihr noch Kraft genug, Euch festzuhalten, wenn ich Euch auf Euer Pferd hebe? Hier, Pip, halte deine Schulter her. Wir müssen ihn hochbekommen.«

Vor Branwolfs Augen verschwamm alles, als sie ihn aufrichteten. Sie stellten ihn auf die Beine, und er merkte, wie er gegen die Hinterflanke des Pferdes fiel. Donnerkeil, dachte er schwach, du hast mich nicht allein gelassen, alter Freund.

»Wie sollen wir ihn hochbekommen, Pa? Er ist ein großer Mann«, sagte Pip.

»May, du wirst uns helfen müssen, Lämmchen. Kannst du das?«

Branwolf spürte, wie ein zusätzliches Paar Arme seine Beine umfaßte, als sie ihn schmerzlich über den Pferderücken zerrten, bis er quer über dem Sattel lag. Schmerz bohrte sich in seinen Magen, und er schrie auf, nahm kaum noch wahr, daß sein Schrei schwach und wie aus weiter Ferne klang, als hallte er durch weite Berge.

Es mußte wohl eine Weile vergangen sein, bis er wieder zu sich kam, denn als nächstes hörte er das dumpfe Stampfen von Pferdehufen auf weichem Laub. Er erahnte das weiche Sonnenlicht, welches durch das dichte Dach der Bäume drang, und merkte dann, daß er vor Schmerzen stöhnte.

»Fast da, Bran«, flüsterte eine singende Stimme, die – wenn auch hoch – beruhigend war, und ihm wurde klar, daß das kleine Mädchen seine Hände hielt und versuchte, ihn zu trösten. Dieses süße, kleine Ding will mir helfen, dachte er, und es tröstete ihn.

»May«, murmelte er. »Das werde ich dir nie vergessen.«

»Ma wird wissen, was zu tun ist.« Sanft tätschelte sie seine Hand.

Donnerkeils schwankender Schritt war nicht richtig. Branwolf erinnerte sich an den wilden Klauenhieb des Trolls – diese vaalakischen Trolle waren brutal kräftig –, der sein stämmiges Pferd auf die Knie gezwungen hatte. Ob sich diese großen Trollklauen an Klippen haken und seine Zinnen erklimmen konnten? Bären konnten schließlich auf Bäume klettern.

Endlich hielten sie. Mays Vater gab Anweisungen, rief seine Frau und Freunde zu Hilfe. Es folgten eilige Aktivitäten, und Branwolf fühlte, wie ihn viele Hände von Donnerkeils Rücken hoben und zu einer behelfsmäßigen Hütte zwischen den Stämmen von vier großen Eichen trugen.

»Mein Pferd«, murmelte er. »Sorgt für mein Pferd.«

»Macht Euch keine Gedanken«, flüsterte eine kühle, weibliche Stimme. Branwolf fühlte sich an seine Frau erinnert. »Wir kümmern uns um das Pferd. Legt ihn ans Feuer, Leute. May, da drüben kocht Wasser über dem Feuer. Würdest du es holen? Und dann etwas Brühe … wie es aussieht, hat er ein paar Tage da draußen gelegen.« Zarte Finger berührten ihn. Die Frau seufzte. Branwolf schlug die Augen auf und sah eine kleine, rothaarige Frau mit sanften, kornblumenblauen Augen, die ihn voll Sorge betrachteten. »Keridwen? Keridwen? Ist es …«

Einen Moment lang glaubte Branwolf, er sähe seine Frau

an, doch die Wirklichkeit kehrte in sein qualvolles Denken zurück.

»Nein, Bran, ich bin Elaine. Hier, wir müssen Euch das Hemd vom Leib schneiden.« Mit zarten Fingern schälte die Frau Fetzen von zerrissener Wolle ab, die auf seinen Wunden getrocknet waren. Sie nahm ein feuchtes Tuch und weichte die Fetzen, die zu fest an seiner Haut klebten, auf.

»Igitt!« platzte es aus Pip heraus. Sein dunkelbrauner Haarschopf ragte unter den Ellbogen seiner Mutter hervor, als er sich vordrängelte, um einen Blick auf die Wunden zu werfen.

»Sie sind voller Gift«, sagte sie nüchtern zu ihrem Mann gewandt. »Wystan, geh und hol die alte Frau. Ich weiß nicht, ob ich das heilen kann.«

»Die alte Frau … bist du sicher? Wir haben seit Jahren nichts mehr mit ihr zu tun gehabt. Was wird der Kurat sagen?«

»Häng ihn auf, Wystan, häng ihn, wenn er mich diesen guten Mann hier nicht retten läßt.« Wieder fühlte sich Branwolf an seine lang schon verlorene Frau erinnert. Nie hatte er eine andere Frau in Belbidia so leidenschaftlich sprechen gehört. »Geh und hol die alte Frau … solange tue ich für ihn, was ich kann. Ich bin mir sicher, daß dieser Mann hier lieber durch die Hand der alten Frau lebt, als daß er wegen unseres neuen Glaubens sterben muß.«

»Sucht die Frau«, stöhnte Branwolf. »Es ist mir egal, wer sie ist. Ich muß meinen Jungen finden.« Plötzlich ging seine Angst um Caspar wie eine Flutwelle über ihn hinweg. Mit Mühe setze er sich auf. »Sie haben ihn gefangen!«

Mit fester Hand drückte ihn Elaine zurück und begann seine Wunden mit Wasser zu waschen. »Ihr schafft es keine zwei Schritte weit. Ihr müßt Euch jetzt entspannen. May, hast du die Brühe geholt? Hier, probiert das.«

Elaines zartfühlende Tochter half ihrer Mutter, Branwolf aufzusetzen, dann versuchten sie, ihm mit einem Knochenlöffel etwas Brühe einzuflößen. Er hustete und spuckte, was seine Wunden schmerzen ließ, doch beim dritten Löffel hatte er sich an die heiße, wäßrige Brühe gewöhnt, und das Schlucken fiel ihm leichter.

»So ist es besser, nicht wahr, Bran? Es ist für Euch das Beste, zu essen und zu schlafen, bis die alte Frau kommt. Sie wird wissen, was zu tun ist. Jetzt legt Euch hin, und wir reinigen Euch.«

Was meint sie damit? dachte der Baron, als er sich auf die Strohkissen legte und den beiden Frauen erlaubte, seine Stiefel auszuziehen und ihm die Hosen von den Beinen zu zerren.

»Mach einfach die Augen zu, May, solange du mir hilfst«, wies die rothaarige Mutter ihre Tochter an. »Suchen wir ein paar Lumpen, mit denen wir ihn wärmen können.«

Branwolf fehlte die Kraft, etwas einzuwenden, als Elaine ihn mit einem feuchten Tuch abwischte, um den Schmutz zu entfernen, der sich in den letzten Tagen angesammelt hatte. Sie trocknete ihn, dann wickelte sie ihn wie einen Säugling in Decken, nachdem sie die Wunden an seiner Brust mit frischem Tuch verbunden hatte. »Ihr seid voller Wunden und Prellungen«, sagte sie.

»Troll«, gab er zurück.

»Troll«, wiederholte sie nachfühlend. »Diese Vaalaker hatten hier ein Lager aufgeschlagen. Ein Dutzend oder mehr von denen, und sie haben ihre stinkenden Trolle mitgebracht. Vor zwei Tagen etwa sind die Nordmänner weitergezogen ... aber ein paar Trolle sind entkommen. Gestern nacht haben sie meine Ziegen getötet. Schlaft jetzt.« Trotz ihrer Anweisung plauderte sie leise weiter. »Ich weiß wirklich nicht, wieso der Baron keine Männer schickt, um diese Spione aus dem Wald zu vertreiben. Wir sind seine Untertanen, und genauso wie ein Hirte seine Herde beschützen muß, sollte der Baron sein Volk beschützen. Warum steigt er nicht von seiner hübschen Burg herab, kommt hierher geritten und treibt sie zurück?« Sie seufzte schwer.

Weil, so dachte Branwolf, ich nicht genügend Männer habe, um meine ganze Nordgrenze bewachen zu können. Immer werden Kundschafter durch Lücken hinter die Linien schleichen, wie auch die Truppen des Königs tief in die Drachenwüste eindringen können, ohne daß die Nordmänner es bemerken. Er konnte den Paß verteidigen … zumindest bis zu einem bestimmten Punkt. Die größte Armee, die je die Festung angegriffen hatte, war vor dreihundert Jahren das Heer der Ceolothianer gewesen. Ohne weitere Gegenwehr waren sie durch Vaalaka marschiert und hatten mit einer Stärke von zwölftausend Mann angegriffen. Torra Alta hielt der Belagerung zehn Monate lang stand, und inzwischen hatten die alten Ballisten die Zahl der Feinde dezimiert. Einige hatten versucht, die Festung durch die Gelben Berge zu umgehen, doch sie hatten sich verteilen müssen und die Königstruppen somit leichtes Spiel, sie einzufangen, als sie tröpfchenweise ungeordnet in die Ebene liefen.

Branwolf seufzte, als er dieses Exempel bedachte. Zwölftausend Mann hatten erfolglos zehn Monate lang eine dreitausend Mann starke Garnison belagert. Er hatte tausend Mann, die bald schon dem Zehnfachen der ceolothianischen Stärke gegenüberstanden. Die Chancen standen schlecht, und die Ceolothianer hatten keine Trolle eingesetzt. Liebe Frau, dachte er, ich kann dich hier draußen in den Wäldern nicht beschützen. Im Süden meiner Baronie, jenseits der Burg, kann ich euch Schutz anbieten, mehr aber nicht.

Nach der Brühe fühlte er sich besser, doch das Fieber quälte ihn. Schwer und feucht fühlten sich die Decken an, drückten ihn auf seine behelfsmäßige Ruhebank. Er hörte, wie die Frau auf und ab lief. »Sie sollten längst schon zurück sein«, brach es aus ihr heraus.

Schließlich kam Pip als erster aufgeregt in die Hütte gelaufen. »Sie ist fort. Die alte Frau ist nicht mehr da.«

»Wir sind gleich in die innere Hütte gegangen, Elaine, und sie ist leer.« Wystan stampfte hinter seinem Sohn herein. »Ihr Kessel ist nur lauwarm und die Asche im Herd fast kalt. Die äußere Hütte um den Sumpf ist voller Spuren. Trollspuren, viel davon, überall, bis tief in den Morast. Sie ist weg.«

»Hm, genau wie dieses vaalakische Lager am Rand des Keilerwaldes. Merkwürdig«, fügte Elaine seufzend hinzu, dann starrte sie nachdenklich auf Branwolf hinab. »Vertraut Ihr mir, Bran?«

Mit eingetrübtem Blick sah er in ihr Gesicht auf, doch er konnte das Bild nicht ruhig halten. Manchmal glaubte er, Elaine zu sehen, und manchmal wieder dachte er, es sei Keridwen.

»Bran, ich muß Euch sagen, daß sich diese Wunden immer tiefer in Euer Fleisch fressen werden, und ich kann sie Euch nicht schmerzlos heilen. Die alte Frau kennt viele Heilpflanzen, die Euren Schmerz lindern könnten. Ich kann das Gift nur mit Salz und Alkohol aus Eurem Körper ziehen, und es wird schmerzen, als würde ich Euch mit einem stumpfen Messer die Haut aufschneiden. Aber Ihr werdet es ertragen müssen. Anderenfalls wird sich die Entzündung immer weiter und weiter ausbreiten.«

Da er nur an seinen verlorenen Sohn dachte, nickte Branwolf grimmig.

»May, flöße du ihm soviel Wasser wie möglich ein. Je mehr er trinkt, desto mehr Gift können wir aus ihm herausspülen. Dann fache das Feuer an, so ist es brav. Wir müssen ihn zum Schwitzen bringen. Wystan, hol das Salzfaß.«

»Er wird ohnmächtig werden, El. Weißt du, was du tust?«

»Nein, natürlich nicht. Ich bin das Weib eines Holzfällers, keine weise Frau«, fuhr sie ihn an. »Nur die Alte versteht noch, wie die Natur wirkt, nur sie und ihr kleines Mädchen.«

May rang darum, Branwolfs Kopf anzuheben, damit sie ihm mehr Wasser in den Schlund gießen konnte. Er hustete und würgte, doch schaffte er es, einige Mundvoll zu schlucken. Über den Rand seiner Tasse hinweg sah er Elaine mit einer Holzschale in beiden Händen näherkommen. Sie rührte mit einem Löffel darin herum, dann nickte sie May zu, den verwundeten Mann wieder flach auf das harte Ruhebett zu legen. Branwolf spürte, wie kühle Hände ihm die Bandagen von der Brust schälten.

»Wystan«, murmelte Elaine leise, »halt seinen Arm fest.«

»Uaah … urks … eklig!« rief Pip angewidert aus, als die Bandagen abgezogen wurden. Branwolf roch das faule, verwesende Fleisch.

»Pip, wenn dir übel wird, geh hinaus.«

»Nein, Ma, nein.« Der Junge schluckte angestrengt.

»Also, Bran, das hier ist eine Salzpaste. Sie wird das Gift aus der Wunde ziehen, aber es wird weh tun. Ihr habt dort nicht mehr viel gesunde Haut. Seid Ihr bereit?«

»Tut es, Frau.« Der Baron holte tief Luft und versuchte, sich auf das einzig Wichtige zu konzentrieren: stark genug zu werden, daß er seinen Jungen retten konnte. Eine Sekunde lang spürte er nichts, als Elaine die Paste auf seinem verletzten Brustkorb verrieb, dann plötzlich war ihm, als bohrte ein ganzer Bienenschwarm die Stacheln in sein wundes Fleisch.

»Hier, Pip, May, schnell«, rief Wystan mit zusammengebissenen Zähnen. »Helft mir, seine Arme festzuhalten. Er ist ein starker Mann. Nun bin ich schon ein Holzfäller, der sein Leben lang die Axt geschwungen hat, und kann ihn doch nicht halten, obwohl er schwer verwundet ist.«

Branwolf stellte sich vor, daß der Teufel geschmolzenes Metall über ihn goß, während er mit einem glühend heißen Dreizack auf seine Brust einstach. Ich werde sterben. Eine Stimme voller Bedauern schwemmte aus seinem Unterbewußten auf. Der Schmerz wird mich töten.

»Halte durch«, flüsterte eine kleine Stimme mitleidsvoll an seinem Ohr. »Halte durch, Bran. Es tut nicht ewig weh. Letzte Woche habe ich mir in den Finger geschnitten, und das Salz hat gebrannt und gebrannt, und ich habe geweint, aber dann wurde es besser. Es tut nicht ewig weh. Bitte schrei nicht mehr, Bran«, flehte Mays ängstliche, kleine Stimme.

Im Delirium sah Branwolf nun, wie sich seine Frau über seinen Bauch beugte, mit ihren langen Fingernägeln an seiner Brust riß. Sie klaubte Fetzen zerrissener Eingeweide hervor und nährte sich gierig wie ein Kobold an seinem Fleisch. Hungrig grub sie nach seinem Herzen. Tropfende Muskelstränge glitten aus seinem Inneren in ihren Mund, während ihre Zähne spitz wie die von Wölfen wurden. »Keridwen, vergib mir, vergib mir. Ich wollte dir nicht weh tun. Vergib mir, Keridwen.«

Seine Halluzinationen verflogen so abrupt, wie sie gekommen waren. »Schscht Bran, schscht. Keridwen ist nicht hier.«

Langsam legte Wystan Branwolfs Arm wieder neben ihn. »Hat er es geschafft, El? Er ist ganz schlaff, und ich kann keine Atmung mehr erkennen.«

Branwolf wollte den Holzfäller beruhigen, doch ihm fehlte die Kraft. Elaine hob seine Augenlider und starrte in die Pupillen. »Er ist noch unter uns.« Sie lächelte warm. »Er ist ein starker Mann. Wenn er es bis hierhin geschafft hat, wird er es auch ganz schaffen. Er muß von stahlharter Entschlossenheit sein, wenn er so lange draußen überleben und dann diesen Schmerz ertragen kann. Er muß einiges haben, was ihm das Leben lohnenswert macht. Diese Trolle sind grausame Viecher.«

Als Branwolf erwachte, taten ihm alle Knochen weh, aber zumindest war ihm kühl. Fleckig fiel das Sonnenlicht direkt durch das behelfsmäßige Dach der Hütte. Elaine stand über ihn gebeugt im hellen Lichtschein und untersuchte die Schnittwunden an seiner Brust. Mittag, dachte er, doch welcher Tag? Endlich war sein Kopf wieder klar, nur wollten sich seine Muskeln nicht seinem Willen fügen. Er schaffte es, ein Augenlid anzuheben, und betrachtete Elaine, dachte, wie schön sie war. Schuldbewußt vertrieb er den Gedanken. Pip saß auf der Ecke eines zusammengezimmerten Tisches und ließ die Beine baumeln. Er war barfuß und trug Hosen, die kurz unter seinen Knien endeten, und sein Haar fiel ihm bis über seine Nase. Innerlich lächelte Branwolf. Der Junge erinnerte ihn an Hal, als dieser klein gewesen war. Pip war etwas trotzig, und in seinen dunkelbraunen Augen lag unverkennbar ein Hauch von Rebellion.

Pip spielte mit etwas in seiner Hand. Es blitzte im Sonnenlicht.

»Leg das weg«, fuhr Elaine ihn böse an. »Wenn dein Vater dich damit erwischt, setzt es ein paar harsche Worte. Warum bist du nicht draußen und hilfst ihm?«

»Ich passe für Bran darauf auf«, gab Pip frech zurück, was Branwolf definitiv an seinen Halbbruder erinnerte.

»Autsch!« rief Pip plötzlich aus.

»Hast du dich geschnitten?« fragte Elaine wütend, ohne jeden Anflug von Mitleid. »Ich wußte es. Jetzt verschwinde hier.«

»Hab ich nicht!« stritt Pip ab, drückte fest seinen Finger und versteckte ihn. »Aber Bran braucht mich, wenn er aufwacht. Er wird jemanden haben wollen, der mit ihm reden kann, und deshalb darf ich nicht weg.«

»Er braucht noch eine ganze Weile niemanden, mit dem er reden kann, du kleiner Halunke«, knurrte Elaine. »Und jetzt geh, bevor ich dich mit dem Besenstiel verdresche.«

»Warte nur ab, Ma. Ein paar Jahre noch, dann bin ich größer als du!« Ein breites Grinsen umrahmte die vielen Zähne in seinem Mund.

»Nun, dann werde ich wohl den Verstand in dich hineinprügeln müssen, bevor es zu spät ist, was?« Elaine jagte ihn um den Tisch; er kicherte wie ein Kobold und floh aus der Hütte. Elaine seufzte.

Branwolf sank wieder in Schlaf, und als er aufwachte, war es diesmal dunkel. Der Duft von gesundem Essen drang in seine Nase.

Pips aufgeregte Stimme quiekte in seinen Ohren. »Ma, er ist wach. Ich habe gesehen, wie er sich bewegt.«

»Schscht.« Mays Stimme war sanft, doch ebenso hoch. »Sprich nicht so laut. Lärm tut weh, wenn man krank ist. Wußtest du das nicht? Pa sagt uns immer, wir sollen leise sein, wenn er krank ist.«

In Branwolfs Kopf drehte sich alles, als sie ihn aufrecht setzten, doch nach einigen Augenblicken legte sich die Übelkeit. Nachdem er etwas kühles Wasser getrunken hatte, hörte er sich selbst sagen: »Mein Gott, bin ich hungrig.« Sogleich mußte er grinsen, denn die Worte erinnerten ihn an seine beiden Jungen. Da kamen wieder die Sorgen. Vielleicht würden die Vaalaker sie wegen der Informationen über Torra Alta foltern. Er versuchte, die Decken von sich zu treten, die seine Beine umwickelten, doch seine Muskeln reagierten nur kraftlos.

»Mein Junge. Ich muß ihn finden, bevor die Vaalaker ihn töten«, erklärte er den verdutzten Bauern.

»Hört zu, Bran«, erklärte Wystan mit ruhiger Stimme. »Ich verstehe, wie Ihr empfindet. Nichts auf der Welt ist mir wichtiger als Pip und May. Aber vorerst werdet Ihr aus eigener Kraft nirgendwohin gehen. Es wird eine Weile dauern, bis Ihr wieder bei Kräften seid.«

May und ihre Mutter brachten je zwei Holzschalen mit Brühe dorthin, wo Branwolf auf dem Ruhebett lag, dann kehrte Elaine ans Feuer zurück.

»El, komm schon, bring auch etwas für dich«, rief der Holzfäller. »Es reicht ohnehin gerade eben, um nicht zu verhungern.«

Er legte seine Stirn in Falten und schlürfte ohne Freude dünne Suppe von seinem Löffel.

»Seht Euch meine kleine May hier an«, sagte er dann zu dem Baron. »Ich muß meinen Kindern gutes Essen geben. Aber das Wild ist in letzter Zeit verschwunden, von Trollen gerissen, und ich kann nur noch Wildschweine jagen. Es ist gutes Fleisch. Allerdings«, er legte eine bedeutsame Pause ein und warf einen Blick auf die feinen Waffen des Barons, welche am Rand des Bettes lehnten. »Natürlich ist es uns verboten, Wildschweine zu jagen. Der Baron hat höchstpersönlich ein Verdikt erlassen, in dem es heißt, sämtliche Wildschweine müßten an ihn gehen ... wegen der Zähne, nehme ich an.«

»Ich bin mir sicher, daß der Baron nichts dagegen einzuwenden hätte, wenn ein Wildschwein May satt macht.« Branwolf lächelte schwach, fühlte sich der Aufgabe, den armen Mann zu trösten, nicht gewachsen. Dringend wollte er Boten entsenden, um dieses unselige Gesetz hinsichtlich der Wildschweinjagd aufzuheben. Falls er Torra Alta jemals wiedersehen würde, wollte er dies als erstes tun. Die Brühe schmeckte seinem ausgedörrten Mund köstlich, und erleichtert wurde ihm bewußt, daß er auf dem Wege der Genesung war, daß sein Fieber fast abgeklungen war.

»Es tut mir leid, daß sie so wenig Geschmack hat« entschuldigte sich Elaine für ihre Kochkunst, »aber jetzt haben wir kein Salz mehr.«

»Können auch keins holen«, warf Pip ein, »bis der Baron die Vaalaker vertrieben hat.«

Branwolf hob ihnen seine Schale wie zum Gruß entgegen. »Mylady, die Brühe ist ausgezeichnet, und es tut mir leid, daß Ihr Euer ganzes Salz an mir verbraucht habt, aber eines Tages, das verspreche ich, werde ich alles wiedergutmachen.«

»Woher wißt Ihr, daß der Baron nichts dagegen einzuwenden hätte, wenn May Wildschweinbraten essen würde?« wollte Pip plötzlich wissen, denn sein kindlicher Verstand kehrte zur Bemerkung des Barons zurück. »Kennt Ihr ihn denn? Ma sagt, als sie ein kleines Mädchen war, haben sie jede Woche Wildschweinbraten gegessen, weil es soviele davon gab. Aber als der alte Baron starb, wollte der neue Baron alle Wildschweine für sich allein. Stimmt das?«

Branwolf sah ihn fragend an. »Ich glaube, ganz so ist es nicht, Pip. Weißt du, es war nur ein Zufall, daß König Rewik eben zur gleichen Zeit von der Idee begeistert war, überall im Land Kathedralen bauen zu lassen, als der alte Baron starb. Davon war keine Baronie ausgenommen. Nun, für Faronshire, des Königs eigene Baronie, ist das nicht so schlimm. Dort produzieren sie übermäßig viel Getreide und können es zu einem guten Preis verkaufen. Sie haben viel Geld, das sie in verschwenderische Bauten stecken können. Ebenso in Jotunn. Die haben reichlich Vieh, und Nattarda produziert tonnenweise Sahne, Butter und Käse, was sich alles gut verkaufen läßt. Nur sind wir in Torra Alta ein Bergvolk, das kaum irgend etwas im Übermaß besitzt. Es ist ein schwereres, härteres Leben, und wir leben nicht in Saus und Braus. Wir können Holz verkaufen, Keilerhauer und Pferde, doch nicht viel mehr. Bevor die schweren Winter den hohen Norden verwüsteten, war Vaalaka ein friedliches

Land, und Torra Alta verdiente gutes Geld damit, den Paß für die Händler offen zu halten, doch sind diese Zeiten schon lange vorbei. Der Baron braucht die Wildschweine, um die neuen Steuern zu bezahlen, und nicht, weil er sein Volk weniger liebt, als sein Vater es getan hat.« Branwolf war traurig, daß er von seinem Volk derart mißverstanden wurde. Während er so redete und die Situation zu erklären versuchte, wurde ihm klar, daß Keridwens Prophezeiung wahr wurde. Er hatte seiner Baronie alles genommen, und nun zahlten die Menschen den Preis dafür.

»Wir kommen von weiter östlich, aus der Nähe des Passes«, erklärte Wystan. »Aber nachdem so viele Bäume gefällt waren, konnten wir uns nirgendwo mehr verstecken, als immer wieder Vaalaker kamen. Deshalb mußten wir unser Haus verlassen und uns hier in diese Hütte tief im Wald zurückziehen. Sie sind ganz in der Nähe vorübergezogen, ein paarmal schon im letzten Monat, normalerweise in Banden von nicht mehr als einem halben Dutzend oder so, aber so weit kommen sie nicht in den Wald hinein.«

»Ich habe die Burg gesehen«, erklärte Pip und wechselte abrupt das Thema, »wenn auch nur aus weiter Ferne. Im Frühling haben wir ein paar Stämme in das Tal gebracht, in dem sich die Fuhrmänner treffen, und da habe ich die Burg gesehen! Das war kurz bevor wir hierher gezogen sind. Man hatte gesagt, der Baron würde uns südlich des Passes Schutz bieten, doch wollte Pa nicht, daß wir dorthin gehen. Er sagte, es sähe aus, als hätten wir Angst, und außerdem würde er sich ohnehin nicht mit den Waldbewohnern verstehen, also sind wir statt dessen hierher gezogen. Die Burg war wie eine spitze Krone hoch oben auf diesem Felsen. Ich konnte nicht glauben, daß sie echt war. Ich konnte mir nicht vorstellen, wie man es geschafft hat, sie überhaupt dort oben zu bauen. Die Fuhrmänner nahmen die Straße hinauf nicht gern. Sie sagten, die Höhe sei furchterregend, und wenn man oben angekommen sei, könne man die ganze Welt sehen. Und manchmal kann man sogar auf die Adler und Falken hinabsehen, die unter einem durchs Tal fliegen. Wenn man von der Burg aus in die Tiefe blickt, sehen die Menschen wie Ameisen und die Karren wie Käfer aus.«

»Das sagen sie?« Branwolf lächelte.

»Und«, fuhr er mit einem atemlosen Satz fort, »sie sagen, daß alle Soldaten immer Pfeil und Bogen bei sich tragen und sie einen Mann auf vierhundert Meter töten können. Wenn ich groß bin, will ich Soldat werden. Ich will einer von den Bogenschützen des Barons sein und einen Rock mit seinem blaugoldenen Wappen tragen. Wenn Ihr Soldat der Garnison seid, Bran, könntet Ihr mir dort einen Platz besorgen, wenn ich größer bin?« Mit unschuldigen, bittenden Augen sah er Branwolf an.

Der Baron lächelte und versuchte, das Thema zu wechseln. »Mein eigener Sohn hat mir hundertmal schon gesagt, wenn er groß ist, will er ein Adler werden, damit er in den Himmel fliegen und den Mond studieren kann, aber ich hoffe, daß er über kurz oder lang vernünftig wird. Er kommt nach seiner Mutter.« Branwolf seufzte und ließ May seine leere Schale nehmen. Elaine kam herüber, um seine Bandagen abzunehmen und die Wunden zu inspizieren. Diesmal warf Branwolf einen Blick auf das Ausmaß des Schadens. Er war von häßlich roten Wulsten gestreift, verheilt zu dickem, krustigem Schorf.

»Ich sehe wie ein frischgepflügtes Feld aus«, lachte er, obwohl er die Situation nicht wirklich komisch fand.

»Schließlich brauchten wir die Zauberkraft der alten Frau nun doch nicht, trotz aller Aufregung«, sagte Wystan zufrieden. »El trauert den alten Zeiten noch immer nach. Ihr wart mir ein schweres Stück Arbeit. Ihr wißt, daß ich Holzfäller bin, und es ist harte Arbeit, den ganzen Tag lang eine Axt zu schwingen, und davon bekommt man dicke, fette Muskeln. Aber ich dachte, ich ringe mit einem Ochsen, als ich versucht habe, Euch festzuhalten.«

Branwolf lächelte. »Kaum jemandem ist bewußt, wieviel Kraft man braucht, einen langen Bogen zu spannen. Man bekommt eine breite Brust und harte Muskeln.«

»Dann seid Ihr also Bogenschütze und nicht Schwertkämpfer?« fragte Wystan etwas mißtrauisch und deutete dabei auf die Ansammlung von Waffen. Sie hatten Schwert und Köcher zur Sicherheit hereingeholt und neben den Wurfmessern plaziert. »Für mich seht Ihr eher wie ein Söldner aus. Und Euer Pferd, das ist kein Pferd für einen Bogenschützen. Ich bin kein Dummkopf, Bran. Hinter Eurer Geschichte steckt mehr, als Ihr uns erzählt habt.«

»Mein Hengst, ist er wieder gesund?« fragte Branwolf voll Sorge und wich gleichzeitig der scharfsichtigen Frage des Mannes aus. »Was macht seine Schulter? Er hat einen Hieb von diesem Troll bekommen.«

»Es geht schon besser. Ich habe ihn etwas ausgeführt, weil ich dachte, die Bewegung würde ihn auflockern, aber er hat mir ganz schön zu schaffen gemacht, also habe ich ihn lieber wieder reingebracht. Er ist nicht so leicht zu führen wie die Tiere, die wir zum Bäumeschleppen einsetzen.«

»Nein, das kann man wohl sagen«, erwiderte Branwolf nachdenklich.

»Nun, nachdem Ihr meine Gastfreundschaft genossen habt, Bran, wollt Ihr Eure Schuld damit begleichen, daß Ihr uns erzählt, wer Ihr wirklich seid und was geschehen ist, daß Euer Junge gefangen wurde?«

»Ein Trupp vaalakischer Schweinehunde hat meinen Sohn entführt, und da er auf der Burg lebt, fürchte ich, daß sie ihm unter Folter Fragen stellen.«

»Dann seid auch Ihr jemand, der sich wünscht, der Baron würde Männer schicken, die verhindern, daß die Vaalaker frei im Wald herumspazieren.«

Branwolf schüttelte den Kopf. »Nein, ich bin nur auch ein Vater, der sich wünscht, sein Sohn wäre gehorsamer und würde nicht an Orte gehen, die ich ihm verboten habe, weil es dort zu gefährlich ist.«

Wystan nickte verständnisvoll und warf einen Blick auf seinen eigenen Sohn. »Die Gefahr zieht kleine Jungen magisch an. Sie suchen sie direkt, aber sie wären auch keine Jungen, wenn dem nicht so wäre.«

»Hier, seht euch das an!« rief Pip aufgeregt und zeigte auf den Griff an Branwolfs Schwert. »Pa, sieh dir das an ... wow!«

Böse meldete sich Elaine zu Wort: »Junger Mann, jetzt läßt du Bran in Frieden. Er braucht noch Ruhe.« Elaine schleppte Pip mit sich, während er noch auf die Waffen zeigte und sein Mund in sprachloser Erregung auf und zu klappte.

Branwolf tat, als schliefe er ein. Er wußte, daß er schwach war, doch er brauchte keine Beine, nachdem Donnerkeil nun wieder gesund war. Er brauchte nur Kraft genug, das Roß zu besteigen. Er hatte nicht die Energie, mit Elaine zu streiten, aber er war stark genug, weiterzureiten ... er mußte es sein. Wenn er einen Streit mit ihr vermeiden wollte, müßte er mitten in der Nacht davonschleichen. Es würde undankbar erscheinen, aber sie würde ihm nur sagen, daß er viel zu schwach zum Reisen war. Außerdem wäre die Spur der Jungen bald kalt. Er konnte nur sofort losreiten, in der Hoffnung, daß sie nicht schon gänzlich verweht war.

Als schweres Atmen und Schnarchen die Hütte erfüllte, schob Branwolf seine schmerzenden Beine unter den Decken hervor. Er griff nach seinen Kleidern, die Elaine freundlicherweise gewaschen, getrocknet und ordentlich neben ihm zusammengelegt hatte, und stützte sich mit einem Arm gegen die Liege, als er auf die Beine kam. Er kämpfte gegen die Schwäche an, zog mit steifen Fingern seine Hosen hoch und fummelte mit der Gürtelschnalle herum. Langsam ließ er sich wieder auf das Bett zurück, um seine Stiefel hochzuziehen, doch mußte er mehrmals innehalten, um Luft zu holen. Wütend schlug das Herz in seiner Brust, aber zumindest schmerzte die Wunde nicht allzu schlimm.

Er schob die Wurfmesser in seinen Gürtel, sammelte sein Schwert auf und klemmte sich die beiden Köcher unter die Arme. Er war gezwungen, einen der Köcher wieder zurückzulegen. Das alles war einfach zu schwer, um es mit einem Mal zu tragen. Er schlurfte über den strohbedeckten Boden, hielt sich am Tisch fest und stürzte der klapprigen Tür entgegen. Er stützte sich am Türpfosten fest, und die Borke unter seinen Fingern zeigte ihm, daß der Pfosten eigentlich ein Baumstamm war. Er ruhte sich aus, lehnte sich an den Baum, um der Nacht zu lauschen, vor allem auf Ungeheuer, Trolle und Vaalaker. Ganz in der Nähe hörte er das Atmen des schlummernden Donnerkeil.

Als er den wackligen Schuppen erreichte, in dem sein Pferd angebunden war, war er schweißgebadet und zitterte. Er stolperte in der Dunkelheit herum, suchte Satteldecke und Sattel. Er brauchte mehrere Anläufe, doch schließlich war er in der Lage, den schweren Sattel auf Donnerkeils Rücken zu werfen. Er schob dem Hengst das Gebiß in den Mund und zog ihm das Zaumzeug über die schwarzen Ohren, dann befestigte er die Satteltaschen und schob sein Schwert in die Scheide. Er war erschöpft.

Er lehnte sich an den Baum, holte tief Luft, bevor er leise in die Hütte ging, um den zweiten Köcher mit Pfeilen zu holen. Als er sah, daß Wystan und seine Familie noch immer selig schlummerten, wünschte sich Branwolf, er könnte ihnen von ganzem Herzen danken, bevor er ging. Er war stolz, ein Torra Altaner zu sein. Stolz auf sein Volk.

Er suchte in seinen Satteltaschen und fand einen kleinen, rostigen Eisendolch, an dessen Griff Juwelen eingebettet waren. Es war der Dolch, den jemand im Tunnel verloren hatte und der aus dem alten Schatz stammen mußte. Sicher war er ein Vermögen wert. Er wickelte ihn in ein Tuch und betrachtete den Kerzenstummel, der auf dem Tisch glimmte. Das Wachs war noch heiß. Er drückte etwas vom warmen Wachs ins Tuch, drehte seinen Ring am Finger herum und druckte seinen Halbmond in das Wachs. »Ich danke dir, Wystan, ich danke dir, Elaine« murmelte er, als er den Dolch auf den Tisch legte und in die Nacht hinaustrat.

Er führte Donnerkeil einige Schritte von der Hütte weg, bis er im Mondlicht über einen Baumstumpf stolperte. Er brauchte einen Schemel, um auf sein schweres Roß zu steigen. Donnerkeil schien zu spüren, daß sein Herr Schwierigkeiten hatte, und stand ganz still und fest, während Branwolf versuchte, den Sattel zu erklimmen. Er ließ die Arme auf dem Knauf ruhen, um seinen erschöpften Körper zu stützen, während er das Pferd mit seinen Beinen lenkte, in die Richtung, in welcher Wystan auf die Hütte der alten Frau gedeutet hatte. Wenn sich dort Trollspuren fanden, dann waren die Vaalaker dort gewesen. Im Morgenlicht würde er sie finden, doch im Augenblick mußte er etwas Abstand gewinnen, um seine Reise beginnen zu können.

»Nachdem ich nun endlich oben bin«, teilte er Donnerkeil mit, als sie durch das Unterholz raschelten, »werde ich hier oben schlafen und essen und nie mehr absteigen. Ich glaube nicht, daß ich die Kraft hätte, noch einmal aufzusteigen.«

Die Nacht war still, gestört nur vom Schrei einer Eule und den hellroten Augen eines Fuchses, der ihn aus dem Schutz des Unterholzes anstarrte. Gelegentlich nahm er das Kauen von grasendem Wild auf den Waldlichtungen wahr, doch ansonsten ritt er durch eine einsame Welt. Bis auf …

Ja, er war sicher. Da war es wieder, irgend etwas strich durch die Büsche. Er erstarrte, als das Rascheln im Unterholz näherkam.

KAPITEL 3

Vor ihnen erhob sich das fahle Kalksteinplateau der Drachenwüste, pockennarbig vom Alter und von grauer Bimssteinasche überzogen, wo vulkanische Gase die Erde versengt hatten. Die vaalakischen Klippen ragten fast senkrecht über dem nördlichen Teil des Keilerwaldes auf, blickten finster wie das zerklüftete Gesicht eines alten Mannes auf sie herab. Im ständigen Wechsel von Schnee und Schmelze bildeten sich in den Schluchten rissige Felsen wie Falten. Eine klaffende Höhle wurde zum zahnlosen Mund mit einem Bart aus Ginsterbüschen. Felssplitter bildeten das alte Gesicht, und ein winziges Dickicht roter Birken, das sich in den Schutz einer Höhlung drückte, versah es mit einem intakten Auge und gab ihm den Anschein, als würde der alte Mann zwinkern.

Hal ritt auf dem ersten steilen Weg voraus. Im Laufe der vergangenen Jahrhunderte hatten Unmengen von Ziegenhufen einen schmalen und wirren Pfad quer durch das alte Gesicht getrampelt. Allmählich wurde der Weg zu einem schmalen Sims, der von Felsvorsprüngen zu Stufen und Absätzen unterbrochen war. Als die Pferde auf losem Geröll zu rutschen begannen, stiegen die Belbidianer eilig ab und führten ihre Pferde vorsichtig den steilen Pfad hinauf, bis sie wieder festeren Boden unter den Füßen hatten. Hal tätschelte sein Pferd am Hals und murmelte ein paar beschwichtigende Worte, als sie auf nackten Felsen an den schwindelerregenden Rand der Klippen kamen. Der Weg vor ihnen klammerte sich mit den Fingernägeln an den Überhang.

Stetig und vorsichtig kamen sie voran, bis das Gefälle des Ziegenpfades abrupt von einer hohen Stufe unterbrochen wurde, bevor er auf der nächsten Ebene weiterging. Die Ziegen mußten wohl fünf Fuß an der kahlen Mauer hoch auf den Weg gesprungen sein, welcher sich auf Augenhöhe der bestürzten Reisenden fortsetzte.

»Kein Problem für eine Ziege«, seufzte Hal, »aber für ein voll beladenes Pferd …«

»Unmöglich«, endete Brid.

Eine Herausforderung, dachte Caspar.

Selbst Morrigwen schwieg und sah zum ersten Mal hilflos aus. Caspar merkte, daß den anderen die Ideen ausgegangen waren, und wenn ihm nichts einfiel, würden sie die Pferde zurücklassen müssen. Sie hatten einen langen, zermürbenden Marsch vor sich, und voll Sorge sah er Morrigwen an. Sie würde es ganz sicher nicht schaffen. Und die Chancen, daß die Pferde es zurück bis in den Keilerwald schafften, standen schlecht. Den Vaalakern würde ihr Fleisch verlockender scheinen als Wildschweinbraten: Die Pferde waren größer.

»Also gut.« Caspar war entschlossen. »Wir laden ab und schaffen das Gepäck selbst dort hinauf.«

»Und die Pferde?« wollte Brid wissen. »Wir können die Drachenwüste unmöglich ohne sie durchqueren.«

»Ohne das Gepäck können sie den Sprung schaffen«, erklärte Caspar.

Besorgt sah Brid zwischen dem bevorstehenden Sprung und dem steilen Abhang hin und her und schüttelte den Kopf. »Es ist zu gefährlich. Ich kann das nicht.«

»Ich sage ja auch nicht, daß du es tun sollst.« Caspar lächelte zuversichtlich, zufrieden mit sich, daß er endlich einen positiven Beitrag zur Lösung einer schwierigen Situation leistete. »Ich werde es tun.«

»Nein!« Brid widersprach ihm heftig.

»Und wer gibt hier jetzt die Befehle?«

»Es sind meine Pferde«, hielt sie unbeugsam dagegen. »Du kannst dir deinen eigenen, dummen Hals brechen, aber ich werde nicht zulassen, daß du sie tötest.«

Hal hob eine Hand, um sie zum Schweigen zu bringen. »Wenn er sagt, daß er es kann, dann kann er es. Wenn irgendwer es kann, dann Spar. Er versteht die blöden Viecher irgendwie.«

»Suche stets nach dem Geheimnis im Namen«, wiederholte Morrigwen, als riefe sie sich selbst eine alte und fast vergessene Lektion wach. »Bist du sicher, Caspar, Caspar, der Reiter?« Sie betonte die erste Silbe seines Namens. »Die ganze Zeit über haben wir dich Spar genannt, und ich hatte schon vergessen, was dein Name bedeutet.«

»Ich kann es schaffen.« Caspar nickte mit tapferer Miene und glitt herab, um dem Rand nicht allzu nah zu kommen. »Ladet eure Packen ab und laßt die Pferde ein Stück rückwärts gehen. Ich führe sie dann nacheinander hinüber.«

Brids Gesicht war blaß, und sie wollte ihm nicht in die Augen sehen, als sie die Satteltasche nach vorn weiterreichte. Kurz strichen ihre Finger über Caspars Handrücken, und er spürte die Bestürzung und Furcht in ihrer Berührung.

»Ich komm schon zurecht, ehrlich«, versicherte er ihr. Feuerschweif und ich haben das früher fünfmal täglich vor dem Frühstück gemacht.« Er versuchte, einen Scherz zu machen, doch bei sich dachte er, daß Feuerschweif das einzige Pferd war, dem er bei einem derart wahnsinnigen Sprung vertrauen würde.

»Du bist mir egal. Ich mache mir Sorgen um die Pferde«, fuhr das Mädchen ihn an.

Hals lange, schlanke Finger griffen nach dem Rand des Simses, als er sich hochzog, um die Satteltaschen in Empfang zu nehmen, die Caspar ihm reichte. Reißer war etwas schwieriger, da der große, schlanke Hund soviel wie Brid wog. Mit steifen Beinen und zitterndem Schwanz wimmerte er, als man ihn so hoch in die Luft hob.

»Hast du ihn?«

»Fast«, knurrte Hal. »Na ja, sein Halsband jedenfalls.«

Reißers hintere Klaue kratzte über Caspars Wange, als der Hund rudernd auf den festen Felsen wollte. Brid war leichter hochzuheben, aber Caspar wurde verlegen, als er sie um die Hüften hielt, damit sie auf den Sims springen konnte.

»Ich finde, du bist ein sturer Idiot«, tadelte ihn das Mädchen scharf. »Du tust so etwas Tollkühnes nur, um dich zu beweisen. Der Sturz ist zu tief, um daraus ein Spiel zu machen.«

Glücklicherweise war Morrigwen noch leichter, doch mußten ihre zarten Knochen vorsichtig behandelt werden. Sie klagte bitterlich, als Hal sie anhob. Der Junge war froh, ihrer scharfen Zunge zu entgehen, als er wieder auf die untere Ebene des Ziegenpfades sprang, um seinem Neffen mit den Pferden zu helfen.

»Gut, alles bereit? Ich gebe dir mein Jagdmesser, wenn wir das Zeug hier holen.« Hals weiße Zähne grinsten seinen jungen Gefährten an. Dann sagte er leiser: »Ich bin nicht feige, weißt du, daß ich mich da raushalte. Aber du machst das viel besser als ich.«

»Ich weiß«, antwortete Caspar.

Das zahme Wesen der Bergrasse brachte es mit sich, daß die Pferde selbst auf dem windumtosten Sims ein Stück weit rückwärts gingen und still und leise warteten. Die Rotschimmelstute, auf welcher Caspar geritten war, stand ganz vorn, als erste der vier. Der Junge war erleichtert, da er an ihren Schritt und ihr Temperament bereits gewöhnt war.

»Fertig, Mädchen?« fragte er und drückte dabei die Zügel, um das Gebiß zu spüren und die Aufmerksamkeit des Rotschimmels auf sich zu lenken. Die Stute warf ihren Kopf hin und her, konnte es kaum erwarten, loszustürmen. Caspar spornte sie an. Er saß tief im Sattel, sammelte sie unter sich, als er fühlte, daß sie Anlauf nahm. Fast fühlte er die Felswand links neben sich, als er das Tier so weit wie möglich vom Abgrund fernhielt. Normalerweise hätte er alles, was auf einem derart schmalen Grat über vorsichtiges Schrittempo hinausging, für tollkühn gehalten, doch war Geschwindigkeit unerläßlich, wenn er den fünf Fuß hohen Sprung schaffen wollte. Drei Schritte vor der Felsmauer gab er ihr die Sporen, setzte die angestaute Energie in den Sprunggelenken der Stute frei. Beim Absprung warf er sich nach vorn, legte seine Hände um ihren Hals, damit sie ihren Rücken beugen konnte, wenn sie sprang. Bei der Landung setzte er sich auf. Sie hatten es geschafft.

»Ho! Ho!« rief er und brachte sie zum Stehen, lockerte die Zügel, damit sie schnauben und ihre Strapazen von sich schütteln konnte, wobei sie vor Aufregung mit einem Hinterhuf aufstampfte. Der Junge glitt von ihrem Rücken und reichte die Zügel einer grimmig dreinblickenden Brid, welche die Stute ein Stück weiter aus dem Weg führte.

Der Hengst war größer und schon bereit, der Stute zu folgen, als Caspar aufstieg. Zwar stürmte das Tier dem Hindernis entgegen, doch Caspar bremste den Schritt soweit, daß er den Hengst weit genug von der Mauer fernhalten konnte. Er schaffte den Sprung mit genügend Spielraum. Bei der Landung jedoch hielt sich Brid eine Hand vor den Mund, um ihren Aufschrei zu ersticken, als ein Hinterbein seitwärts auf den Felsen dem Abgrund entgegenrutschte.

Von der unteren Ebene des Felsenweges her nickte Hal seinem Neffen zu. »Gut gemacht, Spar. Du machst deine Sache prima, aber paß beim nächsten Mal etwas auf die Kante auf, ja?« Er grinste. »Ich werde mit diesen beiden

Frauen niemals allein zurechtkommen, also tu mir den Gefallen und rutsch nicht ab.«

»Nicht mal im Traum«, gab Caspar zurück und erwiderte das Grinsen. »Ich glaube nicht, daß du dich um Brid richtig kümmern würdest!« Er mußte seinen Puls beruhigen, da die gelbe Stute sonst seine Aufregung gespürt hätte. Er mußte seiner Sache sicher sein.

Als er in seinen Sattel sank, spürte Caspar, daß die Stute schwierig werden würde. Sie gab nur eine träge Reaktion von sich, als er sie bereitmachte, und er wußte, daß er sie mit seiner Willenskraft würde hinüberheben müssen. Er konzentrierte sich auf die Landung, füllte seine Gedanken mit Zuversicht und beruhigte die Stute, daß sie es schaffen würde. Drei Schritte vor dem Absprung lockerte er die Spannung auf die Zügel. »Weiter, weiter«, drängte er, trat sie fest bei jedem Schritt und stand aus dem Sattel auf, als sich ihre Vorderbeine dem ebenen Sims entgegenreckten. Die Stute sprang flach und niedrig, doch Caspar schaffte es, daß sie ihren Kopf hob, damit sie nicht allzu sehr am Boden klebte. Seufzend vor Erleichterung reichte er die Zügel weiter, drehte sich um und schwang sich zum vierten Mal hinunter.

»Nur eins noch«, erklärte er Hal überflüssigerweise.

»Nur noch der Braune«, stimmte Hal ihm zu. Mit unsicherem Lächeln reichte er seinem Neffen die Zügel und war offensichtlich etwas erschüttert, nachdem er Caspar bei seinem gefährlichen Spiel beobachtet hatte. Er ließ Caspar aufsteigen, kletterte den fünf Fuß hohen Sims hinauf und gesellte sich zu den Frauen. Morrigwens Lippen bewegten sich im Gebet. Bedrückt blickte Brid auf den Reiter unten und brachte endlich ein schwaches Lächeln der Ermutigung zustande.

»Also gut, alter Junge.« Caspar rieb über die samtige

Schnauze des Braunen, als dieser ihm warme Luft ins Gesicht blies. »Du hast gesehen, wie die anderen es geschafft haben. Machen wir uns ans Werk.« Er setzte einen Fuß in den Steigbügel, und schon war das Pferd auf dem Weg. Wie alle Herdentiere war es unruhig, weil es zurückblieb. »Ganz ruhig, Junge, bleib stehen!« kommandierte Caspar, doch bevor er seinen anderen Steigbügel gefunden hatte, lief der Braune bereits etwas unentschlossen auf die Mauer zu. Der Junge versuchte, das Pferd zu sammeln und die Sprunggelenke unter das Tier zu bekommen, doch der Wallach wollte nicht hören. Mit angelegten Ohren riß er den Kopf hoch, wehrte sich wild gegen das Gebiß. Es blieb nichts anderes, als mit dem Tier voranzugehen.

Er wußte, daß der Schritt falsch war, aber es war schon zu spät, um noch anzuhalten. Der Braune sprang einen halben Schritt zu früh ab. Caspar streckte sich vor, versuchte verzweifelt, dem Tier jede nur erdenkliche Hilfe zukommen zu lassen, doch er wußte, daß es nichts bringen würde. Es gab einen ekelerregend dumpfen Schlag und einen Schrei, als die Hinterläufe an den Felsen schlugen, aber wenigstens schaffte es der Wallach mit rudernden Vorderläufen auf den oberen Sims. Caspar flog über die Ohren des Pferdes und machte einen Salto, landete mit dem Gesicht voran eben noch auf dem Weg, wobei sich ein Arm in den Zügeln verhedderte.

In Panik und unter Schmerzen schlug der Braune blindlings aus, suchte festen Boden unter den Füßen. Als Caspar darum rang, seinen Arm aus den Zügeln zu befreien, ergriff urplötzlich dieselbe wahnsinnige Angst von ihm Besitz, denn er war sich sicher, daß der Wallach, falls er über die Kante stürzen sollte, ihn mit sich reißen würde. Er rollte auf den Bauch, grub seine Zehen in einen Spalt im Fels, um einen guten Ansatzpunkt zu bekommen. Wild riß er an den Zügeln, in dem Versuch zu verhindern, daß der Braune seitlich über den Rand stürzte, während er gleichzeitig verzweifelt versuchte, sich von den Zügeln zu befreien.

Augenblicklich war Hal an seiner Seite. Mit einer Hand packte er das Zaumzeug und versetzte ihm einen heftigen Hieb mit seinem Schwert, trennte die Lederriemen durch, als wären sie aus feiner Gaze. Augenblicklich war der kleinere Junge auf den Beinen, suchte Halt am Zaumzeug des Braunen, um den Wallach mit sich hochzuziehen.

Irgendwie schaffte es der Braune, seine Hinterläufe über den Rand des Felsens zu bringen und bebend voranzustolpern. Schaumiger Schweiß tropfte dick und weiß von seinen Schultern, und dunkles Blut sickerte aus Schnitten an Knien und Schenkeln, wo das Pferd an die Felswand geschlagen war.

Ein wütender Arm packte Caspar bei den Schultern, riß ihn herum, und Hal sah ihn mit sorgenvoller Miene an.

»Mach sowas nie, nie wieder.«

Caspar war sprachlos. Er konnte nicht denken, weil das Blut in seinen Ohren rauschte, und stieß Hals Hand zornig von sich. Er wußte, daß sein Onkel sich nur Sorgen machte, doch in diesem Augenblick konnte er Tadel am allerwenigsten brauchen. Mürrisch schob er sich an ihm vorbei, um nachzusehen, was gegen die Verletzungen des Wallachs zu machen sei.

»Nicht hier«, fuhr Hal ihn an. »Wir bringen sie auf diesen Felsen, wo der Weg breiter wird. Das ist sicherer.«

Sie führten die aufgeregten Pferde weiter, damit sie nicht mehr so nah am Abgrund standen. Der Braune hinkte auf einem steifen Hinterbein. Wenigstens keine gebrochenen Knochen, dachte Caspar, nur sind die Schnitte übel, und das Pferd ist schwer angeschlagen. Als sie hielten, stieß Morrigwen ihn aus dem Weg und bückte sich, um die Wunden zu begutachten. Enttäuscht und unbeachtet schlurfte Caspar zurück, um die Satteltaschen zu holen, rieb seinen geschürften Ellbogen und entdeckte im Gehen eine weitere Prellung an der Schulter.

Mit Wasserbehältern und Satteltaschen schwer beladen, kämpfte er sich auf dem Sims hin und her. Ich habe meinen Hals riskiert, und sie wollen mir nur sagen, daß ich es nicht hätte tun sollen, dachte er beleidigt, ließ die Satteltaschen fallen und kehrte für die nächste Ladung um. Zumindest dachte er daran, vorsichtiger zu sein, als er die letzte Tasche abstellte, denn er hörte darin das Krächzen des Salamanders.

Reißer legte seine Ohren an und knurrte dann in Richtung Satteltasche. Schuldbewußt sah er in Caspars Richtung, als dieser tadelnd mit dem Finger schnippte. Schließlich ging der Junge nochmal los, um die durchschnittenen Zügel zu holen, die wie eine getrocknete Schlange auf dem Absatz lagen.

»Wir werden sie ein Stück weit führen müssen«, teilte Hal seinem Neffen mit. »Der Braune ist schwer erschüttert.«

»Ja, rein zufällig weiß ich das.« Noch immer ärgerte sich Caspar darüber, wie ihn alle Welt behandelte. »Natürlich ist er erschüttert. Schließlich ist er eben erst an eine Felswand geschlagen.«

»He, wieso schnauzt du mich so an?« Hal sah verletzt aus und riß Caspar das Stück Leder aus der Hand.

»Deinetwegen! Ich habe diese Pferde hier raufgeschafft, und du machst mir nur Vorhaltungen. Das Ganze war kein Vergnügen, wie du dir denken kannst.«

»Hör zu, das weiß ich doch. Ich dachte, das verdammte Pferd strampelt sich noch über die Klippen und reißt dich mit. Ich hab mir Sorgen um dich gemacht«, gab Hal zu.

»Na, du hast eine seltsame Art, es einem zu zeigen, wenn du mich so anschreist. Schlimm genug, daß mich Brid und

Morrigwen von oben herab behandeln, da mußt du es nicht auch noch tun.«

Hal blickte zu Boden und stieß mit seiner abgewetzten Stiefelspitze gegen einen Stein. Dann sah er Caspar von der Seite an. »Also schön, du hast deine Sache gut gemacht, aber du hast mir einen höllischen Schrecken eingejagt. Ich hätte es nicht ... niemand hätte diese Pferde über die Hürden bekommen ... niemand außer dir.«

Caspar grinste und griff nach der Hand, die ihm sein Onkel zum Waffenstillstand bot. »Ich hab mir vor Angst fast in die Hosen gemacht«, gab er verlegen lächelnd zu. »Aber wirklich! Und danke, daß du die Zügel durchgehauen hast.«

Hal lachte, schlug dem Jungen mitten auf den Rücken und machte sich wieder daran, die Zügel des Braunen zu verknoten.

Eben fühlte sich Caspar etwas besser, da traf ihn Brids eisiger Blick, als er nach der Satteltasche griff.

»Du hattest Glück, daß Hal da war«, herrschte sie ihn an. »Wenn er nicht bei dir gewesen wäre, würdest du da unten liegen und das Geröll mit deinem Blut verzieren.«

Sie fuhr herum, so daß ihr Haar Caspar durchs Gesicht fuhr und der süße Duft von Lavendelöl ihm in die Nase stieg.

Morrigwen verbarg ihr schmallippiges Lächeln hinter den Knöcheln ihrer krummen Hände und zwinkerte dem Jungen aufmunternd zu. »Du warst großartig. Ich bin stolz auf dich. Laß dich von Brid nicht beeindrucken. Sie meint es nicht so.«

»Tu ich wohl!« zeterte das Mädchen.

Morrigwen lachte.

Gelegentlich lösten sich Feuersteine unter den Hufen der Pferde, sprangen vom Sims aus über den Rand und lösten einen kleinen Steinschlag aus, der unten auf das Geröll prasselte. Der Braune hinkte unter Schmerzen, obwohl Brids Kräuterkunst zumindest den Blutverlust eingedämmt hatte.

Sie hatte sich davon überzeugt, daß weder Knochen noch Sehnen beschädigt waren und das Fleisch gut heilen würde. Der Ziegenpfad führte sie in den Schatten einer Schlucht, in dem ein Dickicht aus Stechginster wuchs. Sie zogen ihre Ärmel über die Hände, um sich vor den Dornen zu schützen, als sie sich langsam und mit Mühe daran vorüberschoben. Reißers Miene war jämmerlich, wie er dort auf den Rücken des Rotschimmels geschnallt war, der langsam unbeholfenen Schrittes mit den Schultern rollte und sich von einem Bein aufs andere quälte.

»Armer Hund«, tröstete Caspar. »Aber ich kann dir sagen: Es ist nicht so schlimm, als wenn man auf den Rücken eines stinkenden Trolls geschnallt ist.«

Zumindest bot ihnen der feuchte Schatten Deckung vor den Blicken der Feinde, die sie während ihrer Kletterpartie kurzzeitig vergessen hatten. Als sie oben auf der Steilwand standen, sahen sie hinunter auf den Heidestreifen am Nordrand des Keilerwaldes. Caspar konnte nur die kleinen Punkte einiger ameisengroßer Männer ausmachen, die aus den Bäumen hervortraten und kleine, braune Punkte mit sich zerrten, deren Quieken und Kreischen die Steilwand herauf wehte. Vom Dorf trieb Rauch herauf.

»Nun«, erklärte Brid. »Sie sind viel zu beschäftigt, um uns zu bemerken. Da wird schon der erste Frischling gebraten.«

»Es ist eine Schande«, seufzte Hal, was Caspar verwunderte. Nie zuvor war Hal sentimental gewesen, was Wild anging.

»Manchmal müssen wir Opfer bringen«, stimmte Morrigwen ihm zu. »Arme, kleine Schweinchen.«

»Die Schweine sind mir egal«, schnaubte Hal. »Ich meinte, es ist eine Schande, daß wir diese Pest von Vaalakern mit Proviant versorgen mußten. Sonst wären vielleicht heute nacht noch welche verhungert.« Das zumindest stellte Caspars Vertrauen in sein Wissen um Hals Persönlichkeit wieder her.

Die Schlucht wurde zu einem Spalt, und die müden Pferde wollten nicht mehr klettern. Hal riskierte, getreten zu werden, als er eine Schulter hinter ihre Sprunggelenke hielt und von hinten schob, während Caspar seine Finger um das Zaumzeug legte, um sie vorwärts zu ziehen. Ein Pferd nach dem anderen lockten sie auf die Steilwand hoch über dem von Spionen verpesteten Keilerwald.

»Wir werden halt machen müssen«, warnte Brid. »Der alte Braune blutet wieder.« Sie warf Caspar einen ätzenden Blick zu, als wäre es seine Schuld.

Mühsam stapften sie voran, suchten zwischen den Felsen nach ebenerem Boden. Hinter ihnen, am Rand der Klippen, klammerten sich ein paar karge Weißdornbüsche fest. Ihre Blätter waren lange schon vom frischen Herbstwind gepflückt, und sie standen wie die letzten Überlebenden einer Armee auf dem Rückzug da, nach langem Feldzug mager und erschöpft. Ein Dach aus Zweigen flocht sich über dem Geäst, und als die Belbidianer vorüberkamen, schwang sich ein ganzer Schwarm Krähen schreiend in die Luft. Nordwärts gab es nur ödes Land, sah man von einem letzten, einsamen Baum ab. Als Morrigwen die hellroten Beeren der einsamen Eberesche sah, bestand sie darauf, unter den Ästen Schutz zu suchen. Die anderen ruhten sich aus, während Brid augenblicklich daran ging, die Sprunggelenke des Wallachs zu verarzten, wobei sie lauthals schimpfte, als sie einen Umschlag aus Kräutern und Erde fest auf die Wunde preßte.

»Ein Stück Pastete würde nach all den Mühen sicher guttun«, seufzte Hal und lehnte sich an die weiche Rinde der Eberesche. »Sicher ist bald schon Zeit fürs Abendbrot, und das Frühstück liegt Stunden zurück. Und was war eigentlich mit dem Mittagessen?« fügte er hinzu. Er fühlte sich schwer gebeutelt.

»Ihr müßt euch beherrschen. Wir müssen mit den Rationen durch die Drachenwüste kommen. Denkt ihr Jungens denn nur an eure Mägen?« fragte Morrigwen und klappte ihre Satteltasche auf.

»Wir wachsen noch«, erklärte Caspar eilig. Lächelnd nahm er den Keil Kaninchenpastete entgegen, den Morrigwen ihm anbot. »Ist das alles, was du essen willst?« fragte er Brid, als sie ein knackiges Stück aus einem Apfel biß. »Kein Wunder, daß du so klein bist.«

»Zuviel Essen trübt den Verstand«, erwiderte sie, wandte ihm den Rücken zu und starrte in die Landschaft. Der graue Boden war unnatürlich matt, wo das Licht vom löcherigen Fels aufgesogen wurde. Meilenweit erstreckte sich das Plateau vor ihnen, unterbrochen nur von finsteren Brocken und schattigen Schluchten. Nach den satten Farben des Keilerwaldes war das trübe Grau der Drachenwüste bedrückend kahl. Wasser war weit und breit nicht zu sehen. Voll Sorge zählte Caspar ihre Wasserbehälter und fragte sich, wie weit der Weg wohl übers öde Land ginge und ob es auf dem Weg Wasser gäbe.

Aufmerksam blickte die Jungfrau in die kahle Landschaft, während sie abwesend am Kerngehäuse ihres Apfels kaute, bevor sie es in den Schmutz warf. Wenn sie ihm so den Rücken zuwandte, sah sie für Caspar zu unnahbar aus, als daß sie ihn dazu hätte bringen können, sich zu entschuldigen und ihren Streit beizulegen. Er beschloß, daß es das beste sei, sie vorerst in Ruhe zu lassen.

Hal dagegen trat eifrig an das Mädchen heran, um sie auf manches hinzuweisen, was von Interesse sein könnte. Er sah sogar einen grauen Fuchs, der durch die Schatten huschte und Echsen und Insekten jagte, die in dieser wasserlosen

Gegend überleben konnten. Füchse schienen überall existieren zu können. Sein scharfes Auge entdeckte den winzigen Fleck eines goldbrüstigen Adlers, der über einem fernen, goldschimmernden Gipfel der Gelben Berge kreiste. Brid reagierte mit aufgeregter Miene und tanzenden Augen; das lange Haar flog um ihre Schultern, als sie den Kopf herumwarf.

Caspar biß sich auf die Lippen, als er sich neben Reißer kauerte, der dort im Schatten lag und nach seiner Reise traurig aussah. Der Hund rieb an seinem Stumpf herum, wo die verheilte Haut offenbar zu jucken begann.

»Anscheinend kann ich einfach nichts richtig machen«, seufzte er dem verständnisvollen Hund zu, der ihm geduldig lauschte, ohne ihn zu unterbrechen. »Wieso können die Menschen nicht wie Hunde sein?«

Reißer wedelte mit dem Schwanz, freute sich über die Aufmerksamkeit.

Plötzlich wandelte sich Brids Miene. Ohne ein Wort deutete sie nach Südosten ins Tal des Keilerwaldes jenseits der Gruppe von Spionen, die sich an belbidianischem Wildschwein labten. Ein schreiender Schwarm von Rebhühnern erhob sich in die Lüfte, von trabenden Trollen aus dem Schutz des Schilfgrases aufgeschreckt. Plump hetzten sie mit donnernden Schritten den anderen Vaalakern entgegen.

»Wir müssen weiter«, sagte Brid unnötigerweise, denn sie alle erhoben sich und packten eilig die Reste ihrer Mahlzeit ein.

»Bald dürften sie auf unsere Spuren stoßen«, bemerkte Hal mit ernster Miene.

»Aber es sollte ihnen schwerfallen, uns zu folgen. Die Heide ist knochentrocken, und am kahlen Fels gibt es keine Abdrücke. Glücklicherweise haben Wildschweine und vaalakische Spione sicher alle Spuren verwischt, die wir am Waldrand zurückgelassen haben. Sollten sie aber dennoch einen Hufabdruck finden, sind sie uns bald auf den Fersen. Sie haben Trolle, die sich auf diesem Gelände weit heimischer fühlen als unsere Pferde, besonders nachdem der Braune nun verletzt ist.«

Brid blickte nordwärts über das Plateau. »Es ist so flach und kahl, daß wir wie eine Eiche auf einem Kornfeld aufragen werden.«

»Wir müssen einen der alten Flüsse finden, in dessen Bett wir abtauchen können«, sagte Hal entschlossen.

Morrigwen zog einen Mundwinkel zu einem halben Lächeln hoch. »Wir lernen dazu, was, Hal? Wir ziehen nordostwärts, da müßten wir einen kreuzen. Gehen wir.«

Der rote Kopf des Salamanders lugte unter der Klappe seiner Satteltasche hervor, zuckte herum und verschwand wieder in seinem weichen Nest, als widerten die Menschen ihn an. Reißer knurrte.

Um zu verhindern, daß die Wunde des Braunen wieder aufplatzte, setzte sich Brid hinter Morrigwen auf den Hengst, während Hal ihre gelbe Stute nahm. Er überließ es seinem Neffen, den verletzten Braunen zu führen, welcher ihr Vorwärtskommen hemmte, während sie stetig tiefer nach Vaalaka eindrangen. Zu ihrer Rechten bemerkten sie schließlich einen dunklen Strich, der durch den Fels verlief, wo die Abendschatten aus einer Bodensenke stiegen. Der Strich zeichnete das ausgetrocknete Bett eines Baches nach, das sie bald zur breiteren Senke eines flachen Flußbettes führte. Caspar vermutete, daß die Vaalaker für jeden Fluß, der die Drachenwüste durchzog, einen eigenen Namen hatten, doch die Belbidianer kannten die jahreszeitlich bedingten Flüsse nur als »Sommerflüsse«. Nie zuvor hatte er ein trockenes Flußbett gesehen.

Wo der nackte Fels in Erdreich überging, war das alte Flußufer von Löchern und Senken umrahmt, die grobe Muster von Feldern und rudimentären Abgrenzungen ahnen ließen. Ohne das fließende Wasser waren sie schon lange verlassen. Das Flußbett selbst war breit und flach; früher hatte sich hier das Wasser über das Plateau geschlängelt, auf der Suche nach einem Weg, der schließlich in den Geisterfluß münden sollte. Der Boden war leicht hügelig, wo die Fluten den Morast zu weichen, geschwungenen Kurven geformt hatten, welche nun zu sanften Hügeln getrocknet waren. Es war eine unnatürliche Landschaft aus Landzungen getrockneter Ablagerungen, die seltsame Überhänge bildeten, die einige Schritt weit ins Flußbett ragten.

»Ich hatte immer angenommen, ein Flußbett wäre gerade.« Fragend betrachtete Hal das Terrain. »Glatt und flach, keine Kurven und Windungen.«

Morrigwen zuckte mit den Schultern. »Wenigstens bietet es uns Schutz vor dem Wind und Deckung vor neugierigen Blicken.« Sie glitt vom Rücken des Hengstes und bückte sich, um das Flußbett näher zu betrachten. »Es sieht so trocken wie die Knochen einer Urgroßmutter aus, und die Kiesel sind nicht so scharf wie die Flintsteine hier oben.«

Unerwartet gab Brid dem gelben Hengst ein Kommando und lenkte das Tier zum Ufer hin, sprang die ersten Schritte des ausgespülten Abhangs hinab und rutschte dann die letzten ins alte Flußbett. »Nun«, sagte sie zufrieden aus dem schattigen Einschnitt im Plateau, »wir mögen hier nicht zu sehen sein, aber andererseits können wir auch niemanden kommen sehen.«

»Das stimmt«, sagte Hal nachdenklich. »Ich glaube, wir sollten besser oben bleiben. Komm wieder herauf, Brid.«

»Da unten stehen wir nicht mehr im Wind«, hielt Morrigwen dagegen.

Das Mädchen zuckte mit den Achseln, als fehlte ihm die Energie, mit der Alten zu streiten.

Caspar stieg ab, und mit Hals Hilfe hob er die Greisin das steile Ufer hinunter. Sie wollte nicht, daß Brid wieder heraufkam, um sie zu holen, und klagte, ihre alten Knochen seien zu zerbrechlich, um einen derart steilen Sprung mit dem Pferd zu wagen. Dann schalt sie die Jungen, weil diese sie zu grob behandelten, als der eine sie dem anderen reichte.

»Du kneifst mich«, knurrte sie, als Hal nach ihrem Arm griff und sie das Ufer hinunter stützte. »Hast du denn keinen Respekt vor dem Alter?«

»Eine alte Frau wie du sollte nicht hier draußen in der Wildnis sein«, gab Hal zurück. »Du hast darauf bestanden, mitzukommen, also ist es nicht meine Schuld, wenn du einige Unbequemlichkeiten zu erleiden hast.«

»Sprich nicht so mit mir, junger Mann.« Zornig preßte sie die Lippen zusammen. »Ohne mich schafft ihr es nirgendwohin. Du magst einen jungen, gesunden Körper mit kräftigen Muskeln haben, aber du hast keinen Verstand in deinem Kopf. Wir sind hier in Vaalaka.«

Kaum eine halbe Meile waren sie getrabt, als sie im Dunkeln stolperten, und Morrigwen entschied, daß es Zeit sei, das Lager für die Nacht aufzuschlagen. Caspar schmiegte sich nah an seinen Onkel. Beide drückten die Rücken an den Rand des Flußbettes, wo ihnen der Überhang besseren Schutz vor den Elementen bot. Reißer legte seine Schnauze an Caspars Oberschenkel, und er war dankbar für den warmen Atem des Hundes. Er wickelte den Umhang, den Morrigwen ihm gegeben hatte, fest um sich und sah, wie die Pferde das Korn aufklaubten, das sie aus ihren Satteltaschen geholt hatte. Zum Schutz drückten sie ihre Flanken fest aneinander. Jetzt schon ist es kälter, dachte er. Es ist schon kälter als in den Bergen, und der Wind, der lästige Wind: Er heult so jämmerlich.

Am Morgen hatte sich der Wind gelegt, und sie wurden zuversichtlicher. Caspar kroch das Ufer der ausgetrockneten Sommerflüsse hinauf und meldete, es gäbe noch keine Anzeichen von Feindbewegung. Ein kaltes, doch willkommenes Frühstück aus gepökeltem Rehfleisch und Haferkeksen vertrieb manche Sorge über die sie verfolgenden Vaalaker, und sie fühlten sich am freundlichen Ufer des Flußbettes sicher aufgehoben.

Hal fing an zu pfeifen, etwas hauchig und ein wenig zu tief, aber die Melodie war fröhlich und spiegelte ihr neues Gefühl von Freiheit. Brid stieg in das Lied ein, fügte ihm ihre eigenen magischen Töne hinzu, die in den hellblauen Himmel aufstiegen. Während sie sich ihren Weg stromaufwärts durch die ineinander verzahnten Felsvorsprünge bahnten, wo das Wasser einst unentschlossen nach links und rechts geströmt war, stießen sie auf Untiefen voller Kieselsteine, die unter den Hufen der Pferde knirschten. Hinter den Kiesbetten fanden sich Senken, in denen noch immer gut ein Daumenbreit Wasser stand. Sie ließen die Pferde trinken, bevor sie weiterritten und über den schlammigen Grund des Flusses stapften. Endlich fanden sie festeren Boden, wo die Erde eher vom trocknenden Nordwind als von der Sonne hart gebacken war.

Hoch über ihnen ragten die Ufer auf, als das Flußbett zu einer Schlucht wurde. Caspar versuchte, sich die rasenden Fluten vorzustellen, und kam zu dem Schluß, daß das Wasser weit über seinem Kopf schäumen würde, wäre der Fluß jetzt voll gewesen. Hier in der tiefen Schlucht der Sommerflüsse gab es noch immer erkleckliche Pfützen, von feuchtem Moos umgeben, welches sich durstig am kostbaren Wasser labte. Der morastige Boden zerrte an den Hufen der Pferde.

An der Spitze, die Hal als rechtmäßigen und natürlichen Platz in der Hierarchie der Gruppe beanspruchte, drehte sich der große Junge herum, um sich des Fortkommens seiner Mitreisenden zu vergewissern. Er schwankte von einer Seite zur anderen, schaukelte mit den angestrengten Bewegungen der Stute, als sie jeden schweren Huf aus dem klebrigen Schlamm ziehen mußte, nur um ihre Fesseln dann wieder in die weichen, moosigen Pflanzen zu versenken.

»Auf dem Plateau kämen wir besser voran«, bemerkte er. »Aber ich möchte Morrigwen nicht widersprechen. Sie weiß es am besten. Und komm schon, Spar, hör auf zu bummeln«, rief der Junge mit dem rabenschwarzen Haar seinem Neffen zu, denn er wünschte sich auf dieser langen Reise in den Norden Gesellschaft.

Da es ihm schwerfiel, den verletzten Braunen auf dem feuchten Grund zu schnellerem Schritt zu veranlassen, winkte Caspar zur Antwort nur ab. Als er das tat, ging sein Mund auf, um eine Warnung auszustoßen, doch kam nichts heraus. Bestürzt sah er, wie Hal nach vorn flog, als die gelbe Stute bis zu den Schultern in dickem, schwarzem Morast versank.

»Hör auf zu zappeln!« Caspar fand seine Stimme wieder und stand augenblicklich am Rand des Sumpfes, versuchte Hals panische Bewegungen zu bremsen. »Halt still: Du machst sie nur noch nervöser.«

»Um Himmels willen, Spar, tu was. Ich versinke.« Hals Gesicht war weiß, und verzweifelt riß er an den Zügeln. Hilflos ruckte die Stute hin und her, wollte den Sog aufhalten, der sie in den Sumpf zog.

»Ich bin dabei.« Caspar sprach leise, versuchte, seinen Onkel in Not zu beruhigen. »Du mußt stillhalten. Hör auf zu zappeln, Hal«, riet er ihm zuversichtlich. Doch als der Onkel seine verzweifelten Bemühungen fortsetzte, verlor auch Caspar die Beherrschung, und er schrie so laut er konnte: »Halt still, du Idiot!«

Der aschfahle Junge warf seinem schreienden Neffen einen finsteren Blick zu und wurde steif wie eine Statue, um die strampelnde Stute nicht noch weiter zum Treten zu animieren.

»So ist es besser.« Caspar taumelte am Rand des Sumpfes, versuchte, das Zaumzeug der Stute mit einer Fingerspitze zu erreichen. Sie war jedoch zu weit entfernt und versank langsam, aber unerbittlich im dunklen Morast.

»Laß ihr mehr Zügel«, drängte der Jüngere und gab sich alle Mühe, die Panik aus seiner Stimme fernzuhalten, »und schlag nicht nach ihr. Sie kommt schon allein heraus.«

Mit großen Augen fügte sich Hal seinem Neffen. Er lockerte seinen festen Griff um die Zügel, ermöglichte es der Stute, ihren Hals lang zu machen, damit sie den Schwung bekam, den sie brauchte, um ihre gedrungene Hinterhand unter sich zu ziehen. Augenblicklich sanken ihre Schultern tiefer, doch als sie mit den Hinterbeinen in den Morast trat, richtete sie sich auf und zog zähen Morast mit sich, der ihr an Brust und Schultern klebte. Endlich schaffte sie es, einen Vorderfuß auf festen Boden zu setzen. Caspar griff nach dem Zaumzeug, warf sein ganzes Gewicht nach hinten, um ihre Masse ins Gleichgewicht zu bringen. Behende sprang Hal ab, schwang sich unter den Hals der Stute und setzte einen Fuß auf den Rand des Sumpfes. Als er unten war, packte er das Zaumzeug an der anderen Seite, und gemeinsam halfen die beiden Jungen der Stute, sich zu befreien.

Keuchend und erschöpft sanken die beiden an die Uferböschung, wo der Boden unter ihren Füßen fester war. Der Schweiß von Anstrengung und Angst lief in Strömen, klebte die Locken an der Stirn fest. Verlegen sahen sie einander an und lachten auf einmal los. Die Stute schüttelte sich wie ein

Hund, spritzte die hysterischen Jungen voller Schlamm und löste damit die Satteltasche, so daß sie unter ihrem schwarzen, schlammigen Bauch hing.

Mit einem düsteren Blick auf die Leichtfertigkeit der Jungen wurde Morrigwen wütend und rief sie eilig auf die Beine, um die Ladung der Stute neu zu ordnen. Die nun halb gelbe, halb schwarze Stute stand nach der Aufregung überraschend ruhig da, und ihre samtigen Lippen legten sich schon um die Moosbüschel, die den Tümpel umrankten.

»Bleib hinter mir und halte deine Sternengucker-Augen auf die Erde gerichtet, Kind«, knurrte Morrigwen mit ihrer schnarrenden Stimme.

»Ach du je!« sagte Hal leise. »Ich glaube, diesmal haben wir es vermasselt.« Er ließ den Kopf sinken, um sein Grinsen zu verbergen, noch immer nicht dazu in der Lage, die Ausgelassenheit nach dem unerwarteten Drama zu unterdrücken. »Man könnte glauben, ich hätte es absichtlich getan. Ich meine, wer würde schon mitten in einem trockenen Flußbett einen Sumpf erwarten?«

Caspar schluckte ein schnaubendes Lächeln herunter, das gleich herausplatzen und die Greisin verärgern würde. »Noch nie habe ich dich so aufgeregt gesehen, Hal.«

»Ich weiß! Ich habe mich so *dumm* gefühlt. Ich konnte nichts dagegen tun. Aber woher wußtest du, daß sie von allein herauskommen würde?«

Caspar sah Hal an und sprach mit leiser Stimme, als gäbe er ein Geheimnis preis. »Weil es mir selbst schon passiert ist. Natürlich nicht in einem solchen Flußbett, aber in einem Torfmoor auf den Hochweiden.«

»Wann? Das hast du mir nie erzählt.«

»Wenn du dem Silberfluß nördlich folgst und bei der Hirtenhütte in die Berge reitest … nicht den Wildpfad, den anderen, der zu den Sommerweiden führt?«

Hal nickte.

»Nun, letztes Jahr bin ich mit Feuerschweif hinaufgeritten, einem Steinbock hinterher, und ich habe das Moor einfach nicht gesehen. Da war ein überhängender Ast, an dem ich mich herausgezogen habe, und sobald ich aufgehört hatte, ihn zu treten, hat sich Feuerschweif selbst befreit.«

»Wieso hast du mir davon nichts erzählt?«

»Weil ich dachte, du würdest mich auslachen!«

Schnaubendes Gekicher brach unkontrolliert aus beiden Jungen hervor. Es dauerte einige Zeit, bis sie wieder vernünftig wurden, und Caspar fügte hinzu: »Außerdem muß ich dir ja nicht alles erzählen.«

Ein Schatten erregte Hals Aufmerksamkeit. »Sieh doch! Ein Bussard! Da oben!« Er deutete auf die ausgebreiteten Flügel, die eine träge Spirale beschrieben, als der Vogel aufsteigende Wärme unter seinen Federn fing. »Erstaunlich, daß sie in dieser Ödnis genug zu fressen finden. Wahrscheinlich Echsen.«

Caspar dachte: Und wie ich für Brid empfinde, werde ich dir auch nicht sagen. Sicher würde Brid niemals in Hal vernarrt sein, versuchte der unschuldige Junge sich zu sagen. Sie sind so verschieden. Sicher fand sie ihn zu naßforsch und zu sehr von sich überzeugt. Doch Caspar wußte, daß Hals dreistes Selbstvertrauen ein Teil seines Charmes war.

Nachdem sie knirschend durch die Untiefen geritten waren und die Felsen begutachtet hatten, die schnell fließendes Wasser einst flußabwärts gerollt hatte, näherte sich Hal der nächsten, von Pfützen eingerahmten Senke vorsichtiger. Sie machten halt und ließen die Pferde an den schlammigen Pfützen trinken. Caspar ermutigte sie, bis zu den umwickelten Fesseln hineinzuwaten, damit der kühle Schlamm die Hitze aus den nach dem harten Marsch gespannten Sehnen nehmen konnte. Er schwang sein Bein hinten über den Sattel und sprang sorglos in den Morast. Fast stiegen die Pfützen bis an den oberen Rand seiner geflickten Stiefel, und er fühlte, wie das Wasser durch Brids behelfsmäßige Naht sickerte. Er machte den Hund los, damit dieser seine Beine strecken konnte, und watete dann nach hinten, um sich die Wunde des Braunen anzusehen.

»Sie ist verkrustet«, rief er Brids fragender Miene zu. »Keine Schwellung, aber das Bein ist ziemlich heiß.«

»Dann machen wir hier eine Weile Rast und geben dem alten Braunen eine Chance«, befahl Morrigwen. »Und, Hal, du wirst den Schlamm von deiner Stute bürsten, während wir rasten.« Die Greisin klang herrisch.

»Oh! Werde ich, ja?« erwiderte er scharf, da er nicht bereit war, einen derart direkten Befehl von einer Frau anzunehmen.

Mit ernstem Blick starrte Morrigwen ihn an. »Das wirst du allerdings, mein Junge.«

Endlich nun kam es zum Duell. Caspar hatte sich schon gefragt, wie lange es dauern würde, bis es soweit wäre. Er bezweifelte, daß Hal es sich bieten lassen würde, daß man so mit ihm sprach, und sein Herz raste in Erwartung eines Streites, an dem er keinen Anteil haben wollte. Bitte, Hal, betete er bei sich, bitte, Hal, laß ab. Irgendwie wußte er, daß Morrigwen es nicht tun würde.

Das Gesicht der Greisin war starr und kalt wie Stein, voller Spalten und uralt.

Mit arroganter Geste ließ Hal seine Zügel auf den Hals des Pferdes fallen, schwang seinen Stiefel vorn über den Sattel und sprang in das schlammige Flußbett. »Tatsächlich«, gab er zornig und mit dem Feuer der Jugend zurück, die ihre Position verteidigen muß, »tatsächlich werde ich nichts dergleichen tun. Außerdem will ich mit dir nichts mehr zu schaffen haben.« Schon wollte er mit starren, wütenden

Schultern entschlossen davonmarschieren, doch dann blieb er abrupt stehen. Mit bebenden Nasenflügeln fuhr er herum und stach vor Caspar in die Luft. »Und du, Freund, solltest deine Prioritäten setzen. Wenn du bei diesen Hexen bleibst, spreche ich nie mehr mit dir. Du solltest dir gut überlegen, wer deine Freunde sind.«

»Hal ...«, wollte Caspar flehen. »Hör mal, beruhige dich und denk nochmal darüber nach.«

Hals Gesicht war zornesrot, wütend schüttelte er seine geballte Faust. »Niemand sagt mir, was ich zu tun habe, besonders keine Frau und ganz bestimmt keine alte Hexe. Frage mich, bitte mich, flehe mich vielleicht an. Aber mir befehlen? Niemals. Und du solltest aufhören, dich von einer alten Vettel und einem kleinen Mädchen herumkommandieren zu lassen.«

»Kannst du deinen Stolz nicht mal für einen Augenblick vergessen?« flehte Caspar.

»Wenn ein Mann seinen Stolz vergißt, gibt er alles auf.«

»Ach, sei nicht albern. Es gehört mehr dazu, nachgeben zu können, als wie ein aufgepumpter Pfau herumzustolzieren«, argumentierte Caspar taktloserweise.

Morrigwen zeigte keinen Anflug von Zorn, doch stand auch ihr der Sinn nicht nach Versöhnung. Stolz und mit würdevoller Miene saß sie auf dem mondlichtfarbenen Hengst. Sie unternahm keinen Versuch, Hal zu überreden oder mit ihm zu streiten, sondern starrte nur mit unergründlichen Augen auf ihn herab. Brid wollte den Jungen nicht einmal ansehen, sondern betrachtete nur Morrigwens silbernes Haar.

Mit bohrendem Blick auf die Frauen und dann auf seinen Neffen machte Hal den Mund auf, als wollte er etwas erwidern, doch er klappte ihn wieder zu und preßte die Lippen trotzig aufeinander. Daß Caspar ihm einen Strich durch die Rechnung machte, hatte ihn offensichtlich überrascht. Eine lange Sekunde hielt er kampfbereit dem Blick stand … dann stürmte Hal zur gelben Stute zurück, langte über ihren Hals und löste die Scheide mit dem langen, kalten Stahl des Breitschwerts.

»Du hast kein Recht, es zu nehmen!« Brid konnte sich nicht beherrschen.

Tröstend tätschelte Morrigwen die Hand des Mädchens. »Laß ihn und entehre dich nicht damit, daß du mit einem derart verwöhnten Kind streitest. Das Schwert kann für sich selbst sorgen.«

Ohne Pferd und ohne Caspar marschierte Hal gen Süden, ohne sich einmal umzusehen, das Schwert in der Scheide um seinen Rücken geschnallt. Caspar rief: »Hal! Hal!«, doch seine Stimme hatte nicht mehr Kraft als die sanfte Brise und zeigte keinerlei Wirkung auf den trotzig runden Rücken seines Onkels.

Reißer wimmerte.

»Wir brauchen ihn nicht.« Morrigwen sprach sanft und ruhig.

Brids strahlend grüner Blick bohrte sich zwischen die Schulterblätter des dunkelhaarigen Jungen, als dieser schmollend nach Süden, Belbidia entgegen, stapfte.

KAPITEL 4

Ich, Hal, Sohn des Brungard, Bruder des großen Baron Branwolf von Torra Alta, bin von keiner Frau jemals zuvor derart behandelt worden. Und dazu von einer Bäuerin, bei Gott! Und noch vor einer Jungfer. Unerträglich. Wie konnte sich Spar ihnen fügen? Wütend trat er nach einem losen Kieselstein, der klappernd durch das Flußbett rollte und zwischen den Uferbänken widerhallte. Noch immer knurrte er verbittert vor sich hin, und es juckte ihn, ihre Gesichter zu sehen, doch er war zu stolz, sich umzudrehen. Wieso flehten sie ihn nicht an umzukehren? Sie glauben doch nicht, tief ins Feindesland eindringen zu können, ohne daß ich ihnen dabei helfe.

Er umfaßte das Heft des Schwertes noch fester. Wenn sie glauben, daß ich klein beigebe und ihnen helfe, ohne daß diese klapprige Hexe sich bei mir in aller Form entschuldigt, sollten sie besser nochmal nachdenken. Der Boden unter seinen Füßen war feucht und schlürfte an seinen Stiefeln. Er sah zu dem Morast voraus, in den er geradewegs geritten war. In dieser dürren Wildnis, dachte er bitter, muß ich ausgerechnet in das einzige Sumpfloch weit und breit reiten. Was Brid von ihm denken könnte, nagte an ihm. Sie mochte eine Hexe sein, eine heidnische Hexe … aber vielleicht war sie deshalb nur noch reizvoller, weil sie ihm streng verboten war. Sicher war sie das schönste Mädchen, das er je gesehen hatte, und dafür konnte er ihr die unziemliche Arroganz und ihre herrische Art verzeihen. Nun, das ließe sich mit seinem Einfluß und einer gewissen Zeit auf der Burg schon regeln, dachte er zuversichtlich. Wenn sie ihn sah, wie er wirklich war, und den Respekt, den ihm die Garnison entgegenbrachte, würde sie ihn nicht mehr so behandeln. Er warf einen kurzen Blick über seine Schulter, wollte sehen, wie sie ihm bestürzt nachsahen.

Noch immer standen sie nah beieinander, und Brid schien das Pferd zu bürsten. Nun, vielleicht versuchten sie nur, gelassen zu wirken, um das Gesicht zu wahren. Doch sobald ihnen klar wurde, daß er sich nicht demütig umwenden würde, würden sie etwas unruhiger werden.

Es war nicht einfach, auf dem morastigen Boden zu marschieren, und plötzlich wurde Hal klaustrophobisch zumute, so gefangen im tiefen Kanal. Er fragte sich, wie die Welt um ihn herum aussehen mochte, und kam zu dem Schluß, daß Morrigwen übertriebene Vorsicht walten ließ. Sie war nur eine dumme, alte Frau. Natürlich hatte sie Angst. Jeden Moment kommen sie mir nachgeritten, um sich zu entschuldigen, aber bis dahin werde ich nicht wie eine kriechende Echse hier unten entlanglaufen. Ich bin ein Mann, und ich laufe an Land, nicht im Flußbett. Er schob das Schwert in die mit Schaffell besetzte Scheide und kletterte die Böschung hinauf, rutschte auf den Knien, bevor er oben ankam. Vielleicht hätte ich das Schwert zurücklassen sollen, dachte er mit schlechtem Gewissen. Jetzt haben sie überhaupt nichts mehr, was sie beschützt; ich hätte Caspar das Schwert geben können. Er zuckte mit den Achseln. Es war egal. Jeden Augenblick würde Caspar ihm nachgelaufen kommen. Hal war sich vollkommen sicher, daß Caspar ihn als älteren Bruder betrachtete und zu ihm aufsah.

Der Ausblick vom Ufer der Sommerflüsse war trostlos. Das hohe, windige Plateau erstreckte sich endlos zu beiden Seiten, und allein graubrauner Fels und das Flüstern des Ginsters durchbrachen die Gleichförmigkeit. Ohne jedes Vogelzwitschern war die Stille auf traurige Weise unheimlich.

Die einzige Spur von »Leben« war der windgetrocknete Kadaver eines Nagetieres, der unangetastet im Staub lag. Der Süden Vaalakas war öde. Hal fühlte sich schrecklich allein. Spuren früheren Lebens suchten diese leere Welt heim: verfallene Feldumrandungen und Hügel aus scharfkantigen Steinen zeigten, wo einst Menschen am Ufer des Flusses gelebt hatten. Früher einmal schien dieser Ort blühendes Leben geboren zu haben, als die sommerlichen Fluten die Erde nährten, doch nun war hier nur totes, lebloses Land, dem alles Gute abging. Stetig hob der Wind die trockene Erde an und schickte Staubwirbel um seine Füße.

Schwer baumelte der Wasserbehälter an Hals Brust und erinnerte ihn daran, daß er Durst hatte. Aber er war klug genug, nicht jetzt schon zu trinken, denn er vermutete, daß er mindestens einen Tagesmarsch brauchen würde, bis er am Keilerwald war. Ohne Proviant war das Wasser alles, mit dem er sich versorgen konnte. Er dachte an die Haferkekse, das Pökelfleisch und die Wildbretstreifen, die Morrigwen in ihren Satteltaschen verstaut hatte, und trat erneut nach einem Stein. Dieser rollte über den Rand der Böschung und taumelte die zwei Meter ins alte Flußbett hinab.

Wieder sah er sich um und merkte, daß er weiter marschiert war, als er gedacht hatte. Die anderen waren schon nicht mehr zu sehen.

Abrupt blieb er stehen, überlegte, was er tun sollte.

Sollte er zurückgehen und so tun, als wäre nichts geschehen? Schließlich konnte er Spar nicht ernstlich allein nach Vaalaka reiten lassen. Und es wäre höchst unritterlich, die hübsche Brid zurückzulassen. Denk nur, was mit ihr geschehen würde, wenn die Vaalaker sie gefangen nähmen? Und er war auch nicht sonderlich froh, sie mit Caspar allein zu lassen. Vielleicht schaffte es sein Neffe, sich ihre Zuneigung zu erschleichen, nachdem Hal nun aus dem Weg war und nicht mehr als Konkurrenz in der Nähe weilte. Und sie konnte kaum ein Jahr älter als Caspar sein …

Er sank zu Boden und beschloß, darüber nachzudenken. Ich gebe Spar zehn Minuten. Er kann mich leichter einholen, wenn ich hier warte. Dann kann sich die bittere, alte Vettel entschuldigen, und ich willige ein, ihnen zu helfen, weil sie mich definitiv brauchen werden.

Die Minuten zogen sich dahin. Hal war ganz und gar nicht sicher, wie lange er dort gesessen, gen Norden gestarrt und gewartet hatte, daß sein braunhaariger Neffe auf einem der Pferde herangetrabt kam, doch schien es ihm eine Ewigkeit zu dauern. Damit hatte er nicht gerechnet. Vielleicht genügten zehn Minuten nicht. Vielleicht hatten diese Frauen zu großen Einfluß auf Spar. Ich kann nicht zulassen, daß eine Bäuerin mit mir spricht, als wäre ich ihr Diener.

Natürlich war der Mondstein schrecklich wichtig, das wußte er. Er war nicht dumm. Schließlich waren die Vaalaker ein einfaches Heidenvolk. Wenn sie meinten, der Mondstein berge die Essenz irgendeiner mächtigen Göttin in sich, ließen sich wahrscheinlich ganze Armeen aufhalten, wenn man sie mit der Zauberkraft bedrohte. Heiden waren so primitiv. Wenn sie diese Frau fänden, könnte man Morbak in die Knie zwingen. Wenn *Spar* diese Frau finden konnte, sagte er sich und dachte an Morrigwens Worte … und erinnerte sich an Spars Sorge bei dieser Aussicht.

Es schien lachhaft, an alle diese Gottheiten zu glauben. Nein, es war eine ernste Sache. Es schien ihm *falsch.* Doch solange er diese ketzerischen Götter nicht verehren würde, solange würde seine Seele nicht verdorben. Er wollte Gwion fragen, sobald sie wieder zurück wären. In jedem Fall wäre der Priester in der Lage, ihm die Absolution zu erteilen. Pater Gwion kannte eine endlose Liste von Bußetaten, die ihre Seelen vor der ewigen Verdammnis retten sollten, obwohl Hal fand, daß er damit meist etwas übereifrig war.

Plötzlich sprang er auf. Ich muß ihnen folgen. Ich kann nicht zulassen, daß sie in Gefahr geraten, aber trotzdem wird die Greisin lernen müssen, also soll sie sich ruhig etwas Sorgen machen. Ich werde ihnen unauffällig folgen.

Ein wenig plagte ihn das schlechte Gewissen darüber, was Branwolf zu alledem wohl sagen würde. Hal seufzte. Ganz sicher würde er seine Pflichten vernachlässigen, wenn er nach Hause stürmte und seinen Neffen in Vaalaka zurückließ. Branwolf würde es bestimmt gutheißen, wenn er sie zumindest im Auge behielt.

Nachdem er einen Entschluß gefaßt hatte, folgte Hal seiner Spur zurück, wobei das große Breitschwert an seinen Rücken schlug. Von den anderen war jedoch immer noch nichts zu sehen, als er schon um Atem rang ... und großen Hunger hatte. Er lief langsamer, um Luft zu holen.

»Welch gottverlassene Welt«, murmelte er, als er einen räudigen, kümmerlichen Fuchs aus dem Schutz eines Felsens aufschreckte. Er wußte nicht, wieso man diese Gegend Drachenwüste nannte. Es war ein Altweibermärchen, daß die Drachen vor Tausenden von Jahren die Erde mit ihrem Feuer versengt und dem Boden alles Leben entrissen hatten. Catrik dagegen sagte, das sei Unsinn, und erklärte, ein schwellender Berg sei wie ein Geschwür aus der Erdkruste gebrochen und hatte geschmolzenen Stein und Lava in die Atmosphäre gespien, was das Land versengte. Hal glaubte gern, daß Catrik recht hatte: Er bevorzugte die logische, wissenschaftliche Erklärung. Caspar dagegen war nicht überzeugt gewesen. Seiner reichen Phantasie bereitete es keinerlei Probleme, sich eine so gewaltige Plage geflügelter Drachen vorzustellen, daß sie eine undurchdringliche, schwarze Wolke bildeten und die Sonne gänzlich aussperrten. Hal hatte erklärt, der dichte Rauch von einem Vulkan würde die Sonne ebenso aussperren, aber Caspar hatte dagegengehalten, daß sich die Erde inzwischen von einem Vulkanausbruch erholt hätte, die Flammen aus einem Drachenbauch das Land jedoch auf ewig vergiften würden.

Hal beobachtete, wie sein Schatten zu seiner Rechten länger wurde. Schon fiel dieser in das trockene Flußbett unter ihm, das allmählich vom nachmittäglichen Schatten geschluckt wurde. Hungrig wurde ihm klar, wann er zuletzt gegessen hatte. Er blieb stehen, um einen Schluck aus seinem Wasserbehälter zu nehmen, und verfluchte seinen Neffen nicht nur, weil er nicht gekommen war, um ihn zu holen, sondern weil er nicht einmal den Anstand besessen hatte, auf ihn zu warten. Stets war Caspar derjenige, der bei einem Streit zuerst nachgab. Sehnsüchtig blickte Hal südwärts, um zu sehen, ob er die Gelben Berge noch ausmachen konnte. Anfangs war er nicht sicher, ob er Wolken oder Berge sah, doch schließlich erkannte er die gezackten, goldenen Gipfel seiner Heimat. Bei diesem Anblick wurde ihm ganz warm ums Herz. Es war ein wahrlich schöner Anblick, besonders im Vergleich zu der rauhen, kahlen Wildnis, die er durchwanderte. Er drehte sich um und sah zum nördlichen Horizont. Die öde Monotonie des bedrohlichen Plateaus wurde allein von verstreuten Felsbrocken unterbrochen … und in weiter Ferne konnte er etwas erkennen, was er für die Gipfel der Drei Schwarzen Teufel hielt, von denen er im Unterricht gehört hatte. Sie waren die drei ruhenden Vulkane, die Hal für die Verwüstung des Plateaus um sich herum verantwortlich machte.

Er holte tief Luft, bereit, seine Reise wieder aufzunehmen, als ihm etwas ins Auge fiel: Eine Sekunde nur blitzte Metall im Sonnenlicht, doch war es gleich wieder weg. Minutenlang suchte er den nahen Horizont ab, aber er sah weiter nichts und kam zu dem Schluß, daß es Sonnenlicht gewesen sein mußte, das sich im Quarz eines Felsens gespiegelt hatte. Wieder lief er gebückt voran, hoffte, die Verletzung des Braunen würde die anderen nach wie vor aufhalten, doch ein bohrendes Gefühl zwischen den Schulterblättern ließ ihn sich ständig umdrehen. Er marschierte weiter, bis seine angespannten Muskeln schmerzten und das Gewicht des Schwertes an seinen Schultern zerrte, wo sich das Gehenk in seine Haut grub. Er schob seine Daumen unter die Lederriemen, um etwas von der Last zu nehmen, als er stampfend eine leichte Anhöhe erklomm. Als er oben war, ging sein Atem schwer, und er blickte um sich, um seine Umgebung von diesem höhergelegenen Aussichtspunkt zu betrachten.

Vor ihm lag die grenzenlose Weite strenger, graubrauner Erde, bedrückend gleichförmig, mit finsteren Mahnungen des Todes entlang der Ufer des Flusses. Tote Bäume, verwitterte Kadaver und die Spuren alter Siedlungen lagen halb unter dem verwehten Staub begraben. Bewässerungskanäle zogen sich über den Boden. Einst hatte man Wasser aus den Sommerflüssen geleitet, um die Weiden zu tränken, doch nun waren sie bleibend unfruchtbar.

Hal wandte sich um und sah sich das Land im Süden an. Anfangs nahm er nur die gnadenlose Ödnis der Landschaft wahr, doch dann sah er es wieder: ein helles Blitzen. Diesmal war es näher, viel näher. Und dann erneut, direkt hinter ihm, auf seiner Spur.

Instinktiv sank er auf die Knie, als er plötzlich merkte, daß er sich am Horizont abzeichnete. Er wartete, beobachtete aufmerksam. Das gelegentliche Aufblitzen von Licht stach aus dem matten Boden hervor, und Hal kam zu dem Schluß, daß es ohne weiteres von einer Waffe stammen konnte. Doch es dauerte einige Augenblicke, bis er die wogende Bewegung von etwas erkannte, das sich seinen Weg über den felsigen

Boden bahnte. Allmählich wurde es deutlich, und Hal erkannte die dunkle Lederhaut eines Trolls, auf dem ein blonder Krieger ritt. Einen Moment noch dauerte es, bis er den Speer ausmachte, den der Mann in seiner Rechten trug. Aber das Blinken kam von einem blanken Schwert, das am Sattel befestigt war. Ein Vaalaker mit einem Schwert. Überrascht zog er die Augenbrauen hoch, und sein Herz schlug schneller. Ruhig sammelte er seine Gedanken, plante eine Strategie. Er fühlte sich, als jagte er einen großen Wolf. Und spürte dieselbe Ahnung großer Gefahr.

Vielleicht hatte der Vaalaker die Spuren Caspars und der beiden Hexen aufgenommen, nicht die seinen. Wo der Boden feucht war und die Pferde tiefe Abdrücke hinterließen, wäre es einfach, ihnen zu folgen. Morrigwen hatte unrecht: Sie wären schwer zu verfolgen, wo der Boden fester war. Doch wenn der Vaalaker den anderen folgte, würde der Nordmann nicht notwendigerweise ahnen, daß er auf ihn wartete. Denk schnell, sagte sich Hal.

Da der blonde Krieger einen Troll ritt, würde er ihn bald eingeholt haben, und es war ganz unmöglich, ihm zu entkommen. Also mußte er sich auf die Lauer legen und ihn angreifen. Ich bin kein Feigling, sagte sich Hal.

Eilig sah er sich nach einer geeigneten Deckung um. Sein Blick fiel auf die Ruine einer alten Lehmhütte, wo der Staub einen dunklen Schatten auf dem matten Boden hinterließ. Er glitt über die Erde und kroch auf die andere Seite der Anhöhe, dann erst umrundete er den Erdhaufen. Er war dankbar dafür, daß sein schwarzes Haar keine Aufmerksamkeit erregte. Nach kurzem Nachdenken sammelte er eine Handvoll Erde auf und verrieb sie eilig auf Wangen und Stirn, in der Hoffnung, daß der tarnende Dreck kleben blieb. Vorsichtig zog er das Schwert aus der Scheide und legte den Bärenfellumhang um seine Schultern, machte seinen Rücken rund, damit er sich der Form des Erdhügels anpaßte. Er stieß einen Erdklumpen beiseite, der ihm im Blickfeld war, und wartete.

Eine Ewigkeit schien zu vergehen, bis wieder etwas von dem Vaalaker zu sehen war. Hal lauschte angestrengt auf das charakteristische Grunzen und das unzufriedene Schnauben des Trolls. Sein Genick und seine Schultern waren steif, weil er den Hals in derart spitzem Winkel recken mußte; vorsichtig änderte er seine Position, in der Hoffnung, daß der auf einem Troll reitende Krieger nicht in eben jenem Augenblick über den Hügel kam. Er verlagerte sein Gewicht und bemerkte einen zerbrochenen Kochtopf, der inmitten der Ruinen lag. Zu seiner Überraschung empfand er Mitleid für diese Leute. Kämpfende Männer konnte er verstehen, Krieger, die sich Kriegern stellten, doch die Vorstellung, daß all diese Frauen und Kinder hier draußen in der öden Wildnis Hunger leiden mußten … vielleicht war es einst grün und saftig gewesen, wenn die Sommerflüsse aus dem Norden herabstürzten, doch welch schrecklicher Ort, um hier zu leben. Langsam drehte er den Kopf herum, um seine Wacht über den Rand des Horizonts fortzusetzen.

Noch immer war von dem Vaalaker nichts zu sehen. Hal fürchtete, daß sein Verfolger um ihn herumgeschlichen und in den Fluß hinabgestiegen sein konnte, so daß er schon an ihm vorbei war und Spar einholte … und Brid. Allmählich spürte er, wie der Schweiß an seinem Rücken prickelte, während er ungerührt den nahen Horizont betrachtete. Ein Hustenreiz stieg ihm die Kehle hinauf, und er schluckte trocken. Jedes Tier würde ihn husten hören. Es war ein so offensichtlich menschliches Geräusch. Schließlich sah er die Speerspitze am Horizont. Er justierte seine Hand am Schwert und scharrte mit den Füßen unter sich, um sicherzustellen, daß er bereit war, mit seinem besten

Fuß und maximaler Kraft abzuspringen. Dann hielt er absolut still.

Der Vaalaker war quälend langsam unterwegs. Als der faltige Schädel des Trolls zu sehen war, konnte Hal seine schlurfenden Füße hören, und die Pfoten scharrten träge ihre Klauen über den trockenen Boden. Das Tier blieb stehen. Dann endlich schlurfte der Troll wieder der Kuppe entgegen, und der große Krieger war vom Himmel umrahmt. Als Herr über sein Terrain ragte er über der Landschaft auf. Groß und dünn war er, ein erschreckender Anblick, das blonde Haar zur Kriegstracht geflochten, mit kleinen Knochen durch die Enden der Zöpfe. Die Zöpfe klapperten, wenn er seinen Kopf hin und her warf und aufmerksam das Land überschaute, welches vor ihm lag. Der Troll hatte seine Nase am Boden und schnüffelte eifrig im Staub, scharrte mit seiner Klaue und leckte mit der kurzen Zunge über den Boden, suchte eine Fährte. Hal erstarrte. Das häßliche Vieh kann mich riechen. Soviel zu meinem Hinterhalt. Er drückte die Schultern fest an den Erdhügel und versuchte, langsam und gleichmäßig zu atmen.

Der Vaalaker war ein großer Mann. Offensichtlich war er nicht so wohlgenährt wie Kullak und Rotbart, die sich eine Weile im Keilerwald versteckt und Wildschweine gejagt haben mußten. Doch er war groß. Plötzlich fühlte sich der Junge wie der Gejagte und nicht wie der Jäger.

Er trug eine weite Hose mit Rentierfell, das er zudem als warmes Schuhwerk um Unterschenkel und Füße gewickelt hatte. Kreuzweise verlaufende Stoffstreifen schnürten diese Stiefel bis zu den Knien hoch. Seine Brust jedoch war nackt und verkündete aller Welt und den anderen Vaalakern, welch harter Mann er war, weil er sich vor der harschen Kälte nicht fürchtete, die für einen Nordmann die größte Gefahr darstellen mußte. Um seine Schulter allerdings lag das Fell eines schwarzen Bären, dessen Vorderklauen auf den Rippen seines mageren Brustkorbs lagen. Der Krieger hatte keine Unze Fett zuviel, und seine strammen Muskeln und straffen Sehnen zeichneten sich derart deutlich ab, daß es schien, als sei er bei lebendigem Leibe gehäutet worden.

Der Troll hob seine Stupsnase, zog seine fleischigen Lippen zurück, fletschte die gebogenen, gelben Zähne und starrte den Erdhügel direkt an. Seine Nüstern weiteten sich, als er den Boden absuchte, und dann stellte er sich auf die Hinterbeine, zeigte seinen aufgeblähten Bauch und brüllte wie ein Mensch unter Schmerzen. Der Krieger blieb sitzen, schien sich am seltsamen Verhalten des Trolls nicht zu stören. Da sich das Tier aufrichtete, umklammerte er ein Büschel steifer Borsten am kurzen Hals des Trolls.

Als der Troll wieder schwerfällig zu Boden sank, starrte Hal dem Vaalaker direkt in die blauen Augen. Fast farblos waren sie, ohne Empfindung, als hätte der bittere Wind, der durch die nördliche Tundra fegte, alles Gefühl herausgeweht. Sie erinnerten Hal an die blassen Augen eines sprungbereiten Wolfes. Der Krieger konnte ihn nicht gesehen haben. Hal wußte, daß er gut getarnt war, doch spürte der Vaalaker ihn ganz offensichtlich. Der Troll verriet ihn, da er aufgeregt am Boden scharrte und seine Zähne aufeinanderschlug, daß Speichel von den säbelgleichen Hauern rann.

Abrupt riß der blonde Krieger seinen Speer zurück und schleuderte ihn dem Erdhügel entgegen. Hal wich zurück, als sich der Stachel neben ihm in den Boden bohrte und ihn mit Dreck bewarf. Der Speer war gut gezielt. Hal hoffte, daß der Vaalaker nur sondierte, doch nicht sicher war, daß er dort kauerte. Aus dieser Entfernung konnte er den Mann nicht überraschen. Hal wollte gern, daß der Mann vortrat, damit er sich von hinten auf ihn stürzen konnte und sich ihm nicht Auge in Auge stellen mußte.

Der Vaalaker zückte sein kurzes Schwert. Es war grob geschmiedet und schlicht, für Hieb und Stich im Nahkampf gemacht, aber der Krieger glich die geringe Reichweite durch seine langen Gliedmaßen aus.

»Belbidiak! Ich kann dich nicht sehen, aber ich riechen deine Veilchen-Haut.« Die Stimme des Kriegers klang kühl und unendlich selbstbewußt.

Hals Herz wollte stehenbleiben. Er konnte sich nicht entschließen, ob er sich jetzt über den Mann hermachen oder abwarten und auf eine passende Gelegenheit warten wollte.

»Du wühlst in Dreck wie feige Kaninchen. Ich rieche dein Angst.«

Hals Zorn verschlang seine Gedanken. »Niemals!« schrie er, sprang auf und stieg auf den Erdhügel, als wäre dieser eine Bühne. »Du bist ein verlogener Vaalaker. Bei mir kannst du keine Angst riechen. Ich bin Hal, Herr über das Drachenschwert, und ich fürchte niemanden.«

Zu seiner Bestürzung warf der Vaalaker seinen Kopf in den Nacken und lachte. Es war ein hohles, bitteres Lachen, doch hatte es gleichzeitig den tiefen, unbesorgten Klang grenzenlosen Selbstvertrauens.

»Ich bin Guth-kak, Sohn des Morbak und Vater vieler Kinder. Ich fürchte niemand, weil ganze Welt mich fürchten. Du bist also kleine Wiesel, das Rudbardak hübsch tanzen läßt. Er nicht so schlau wie ich, Belbidiak, er sucht noch in Wald. Aber ich finde dein Spur. Du und deine Freunde, ihr marschiert so offen nach Vaalaka. Schleicht euch direkt in Maul von Löwentroll.« Wieder lachte er, dann spuckte er aus. »Wo ist weißer Stein, Belbidiak?« wollte er mit eisiger Stimme wissen. »Der weiße Stein. Der Meister muß weißen Stein haben, und ich werde es sein, der ihn übergibt. Ich bin Guth-kak.«

»Ich habe ihn nicht«, erwiderte Hal schlicht, machte sich

breitbeinig bereit und nahm sein Schwert fest mit beiden Händen. Er war kein geübter Schwertkämpfer, das wußte er. Torra Altaner verließen sich auf den Bogen, da man den Kampf von Mann zu Mann in dem engen Paß als wenig sinnvoll erachtete. Geschickte Bogenschützen konnten von oben aus der Burg Pfeile regnen lassen und so großen Schaden anrichten, ohne eigene Verluste beklagen zu müssen. Natürlich wußte Hal, wie man ein Schwert benutzte, aber er wußte auch, daß die Königstruppen allesamt bessere Schwertkämpfer waren als die Garnison von Torra Alta. Doch das Schwert, das er in Händen hielt, war ganz großartig, und eine Woge der Unbezwingbarkeit ging durch seine Unterarme.

»Dann haben andere Belbidiaks den weißen Stein. Schlechter Kundschafter bist du für sie. Erst töte ich dich, dann finde ich andere. Dann töte ich sie und bringe dem Meister den Stein. Wenn wir haben Stein, marschieren wir direkt durch Tore von Torrak Altak und Burg fällt uns vor Füße.«

Hal sah zu diesem großen, selbstbewußten Mann auf, der den deutlichen Vorteil hatte, zu Pferd zu sein, und stellte sich vor, wie sein kleiner Neffe wirkungslos eine übergroße Axt nach ihm schwang. Spar hätte keine Chance, dachte er. Zweifellos war Spur mutig, aber er war leicht und klein für seine vierzehn Jahre, und eine Streitaxt hatte nie zu seiner Ausbildung gehört. Dieser Vaalaker würde ihn in Stücke hacken.

»Steig von deinem Troll, vaalakischer Hund, und kämpfe wie ein Mann«, bellte Hal mit einer Stimme, von der er hoffte, daß sie derjenigen seines Bruders glich. »Fürchtest du dich, Auge in Auge mit mir zu kämpfen?« höhnte der Junge.

Elegant legte der blonde Krieger sein Bein vorn über den

Sattel und sah an seiner schmalen Nase entlang den dunkelhaarigen Jungen an.

»Du bist sehr stolz für kleine Mann, Belbidiak. Du glaubst, du bist schlau, wenn du mich von Troll herunterholst, aber ich zeige dir, daß ich bin mehr als Mann. Ich bin Sohn von Morbak, Sohn von Gott.« Er löste den runden Schild von seinem Sattel und sprang leichtfüßig zu Boden, die getrockneten Knochen, die sein Haar verzierten, klapperten, als er landete. »Ich kämpfe Auge in Auge gegen dich. Ich entehre meinen Rang nicht, indem ich dich von Rücken meines Trolles niedermache. So kann ich sehen, wie deine Augen quellen, wenn ich deinen Hals von Schulter schneide. Später reite ich durch Torrak Altak mit deine Kopf auf Speer und schnüre meine Stiefel mit dein Eingeweide.«

»Torra Alta«, brüllte Hal den Mann an. Er konnte es nicht ertragen, daß der Name seiner geliebten Heimat von der barbarischen Zunge verstümmelt wurde.

»Torra Alta jetzt, aber bald schon Torrak Altak«, sagte der Mann achselzuckend. »Mein großer Vater, der ist Sohn von Gott Vaal-Peor, wird die ganze Welt beherrschen, und kein einzig Kind Vaalakas wird mehr hungern. Vaal-Peor ist König der Götter.« Er lächelte auf den Jungen herab. Mit einer kurzen Bewegung warf er das Bärenfell von seinen Schultern, hielt seinen Schildarm schützend vor sich und schlug mit dem Schwert spielerisch nach Hals Brust, wobei er heiser lachte. »Du siehst aus wie Knabe, der Vaters Schwert gestohlen hat.«

Hal griff mit dem Breitschwert hoch über seinem Kopf an, zielte direkt auf den Schädel des Vaalakers, mit der Absicht, dem Mann das Hirn zu spalten. Guth-kak trat kurz zur Seite, und als Hal wirkungslos an ihm vorüberstürmte, wandte er sich um und schlug dem Jungen mit dem Griff seines Schwertes in den Rücken. Der Torra Altaner fiel vornüber zu

Boden, zog eilig seine Knie an, damit er wie eine Kugel rollte, und sprang gleich wieder auf die Beine. Sein Atem ging mit kurzem Keuchen, da er einen Schlag auf die Lungen bekommen hatte.

Guth-kak lachte höhnisch. »Nun, kleines Belbidiak, keiner hat dir gezeigt, wie man kämpft mit Schwert. Vielleicht lernst du ein paar Tricks in wenige Minuten, die dir zu leben bleiben. Geduld ist, was Mann den Sieg gibt. Wählen, warten, bereit machen für richtige Moment zuzuschlagen. Löwe greift nie offen an. Er folgt seine Beute, bis er nah genug ist und Opfer genau da hat, wo er will ... und dann!« Guth-kak riß den Arm nach vorn, legte kurz seine Rippen frei, als er mit dem Schwertarm zustieß. Die Spitze der Waffe traf Hal unter dem Kinn, und schon war der Vaalaker wieder aus Hals Reichweite herausgetreten. »Löwe schlägt zu, wenn Augenblick ist für ihn perfekt. Und du, siehst du, du verpaßt deine Augenblick. Du solltest schlagen, wenn ich mein Schild bewege, und du hast versäumt.«

Wieder vernebelte Zornesröte Hal den Blick. Dieser vaalakische Hund verspottete ihn, und am meisten ärgerte ihn zu wissen, daß der Barbar recht hatte. Immer und immer wieder hatte der Hauptmann ihm erklärt, daß sein Zorn einmal sein Untergang wäre, daß er sich dadurch wie ein unvernünftiges, wildes Tier verhielte. Gott hatte dem Menschen zum Kämpfen den Verstand gegeben, nicht die Kraft. Wenn er es vorzog, seinen Verstand zu vernachlässigen und seinem Zorn freie Bahn zu lassen, wäre er für sich wie auch für andere eine Gefahr.

Doch zu wissen, daß es ein Fehler war, machte Hal nur wütender. In einem wilden Anfall fuhr er zu dem Vaalaker herum, spuckte wie ein tollwütiger Hund, konzentrierte sich nur auf die Schneide seines Schwertes und den Torso dieses Mannes. Er vergaß den Schild. Er glaubte an sein Schwert.

Wieder trat der Vaalaker beiseite, stieß den Schild an Hals Schulter, um den Jungen aus dem Gleichgewicht zu werfen, und stach kurz und fest mit seinem Schwert zu. Hal spürte, wie es gegen seine Rippen schlug, als das Metall kurz zwischen seine Knochen stach. Jaulend sprang er zur Seite, rollte außer Reichweite des Vaalakers und hielt sich mit einer Hand den Brustkorb. Das ist nicht schlimm, sagte er sich. Es ist nur eine Fleischwunde und nicht mal in Herznähe. Der Vaalaker folgte ihm, trat von einer Stiefelsohle auf die andere.

»Du langweilst mich, Belbidiak. Wenn ich zu lange mit dir spielen, wird mein Troll nur müde, wenn ich deine Freunde einholen muß. Nun. Belbidiak, es tut mir leid, du bist mir kein große Spaß.«

Sorgsam setzte Guth-kak seine Füße, machte sich zum Schlag bereit. Er täuschte eine Richtung an, dann sprang er in die andere, als Hal zu spät versuchte, sich mit seinem Schwert zu schützen. Aber immer noch spielte der Vaalaker nur mit ihm, wartete auf den idealen Augenblick für einen sauberen Todeshieb.

KAPITEL 5

Caspar wandte sich von den Pferden ab, die an einer schlammigen Pfütze tranken, und wollte seinem Onkel hinterher. Brids kleine Hand hielt ihn am Ärmel, und ihre tannengrünen Augen funkelten ihn an, flehten ihn an zu bleiben.

»Laß ihn gehen«, sagte sie. »Laß ihn gehen und sich abkühlen. Du kannst nicht dein Leben lang Hal nachlaufen. Laß ihn, damit *er* zur Abwechslung zu *dir* kommen muß.«

»Aber was ist, wenn er es nicht tut?« fragte Caspar verzweifelt. »Ich kann ihn nicht gehen lassen, wirklich, ich kann nicht.«

Brid hielt ihn mit beiden Händen, riß ihn herum, so daß er in ihre unwiderstehlichen Augen sehen mußte. »Gib ihm zehn Minuten, und er wird wiederkommen und irgendeinen schlauen Spruch reißen.«

Der Junge seufzte. »Also gut, ich gebe ihm zehn Minuten«, erklärte er und blickte dabei noch immer voller Sorge in das Tal, in dem Hals Rücken eben erst hinter einer Biegung im Flußbett verschwunden war.

»Du hast mir dein Wort gegeben«, unterbrach ihn Morrigwen kalt und ohne den schmeichelnden Unterton ihrer Gehilfin. »Du hast versprochen, uns bei der Suche nach der Mutter zu helfen, und von diesem Versprechen werde ich dich nicht befreien. Torra Alta ist auf dich angewiesen.«

Mehr gab es nicht zu sagen: Caspar sah es ein. Er hatte sein Wort gegeben, und es käme einer maßlosen Entehrung gleich, dieses Versprechen nicht einzulösen. Verärgert fügte er sich und ließ Hal davonstürmen, doch nagte sein Gewissen nach wie vor an ihm. War es weniger unehrenhaft, sich von dem Onkel abzuwenden? Doch Hal hatte seine eigene Entscheidung getroffen. Widerstrebend mußte sich Caspar der Forderung der Alten fügen, und wenig wohlwollend herrschte er sie an.

»Wieso mußtest du ihn auch herumkommandieren, als wärst du sein Vater?«

»Ihr habt keinen Respekt. Das ist das Problem mit euch auf Torra Alta. Es ist kein Wunder, daß die Große Mutter euch der Gnade Vaal-Peors überlassen hat. Ich hätte Besseres von dir erwartet. Und was ist mit der Mutter und ihrem Leid? Wir müssen sie finden und befreien, um Euer Torra Alta zu retten. Ist das nicht wichtiger als Hals Wutanfälle?«

Caspar nickte zustimmend. Das war es allerdings. Er schluckte seinen Widerwillen herunter und schenkte der ehrwürdigen, alten Frau ein schiefes Lächeln als Entschuldigung, weil er sie angeschrien hatte. »Dann sollten wir besser weiterziehen. Inzwischen müßten die Pferde abgekühlt sein.«

Mit einer Handvoll Heidekraut, das aus einem geschützten Spalt im felsigen Ufer gesprossen war, rieb Brid inzwischen eifrig das dicke Fell der gelben Stute ab. Sie kämmte den getrockneten Schlamm von den langen Haaren, die sich unter dem Bauch des Pferdes trafen, um zu verhindern, daß der Gurt scheuerte. Die Stute sah komisch aus, mit ihrer gelben Oberhälfte und den schwarzen Beinen und dem Bauch, etwas wie ein hybrides Wappentier. Sie stiegen auf, wobei Brid Hals Stute nahm und sich zum Reiten bereit machte. Caspar fürchtete nach wie vor, daß sich die Frau täuschen könnte, was Hals Rückkehr anging. »Zehn Minuten«, seufzte er zu sich selbst. »Zehn Minuten haben sie gesagt.«

Bedrückt strich Caspar über den Widerrist des Schimmels, während er ärgerlich an den Zügeln zerrte, die der hinkende braune Wallach stramm zog. Jedesmal, wenn er sich umdrehte, sah er im Geiste noch die hochgezogenen Schultern seines Onkels unter dem braunen Umhang und den forschen Schritt, mit dem Hal in die Ferne strebte.

Caspar fühlte sich wie ein Verräter. Er konnte wirklich nicht einsehen, wieso es seine Schuld sein sollte, daß Hal davonstürmte und sie allein ließ, dennoch fühlte er sich schuldig. Morrigwen hatte unrecht, wenn sie behauptete, er habe kein Gespür für Verantwortung. Das hatte er sehr wohl. Es schien ihm, als lastete das ganze Gewicht auf seinen Schultern. Schließlich war es seine Schuld, daß man sie gefangen hatte, denn er war es gewesen, der in den Brunnen gestiegen war und sie überhaupt erst in die Hände der Vaalaker getrieben hatte. Es war seine Schuld, wenn sich sein Vater verzweifelt um seine Sicherheit sorgte. Die Sommersprossen auf seinem Gesicht verblaßten bei diesem Gedanken sichtlich. Aber wäre er nicht in den Brunnen gestiegen, wären sie jetzt nicht auf der Suche nach der Mutter. Und war das nicht das Wichtigste von allem? Sie mußten sie finden. Er dachte an die lockenden Mondsteine, ihre pulsierende Energie, als sie aus dem Dunkel der alten Eichenschatulle befreit wurden. Sie hatten ihn in den Brunnen gelockt, dessen war er sicher. Es war weniger seine freie Entscheidung gewesen, die ihn in den Brunnen geführt hatte, sondern der dringende Ruf der Mondsteine. Vielleicht trug er am Ende gar nicht die ganze Verantwortung, obwohl er sich nicht vorstellen konnte, wie er das alles seinem Vater erklären sollte.

Er stellte sich die grimmige Miene des Barons vor und die Qualen, die er wegen seines Verschwindens leiden mußte. Es hatte keinen Sinn. Noch immer drückte ihn das schlechte Gewissen. Er sah Morrigwens Rücken an und zog die Nase hoch. Er dachte: Sie hat kein Recht, mich zu verurteilen.

Morrigwen drehte sich um und starrte ihn böse an. »Du schmollst, weil du glaubst, ich sei im Unrecht. Doch die Wahrheit ist, daß du Verantwortung mit Schuld verwechselst. Du fühlst dich schuldig, weil dein Tun anderen geschadet hat. Das ist das Gefühl im nachhinein. Verantwortung bedeutet, daß du Weitblick zeigst, daß du vorher über dein Tun nachdenkst, statt es hinterher zu bereuen.«

Daran ist nur Hal schuld, dachte Caspar bitter. Immer will Hal das Kommando übernehmen und verliert die Geduld, wenn es nicht so geht, wie er es will. Er haßte diesen ausgeprägten Willen seines Onkels.

Er drehte sich um und blinzelte in die Ferne, doch war dort von Hal nichts mehr zu sehen. Wenn *irgendwer* gesagt hätte, daß es ihnen leid tat, wäre Hal zurückgekommen. Inzwischen mußten wohl weit mehr als zehn Minuten vergangen sein. Er beschloß, daß er nicht länger warten konnte, und zog den Kopf des Rotschimmels herum.

Brid ritt zurück und legte ihm flehentlich eine Hand auf den Arm.

»Nicht, Spar. Hol ihn nicht zurück. Er wird sich von selbst abkühlen. Wenn du ihm immer nachläufst, wird er dir immer sagen können, was du tun sollst. Manchmal muß man einfach die Zähne zusammenbeißen und das Richtige tun. Hal hat breite Schultern. Er kommt schon zurecht.«

»Ich kann ihn nicht zurücklassen.«

»Das kannst du. Er wird dich nicht verlassen. Du sollst es nur denken, damit du dich schlecht fühlst, weil er glaubt, du hättest dich mit Morrigwen gegen ihn verschworen.«

»Du weißt nicht, wie stur er ist«, hielt Caspar dagegen. »Hal gibt niemals nach. Und vergiß nicht, daß wir zu Pferd sind, und er zu Fuß. Es könnte Stunden dauern, bis er uns eingeholt hat.«

Brid zuckte mit den Schultern. »Daran hätte er denken

sollen, bevor er losgestürmt ist. Und du glaubst nur, daß er nie nachgibt, weil du stets zuerst nachgibst.«

»Du bist hart, Brid«, lachte Caspar, der ihre Gesellschaft plötzlich genoß und Trost in ihrer Zuversicht fand. So ritt er entschlossener voran, folgte ihnen im Kielwasser von Morrigwens Zielstrebigkeit nordwärts entlang des Laufs der trockenen Sommerflüsse. Er zog seinen Umhang hoch und vergrub Mund und Nase in den weichen Falten, um die erstickenden Teilchen aus der Luft zu filtern, die vom versengten Boden aufwehten. Der Wind stöhnte und heulte in seinen Ohren, und er spürte dessen Einsamkeit.

Sie marschierten, bis die Sonne wieder der Erde entgegenfiel. Caspar sorgte sich darum, daß der Flußlauf sie vielleicht vom direkten Kurs nach Norden wegführte, doch Brid versicherte ihm, daß der Fluß bald wieder nach Norden einscherte. Sie erklärte, daß die Sommerflüsse allesamt der nördlichen Tundra entsprangen und somit jeder Sommerfluß schlußendlich zurück zur Quelle führte: der vaalakischen Eisdecke.

»War die Drachenwüste von jeher unfruchtbar?« fragte Caspar. »Ich meine, wieso gibt es hier keinen Regen?«

»Oh, den gibt es«, lachte Morrigwen. »Nur versickert er sofort. Ohne Vegetation gibt es keine Wurzeln, welche die Feuchtigkeit halten könnten, und die Erdoberfläche wird vom Wind getrocknet. Ohne die lebenspendenden Fluten ist die Drachenwüste ein trockener, öder Ort.«

Caspar spürte schon, wie die Abendkühle vom Himmel sank, als Morrigwen die Hand hob, um zu halten. Hier im Norden kommen die Abende früh, dachte Caspar zitternd. Es war kälter, als es sein sollte.

Müde stiegen sie von ihren Pferden, und Caspar hob Reißer von seinem Sattel. Es schien, als gewöhnte sich der Hund an seinen Platz auf dem Pferd; er gähnte zufrieden, als hätte er stundenlang geschlafen. Allerdings wachte er schnell auf, als Morrigwen ihm einen Haferkeks anbot und etwas von ihrem Wasser in einen flachen Topf gab. »Wir hätten ihn nicht mitnehmen sollen«, bemerkte Caspar und stierte gen Süden, ob er vielleicht Hal sah, während er angestrengt auf einem harten Streifen getrocknetem Wildbret kaute. Hal hatte nichts zu essen bei sich.

»Wir konnten ihn nicht zurücklassen. Es war niemand da, der sich um ihn kümmern konnte, und auf drei Beinen hätte er nicht jagen können«, korrigierte ihn Morrigwen.

Caspar stieg die Uferböschung hinauf, um besser sehen zu können, und warf einen Blick über die kahle Ebene. Säulen von aufwirbelndem Staub wurden vom Wind gen Himmel gesogen, doch störte sonst nichts die unnachgiebige Ödnis der Drachenwüste. Sein Schatten lag lang und dünn am Boden. Noch immer konnte er Hal nicht sehen.

»Ich kehre um und suche ihn.«

»Das darfst du nicht«, knurrte Morrigwen entschieden. »Wir brauchen dich.«

»Ich will ihn nur holen, dann kommen wir euch nach. Ich verspreche es.«

»Nein!«

»Ich weiß, ich klinge wie Hal, aber du hast mir nicht zu sagen, was ich tun soll.« Der sommersprossige Junge lief rot an, doch er schaffte es, sich seine Würde zu bewahren.

»Du wirst es ihm sagen müssen, Morrigwen.« Brid sah die Greisin an. »Ich glaube, er hat das Recht, es zu wissen.«

»Das Recht, was zu wissen?« fragte Caspar.

Morrigwen schüttelte den Kopf. »Nein, er ist noch zu jung und wurde sein Leben lang indoktriniert. Es könnte ein zu großer Schock sein.«

»Sag es mir, und sag es mir jetzt.« Das Kinn des Jungen wurde eckig.

Die Greisin erwiderte seinen Blick, aber dann wandelte sich ihre Miene plötzlich, und Caspar merkte, daß sie nicht mehr ihn ansah, sondern an ihm vorbei. Ganz langsam drehte er sich um, fürchtete, was er dort sehen könnte, erwartete einen Troll oder einen waffenschwingenden Krieger, doch er sah nur zwei spitze, graue Ohren.

Langsam stand die Wölfin auf. Als sie sich aus ihrer steinernen Haltung auf alle viere streckte, schien es, als würde sie aus der Erde geboren. Aufgeregt sprang Reißer vor, um sie zu begrüßen, und Caspar spürte einen unangenehmen Schmerz in seiner Brust. Plötzlich und unerklärlicherweise fürchtete er sich. Die neuerliche Woge von Gefühlen wusch allen Zorn über die Greisin hinfort, und noch im selben Augenblick hatte er ihre geheimnisvollen Andeutungen vergessen. Anfangs dachte er, er fürchtete sich instinktiv vor dem Wolf, doch allmählich wurde ihm klar, daß das Mandala aus Haselnuß an seiner Brust schwer und kalt wurde und versuchte, ihn vor einer Gefahr zu warnen.

Auch Morrigwen und Brid zeigten den gleichen besorgten Ausdruck auf ihren Mienen. Leise trat Brid vor, der Wölfin entgegen. Noch während sie es tat, wandte sich das Tier um und trottete einige Schritte davon, blieb dann stehen und sah sich nach ihr um. Vorsichtig trat Brid an sie heran, und die Wölfin lief weiter.

»Was ist los?« flüsterte Caspar der alten Frau zu, die wie erstarrt neben ihm stand.

»Ich weiß es nicht. Die Wölfin ist herumgeschlichen. Vielleicht will sie uns vor etwas warnen.« Morrigwen ging in die Hocke, und ihre alten Knie knarrten, als sie sich vorbeugte. Sie legte ihre Handflächen flach auf den Boden und schloß die Augen, als lauschte sie.

»Kannst du das fühlen?« murmelte sie.

Caspar tat es ihr nach, und einen Moment später spürte

er, wie ein Beben durch die Erde ging. Er hielt sein Ohr an den Boden und hörte ein rumpelndes Dröhnen. Es klang fast wie ein herabstürzender Fluß oder eine Herde von Ochsen.

»Was ist das?« flüsterte er.

»Der Feind.«

Schweigend trotteten sie Brid und ihrem Wolf nach, folgten dem Fluß, der sich vom Norden abwandte und dem östlichen Horizont zustrebte. Caspar merkte, daß sie sich einem größeren Tal näherten, dem der Fluß auswich. Die Jungfrau in ihren einst grünen und nun staubig braunen Gewändern folgte der Wölfin, die flach auf dem Bauch kroch, als sie aus dem Flußbett kletterten, um besser sehen zu können. Caspar reichte der Greisin hilfreich eine Hand, und gemeinsam schlichen sie um einen Felsvorsprung, der die Reste einer uralten Sommerhütte trug.

Caspar blinzelte zwischen den Spalten im Fels hervor und sah Staub hoch in den Himmel steigen. »Mein Gott«, murmelte er, »mein Gott, rette uns.«

Das breitere Tal war im Westen von einer Kette spitzer Gipfel begrenzt, die wie Flossen einer Seeschlange aus der Ebene aufragten. Am einen Ende des langen Tales wachten drei einzelne, schwarze Gipfel, die Drei Teufel. Zwar mochten sie in dunstiger Ferne sein, doch schon ihre bloße Anwesenheit drohte der Steppe. Der Fluß schlängelte sich aus dem östlichsten der drei Berge, wand sich ihnen durch die Ebene unerbittlich entgegen. Das Rumpeln kam nicht von den untätigen Vulkanen, sondern von den Verursachern der Staubsäule, die sich über Meilen entlang der Ufer der Sommerflüsse erstreckte.

»Oh, mein Gott« stöhnte Caspar erneut. »Wie Millionen Ameisen.« Von ungläubigem Schrecken gebeutelt starrte er in das breite Tal hinab. Morbaks Armee erstreckte sich wie eine endlose Schlange so weit er sehen konnte an den

Sommerflüssen entlang, in Kolonnen und Legionen aufgeteilt, und alle marschierten geradewegs gen Süden nach Torra Alta. Steter Donner stieg vom Boden auf wie ein fernes Beben, das unter dem Druck so vieler Füße entstand. Die Räder riesenhaft aufragender Maschinen rumpelten über den harten Boden, jeweils von dreißig oder vierzig Trollen gezogen. Barbrüstige, vaalakische Bauern zerrten an Seilen, um die Belagerungsmaschinen aufrecht zu halten, wenn sie über unebenen Boden fuhren.

Eine ganze Formation dieser hoch aufragenden, seltsamen Gerätschaften reihte sich aneinander, wurde vom Staub verschluckt, den die führenden Mannschaften aufwarfen. Die Vulkane brodelten am Horizont, vielleicht ein halbes Dutzend Wegstunden von dort, wo Caspar sich versteckte. Die Staubfahne von Morbaks Armee erstreckte sich bis dort hinüber und verschwand dann bald.

Caspar fiel ein, was der königliche Bote Branwolf über die Größe von Morbaks Infanterie gesagt hatte, die westlich der Drachenwüste marschierte. »Das ist Morbaks zweite Armee«, murmelte er mit trockener Kehle. Er versuchte zu schätzen, wieviele Männer im Schatten der Drei Teufel marschieren mochten. Tausende und Abertausende ... ich könnte ihre Zahl nicht einmal schätzen.

Kriechend langsam schwenkte ein Teil der ersten Kolonne näher zu ihnen herüber, und während sie sich näherten, konnte Caspar sehen, daß die Männer erlahmten und von Kriegern auf Trollen angetrieben werden mußten. Viele stützten sich auf Mistgabeln, während sie durch die ausgedörrte Wildnis stapften. Ein Mann fiel hin ... und stand nicht wieder auf. Da fielen Caspar die Trolle auf, die am Rande der Kolonne liefen. Augenblicklich stürzte sich das knurrende Rudel auf den Mann und fraß ihn gierig. Kein einziger Vaalaker wandte sich um. Niemand achtete auf die Schreie des Gefährten, und sie marschierten weiter südwärts gegen Torra Alta.

Woher bekommen sie das Wasser für so viele Männer? Ihre Zahl wird wohl halbiert sein, dachte er, bis sie am Silberfluß sind. Halbiert, doch blieb noch immer eine kolossale Menge. Torra Alta wird erdrückt, zerquetscht unter dem schieren Gewicht der Füße.

»Belbidia kann sich einer solchen Menge mit seiner kleinen Garnison niemals erwehren.« Morrigwen sprach mit unheilvoller Stimme. »Wir brauchen die Kraft der Göttin. Wir haben nicht einmal mehr das Wissen um die Runen, die uns gegen die schreckliche Verwüstung helfen könnten.«

Als er sich der Macht der heilenden Runen erinnerte, die Brid Hal auf die Brust gemalt hatte, heulte der Junge bitterlich: »Aber du weißt doch alles über Runen. Kannst du denn jetzt nicht welche werfen?« Selbst die ketzerische Zauberkunst dieser Frauen wollte er akzeptieren, wenn nur irgend etwas half, diese massive Armee von seiner Heimat fernzuhalten.

Sie schüttelte den Kopf. »Mit dem Aufkommen des Neuen Glaubens ging viel verloren, wurde uns viel Macht und Wissen genommen. Wir sind der heiligen Stadt Farona in die Wildnis von Torra Alta entflohen und konnten nur mitnehmen, was in unseren Köpfen war. Nie hatte ich die Runen geworfen, die man braucht, um göttliche Hilfe in Zeiten des Krieges zu erbitten. Belbidia lebt seit Hunderten von Jahren in Frieden. Es wird eine furchtbare Schlacht geben, eine Verwüstung. Ohne die Mutter kann ich die Große Göttin nicht um Schutz bitten, und aufgrund der fanatischen Methoden des Königs und seines Inquisitors haben wir die Runen des Krieges verloren.«

Schweigend starrten sie mit finsteren Mienen auf Morbaks zweite Armee hinab.

Schließlich seufzte Morrigwen. »Wir werden uns etwas zurückziehen müssen. Wir können nicht riskieren, der Kolonne zu nah zu kommen. Wir klettern fort vom Flußbett, aus dem Tal, und nehmen eine Route über diese Hügelkette, deren Rücken westlich der drei Vulkane deutet. Wir ziehen nordwärts und schwenken gleichzeitig von den vaalakischen Linien ab.«

»Es wird Ewigkeiten dauern, und Hal wird uns nicht finden können«, protestierte Caspar.

»Wir müssen immer noch ein kurzes Stück zurück«, meinte Morrigwen, »sonst sieht man uns mit den vier Pferden im Tal. Vielleicht treffen wir ihn unterwegs.« Ihre Stimme erstarb, und die Falten ihrer sorgenvollen Miene verzogen sich zu plötzlicher Beunruhigung. Konzentriert ließ sie den Kopf sinken und hielt ihre krumme Hand ans Ohr, als lauschte sie aufmerksam.

»Sag es mir!« fuhr Caspar sie an. »Was meint Brid, was ich wissen sollte?« fragte er etwas unsicherer und sah die beiden Frauen stirnrunzelnd an. Auch Brids Gesicht war ängstlich angespannt.

»Halt den Mund, Spar«, herrschte sie ihn böse an. »Es ist das Schwert.«

»Was meinst du?« fragte er, doch er flüsterte nun, um ihre Konzentration nicht zu stören.

»Es klingt, es singt über die Ebene, und sein großer Krieger fordert die Welt heraus.« Böse starrte Brid Caspar mit ihren grünen Augen an. »Hal kämpft um sein Leben.«

»Der Narr«, seufzte Morrigwen. »Er wird sie zu uns locken. Alle heidnischen Priester Vaalakas hören diesen Schrei.«

Mit einem Satz sprang Caspar die Böschung hinab und nahm die Zügel seines Schimmels. Reißers Ohren stellten sich erwartungsvoll auf, und eifrig hinkte ihm der langbeinige Hund entgegen.

»Du bleibst hier, Reißer«, befahl er ihm. »Ich gehe und hole Hal.«

Brid packte das Geschirr, um zu verhindern, daß er den Kopf des Schimmels wendete. »Nein, wir bleiben zusammen. Du bringst dich nur in Schwierigkeiten, wenn du allein fortreitest.«

»Ich muß Hal helfen.«

»Ich bin mir sicher, daß es ihm gutgeht, Spar. Das Schwert singt sein Siegeslied.« Fast klang Brid beruhigend.

»Ja, aber was ist, wenn irgend so ein Schweinehund es gegen Hal gewendet hat?«

»Dann ist es zu spät«, sagte sie schlicht. »Ich kann sein Todeslied hören. Aber wir müssen uns in sicheren Abstand zur vaalakischen Kolonne bringen. Vielleicht treffen wir ihn, wenn er uns entgegenkommt. Dann finden wir eine sicherere Route, die uns alle wieder nach Norden bringt.« Sie lächelte ermutigend. »Wir bleiben zusammen. Du darfst uns nicht verlassen, Spar, wir brauchen dich.«

Wie konnte er diesen flehenden Augen widerstehen? Eilig sammelte Caspar die Pferde, lockte Reißer von der Wölfin fort und hob den widerwilligen Hund quer hinten auf seinen Sattel. Sie trotteten davon, wobei der Braune nach wie vor hinkte und an seiner Leine zog. Caspar spürte, wie die Angst von ihm Besitz ergriff.

Noch nach Sonnenuntergang tappten sie durch die Dunkelheit, und Morrigwen bestand darauf, daß sie größeren Abstand zwischen sich und die vaalakische Kolonne brachten. Caspar konnte nur noch an seinen Onkel denken. Längst hätte Hal sie einholen sollen, vorausgesetzt, daß er sie nicht tatsächlich im Stich gelassen hatte und auf dem Weg zurück nach Belbidia war. Als die Pferde im Dunkeln zu stolpern begannen, nahm Morrigwen den Mondstein aus ihrer Satteltasche. Ein Zischen des Salamanders war zu hören, und einige Sekunden lang rang sie mit der Leine, bis das Tier losließ. Die Kugel gab trübes Licht von sich, unter dem sie durchs Flußbett schlichen, bis sie an die Stelle kamen, wo es wieder nach Süden schwenkte.

»Hier machen wir halt«, verkündete die Alte. »Wir müssen rasten, und hier kann Hal uns finden.«

»Ich will weitersuchen. Vielleicht ist er verletzt«, meinte Caspar.

»Dein Pferd stolpert, und du könntest ihn in der Dunkelheit leicht verfehlen. Du mußt schlafen«, hielt Brid dagegen. »Wir suchen weiter, sobald es hell wird.«

Die Biegung im Fluß bildete einen Überhang, der Schutz gegen die kalte Nacht bot. Brid suchte eine Weile nach Brennholz, doch kehrte sie mit leeren Händen zurück. Eher unglücklich wickelten sie sich in ihre Umhänge und nahmen die Felle hervor, die in den Packen verstaut waren.

Der glimmende Mondstein lag in ihrer Mitte, und Caspar spürte, wie er ihn rief. Das Mandala um seinen Hals pulsierte vor warmer Energie, als sehnte es sich auch nach der Berührung durch den Stein. Er fühlte sich wie zerrissen. Einerseits fürchtete er die Kraft des heidnischen Zaubers. Er flüsterte Gebete, bat den Einzig Wahren Gott um Gnade und daß er seine Seele vor diesen Hexen retten möge, welche ihn immer tiefer in die Welt des Teufels lockten. Dennoch fühlte er sich vom Mondstein unbändig angezogen. Er wollte ihn umarmen, eins mit ihm sein, seine Seele zwischen den Bildern tanzen lassen … der böse Zauber des Teufels.

Nachdenklich betrachtete Morrigwen die Kugel, als sie sie aus dem geflochtenen Beutel nahm und über die runde Oberfläche strich, als streichelte sie den Kopf eines Kindes, das auf ihrem Knie saß.

»Wir müssen noch einmal hineinsehen«, murmelte sie leise.

»Es ist zu gefährlich«, warnte Brid. »Wir sind dem Feind zu nah. Jeder, der magisches Feingefühl besitzt, könnte es spüren. Wir wissen nicht, wie weit Kullak hinter uns ist. Vielleicht versteht er nichts von Kräutern, aber er spürt die Kraft. Von dem Augenblick an, als er mich das erste Mal sah, war er argwöhnisch. Und er ist begierig auf die Kraft des Auges.«

»Aber dennoch müssen wir nachsehen. Sie hat gesagt, daß wir nach Norden gehen sollen. Sie hat es uns mit der Kerze gezeigt, aber Norden ist nicht genau genug. Wir müssen mehr wissen. Wir müssen sie finden, Brid, und der Mondstein ist die einzige Möglichkeit.«

»Aber vielleicht hat Kullak unsere Fährte bereits aufgenommen.«

Caspar hörte sie streiten, doch er konzentrierte sich auf den Mondstein. Die Stimme einer Frau rief ihn. Er streckte seine Hand aus und ließ sich von dem Licht liebkosen. Kaltes, lebloses Licht durchdrang ihn, mischte sich mit seinem Körper, suchte tiefer und immer tiefer, als suchte er seine innerste Seele. Das gespenstische Licht schien weiche und flehentliche Worte mit sich zu führen. *Spar, der Winter kommt uns immer näher. Komm zu mir.*

Die harschen Worte der Alten, mit denen sie die trotzige Brid tadelte, drangen kaum in sein Denken ein. »Du hast zuviel Zeit mit diesem rüden, arroganten Jungen zugebracht«, schalt Morrigwen, »und nun scheint es, als hätte er Einfluß auf dich genommen. Wir müssen den Stein benutzen.«

Caspar merkte, wie sein Blick von Brid fortgerissen wurde. Seine Augen suchten das Herz des Kristalls. Das Licht war in seiner Schönheit faszinierend, ein gespenstisches Weiß, doch es schien zu leben. An der Oberfläche tanzte Energie. Der flüssige Stein schmolz von einem flirrenden Muster zum nächsten, fast als wollte er seine innersten Geheimnisse preisgeben, doch im letzten Augenblick verschwanden sie hinter wirbelnden Wolken.

»Wieviel weißt du?« hauchte der Junge. »Sag mir, was in deinem Herzen ist. Deine Geheimnisse.«

Berühre mich, flüsterte der Stein in seinen Gedanken.

»Dann warten wir also darauf, daß der Mond aufgeht«, meinte Morrigwen vermittelnd. »Die Zauberkraft der Dienerin wird uns größeren Schutz bieten.«

Die Kugel schien zu wachsen, und ihr Licht strömte dem Baronensohn entgegen, als versuchte sie, ihn mit ihrer Welt zu umfassen.

Caspar wich zurück, rief in seinem Kopf: Nein! Er versuchte, seine Gedanken vor der Stimme zu schützen, die ihn aus dem Inneren des Steins rief.

Ich brauche dich, flüsterte sie mit ihrer unwiderstehlichen Zauberkraft und Energie. *Ich brauche dich, und du brauchst mich. Wir sind Teil derselben Hoffnung, Spar. Schließe dich mir an.*

Er spürte, wie seine Hand zum Stein gezogen wurde.

Noch immer beruhigte Morrigwen ihre junge Schülerin. »Wir bilden einen Kreis, um die Kraft des Zaubers einzugrenzen«, schlug sie vor.

Caspars Hand glitt über den Stein. Von dessen Kraft verführt, griff er in den flüssigen Stein, damit sein Verstand die Geheimnisse ergründen konnte.

Vage hörte er Brid rufen: »Spar, laß das!«, und dann die kratzige Stimme der alten Frau: »Nein, Kind, wir sind noch nicht soweit!« Doch es war zu spät. Schon hielt der Junge die Kugel in den Händen. Ein Blitz zuckte an seinen Unterarmen hinauf und ließ seine Augen glitzern, während sich seine Muskeln vom Schock verkrampften. Caspar spürte, wie die Energie durch seine Haut brach, nach seinem Hirn griff und alle Wahrnehmung der Außenwelt erstickte. Er hörte nur ein Surren, ein scharfes Summen wie von bösen Wespen. Das grell brennende Licht blendete ihn.

Als das Licht verging, packte ihn die Panik. Er sah Brids und Morrigwens Gesichter nur noch wie durch grauen Nebel, und er konnte nicht mehr atmen. Kalter Schmerz griff nach seinen Lungen; Hände und Füße waren taub vor Kälte. Ein zermalmender Druck um ihn herum machte alle Bewegung unmöglich. Schließlich konnte er seine Augen nicht mehr bewegen: Tot starrten sie durch festgefrorenen Nebel. Hilflos war er, in Panik, konnte nichts tun, um sich von dem Druck der Kälte zu befreien. Eiskristalle schienen sich zu bilden und in seinem Blut auszubreiten, sprengten die Gefäße, und unzählige Zähne rissen an Muskeln und Gewebe.

Jemand lachte über ihn. Ein Mann mit dickem, rotem Haar und hellblauen Augen, die ihn verhöhnten, stand über ihn gebeugt. *Jetzt habe ich die Macht. Du kannst mich nicht mehr narren. Du hast mir meine Mutter genommen, und jetzt wirst du leiden.* Mit schweren Stiefeln trat der Mann direkt auf sein Gesicht. Caspar dachte, die Stiefel würden ihn zermalmen, doch sie konnten das Kristall nicht zerbrechen.

Eine Ewigkeit schien zu vergehen, während derer Caspar die Stiefel anstarrte; er spürte nur die scharfe, quälende Kälte. Selbst seine Knochen fühlten sich erfroren und zerbrechlich an. Nichts wollte sich bewegen. Trübsinnig dachte er: Ich sterbe hier, zermalmt von eisiger Kälte.

Sein eigener Name rotierte durch seine Gedanken. *Spar, du mußt mich finden, sonst wird die Burg fallen. Wir verlieren alles an den grausamen Eisgott, und ganz Belbidia wird zur Steppe werden. Such mich, Spar.*

Ich kann nicht. Ich versuche es. Er wollte schreien, doch sein Mund war erfroren, und seine Zunge ragte wie bei einem

Schwein am Spieß heraus. Ich versuche, dich zu finden, aber es ist … so … kalt …

Traurig flüsterte die Stimme in seinem Kopf. *Du läßt dir soviel Zeit. Ich habe um dich geweint, Spar. Er wird dich töten. Du mußt mich suchen, damit ich dich retten kann.*

Wieso denke ich das alles, dachte Caspar vollkommen verwirrt von dem Gefühl, sowohl in der Zeit als auch im Raum verloren zu sein.

Du bist hier bei mir, das ist der Grund, Spar, erwiderte die Stimme.

Caspar verstand noch immer nicht. Die Stimme kam aus seinem Kopf, und doch wußte er, daß sie nicht zu ihm gehörte.

Er fühlte sich, als glitte er immer tiefer in den gefrorenen Schmerz. Schließlich verblaßte das Bild dieses Stiefels, der auf sein Gesicht trat, und durch den Kristall konnte er warmes Licht erkennen. Anfangs sah er nur dunkle Umrisse, und dann endlich bemerkte er Brid, die aussah, als schrie sie ihn an. Caspar betete: Lieber Gott, laß sie mich retten. Doch hilflos und verzweifelt sah die Jungfrau ihn an. Irgendwo tief in seiner Seele formte sich ein weiteres Gebet, und Caspar wob seine schreienden Gedanken um die Hoffnung: Liebe Mutter, hilf mir, hilf ihnen, mir zu helfen.

In seiner Trance meinte Caspar, er sähe Hal an Brids Stelle. Durch die verschwommene, durchscheinende Schicht, die ihn von seinem Onkel trennte, sah er Hal, der sein großes Schwert wie einen Opferdolch erhob. Er wird mich opfern, als Strafe dafür, daß ich zu der heidnischen Göttin bete, dachte Caspar vor Entsetzen, und sein Denken wurde wirr. Hal, haßt du mich so sehr? Ich sehe dich als meinen Bruder. Bist du wirklich so verbittert, daß du mich ermorden willst? In jenem Augenblick, in dem das Schwert sein Herz durchbohrte, zerfiel der Nebel vor seinen Augen, und das Bild des weißen Schwerts verblaßte. Statt dessen sah er Brids weiße Fingerspitze am Mandala, das an seinem Herzen lag.

Mit einem Schrei kehrten die Geräusche dieser Welt zurück, und er brauchte einen Augenblick, bis er merkte, daß er selbst es war, der da schrie. Er lag auf dem Rücken. Brid drückte seine Hand, flehte ihn an, auf sie zu hören.

Er ließ den Schrei zu einem Heulen werden, als der Schreck des Unbekannten verging. Sein Mund schloß sich, und er sank zurück, fühlte sich schwach und erschöpft.

»Wenigstens atmet er wieder.« Morrigwens Stimme war vor Anspannung ganz leise. »Ich habe dir gesagt, daß du warten sollst, du dummer Junge.« Ihre Worte kamen scharf und tadelnd, aber sie drückte seine Hand mit fürsorglicher Zärtlichkeit.

»Atme nur gleichmäßig«, tröstete Brids Stimme nah an seinem Ohr.

Doch es dauerte mehrere Minuten, bis der Junge ruhig genug war, sich zu erinnern, was in seinen Gedanken eben geschehen war. Stockend begann er zu sprechen, beruhigte sich allmählich, als er sich des sorgenvollen Beistands der Priesterinnen bewußt wurde.

»Ich war im Eis erfroren, habe Brid gesehen, und Hal, der mich mit dem großen Schwert erschlagen wollte.« Bei dem Gedanken an den Mann, der über ihm aufragte, durchfuhr ihn ein Schauer der Angst. Derart erfüllte ihn das Gefühl drohender Gefahr, daß er sich nicht dazu bringen konnte, diesen Mann zu erwähnen, da er fürchtete, er würde dadurch zum Leben erweckt.

»Du hast dich in dem Alptraum der inneren Kristalle des Mondsteins verfangen.« Eilig schob Morrigwen die Kugel wieder in ihre Satteltasche. »Vaal-Peor hat seine Hand darin. Aber es war nicht real. Du warst in Trance, mein Junge, hast wild aus starren Augen gestiert. Du hast nicht mehr geatmet.«

»Ich weiß, ich war erfroren, selbst meine Augäpfel waren erfroren.« Ein Schauer durchfuhr Caspar bei dem Gedanken. »Aber was hat das zu bedeuten? Wie kann uns dieser Stein helfen, die Frau zu finden? Diesmal habe ich sie gar nicht gesehen. Da drinnen ist nichts als ein böser Alptraum eingeschlossen.« Ängstlich sah er die alte Greisin um Antwort an.

»Ich weiß es nicht«, seufzte sie betreten. »Vielleicht hast du sie nicht gesehen, aber ich fürchte, du warst in ihrem Alptraum gefangen. Möge die Große Mutter Mitleid mit dir haben. Ihre Gedanken sind im Stein gefangen, und du warst in ihren Gedanken.«

»Ich habe nicht geatmet«, sagte Caspar verzweifelt. »Bedeutet das, daß sie tot ist?« Der Schrecken der letzten Augenblicke dieser Frau war nicht zu ertragen.

Als die Angst verging, setzte sich Caspar auf, als ihm plötzlich bewußt wurde, daß sich seine Umgebung verändert hatte. Das silbrige Licht des Mondes, der inzwischen tief am Horizont stand, erhellte neue Felsen, die vorher nicht dagewesen waren. Sie saßen im Spalt zwischen zwei Steinblöcken hoch oben über dem Tal. Er war fest in Decken gewickelt, und die Glut eines Feuers glimmte noch in einem Kreis aus Steinen.

»Wie lange …?« begann er.

»Die halbe Nacht«, flüsterte Brid ihm sanft ins Ohr. »Du warst leichtsinnig, Spar. Wir mußten dich höher in die Berge hinaufbringen, wo sie uns nicht so leicht finden können und der Flammenschein nicht zu sehen ist. Wir brauchten das Feuer, um den Bann zu brechen. Ewigkeiten haben wir gebraucht, in diesem öden Land Brennholz zu finden.«

Panik ergriff Caspar. »Jetzt haben wir Hal endgültig verloren, und wir haben immer noch keine Ahnung, wo die Frau ist.« Er versuchte, seine Hände zu heben, doch sie fühlten sich wie gehäutet an. Sie waren voller weißer Blasen, und Brid verzierte sie mit Runen aus Färberwaid.

»Du hast schon wieder Erfrierungen. Aber sie sind nicht real. Sie sind magischer Natur, und wir können nur hoffen, daß die Runen den Bann brechen. Kanos Rune: Die Rune des Feuers«, murmelte sie und kleckste die Rune auf die Haut seiner Hände. »Laß ihre Energie deine Knochen wärmen und deine Finger zu neuem Leben erwecken.«

»Wir müssen Hal suchen«, beharrte Caspar. Er konnte es nicht ertragen, mit dem Schrecken dieser heidnische Rituale allein zu sein. Sie schienen alptraumhafte Geister aus den Tiefen der Erde zu locken.

»Mitten in der Nacht kannst du nirgendwohin, Spar, und ganz sicher nicht, solange wir nicht wieder Wärme in deinem Körper haben«, erklärte Brid. »Ich werde gehen. Ich gehe und will sehen, ob er kommt.«

»Nein!« befahl Morrigwen. »Du wirst dir in der Dunkelheit nur den Hals brechen.«

Geschlagen sank Caspar zurück, spürte, daß die Kälte ihn zu sehr schwächte, um weiter protestieren zu können.

KAPITEL 6

Hal hielt seinen Blick starr auf Guth-kaks Gesicht gerichtet, versuchte dort, dessen Bewegungen zu lesen. Lässig löste der große Krieger eine Streitaxt von seinem Sattel, warf seinen Schild zu Boden und stellte sich dem tapferen Torra Altaner mit zwei todbringenden Waffen in seinem eisharten Griff. Der schwarzhaarige Junge sah, wie dieser blaßblaue Blick über seinen Leib fuhr und in die linke Seite seines Gesichts stach. Hal war bereit. Er wußte nicht, welche Waffe Morbaks Sohn bei seinem Angriff einsetzen würde, aber er wußte, worauf er zielen wollte. Er machte sich für den Angriff bereit, versuchte, den Tanz des Schwertes zu ignorieren, mit dem ihn der Vaalaker ablenken wollte. Er wußte um Guth-kaks Absicht. Jetzt mußte er nur noch stehenbleiben und die Attacke parieren.

Der Vaalaker täuschte rechts an und drehte sich dann, um schnell wie eine Kobra zuzuschlagen. Ein Schritt seines rechten Fußes verlagerte das Gleichgewicht, und der Krieger schwang die Axt Hals Kopf entgegen. Da er darauf vorbereitet war, packte Hal sein Schwert fester und hob die Klinge an, um seinen Kopf vor dem schädelberstenden Hieb des Feindes zu schützen.

Trotz seiner Länge und des Gewichts reagierte das Schwert wie ein kurzes Messer. Hal konnte seine Waffe drehen, um Guth-kaks Axt zu blocken, und machte sich für den Aufprall bereit. Klirrend hieb der Hammerschlag von Guth-kaks schwerer Waffe an die Klinge des Belbidianers.

Hal taumelte rückwärts, und mit offenem Mund sah er ungläubig, wie die vaalakische Streitaxt brach und dann wie

Glas zersprang, als sie an das Zauberschwert schlug. Unglaublicherweise zersplitterte das massive Metall der Axt zu unzähligen Scherben, und Guth-kak hielt nur noch einen Holzstiel in der Hand. Das schreckliche Kreischen von Metall schnitt über die öde Wildnis, als das alte Schwert aus weißem Stahl wie eine gigantische, zerbrochene Glocke erklang. Der Aufprall warf Hal auf die Knie.

Die wölfischen Augen des Vaalakers quollen aus seinem Kopf; sprachlos starrte er seine zerbrochene Waffe an. Pulverig grauer Staub wehte im Wind, während das große Belbidianerschwert noch vibrierte und seinen Sieg über die endlose Ödnis des südlichen Vaalaka sang.

Hal spürte, wie eine mächtige Woge des Triumphes von ihm Besitz ergriff. Er fühlte sich wie ein König, besser noch: Er war ein König, ein Halbgott, ein schrecklicher Krieger, den die ganze Welt zu fürchten hatte. Er fühlte, wie die Mordlust in seinen Adern pulste. Der Wunsch zu töten und zu verkrüppeln schien überwältigend, als wäre er eins mit der zerstörerischen Kraft des Schwertes. Eine grausame und fürchterliche Waffe, dachte er erfreut. Ganze Armeen könnte ich vernichten.

Guth-kak kauerte am Boden, auf den Knien, ließ den Staub der Axtklinge durch seine Finger rinnen, als konnte er nicht glauben, was geschehen war. Hal blickte auf seinen bloßen Nacken, und ein breites, sadistisches Grinsen breitete sich auf seinem Gesicht aus. Töte ihn, töte ihn, schien das Schwert zu sagen. Er hob die Klinge, um dem Feind mit einem sauberen Hieb den Hals zu durchtrennen. Zu sehr war er von seinem eigenen Machtgefühl benommen, daß er das knappe Zucken an Guth-kaks Handgelenk und das Blitzen von kaltem, grauem Stahl gar nicht bemerkte, als das Kurzschwert des Vaalakers nach seiner ungeschützten Seite stach. Der Junge sprang zurück, als das Schwert eben seine Haut anritzte, und der scharfe Schmerz brachte ihn wieder zu Sinnen.

Das selbstgefällige Grinsen verwandelte sich in ein zähneknirschendes Knurren der Entschlossenheit. Die lange Klinge des Zauberschwerts war durch das Gewicht des verzierten Griffs und des juwelenbesetzten Knaufs, der sich seiner Hand so bequem anpaßte, perfekt ausbalanciert. Geschickt drehte er das Schwert in seiner Hand, um einen Seitwärtshieb an Guth-kaks Schwertarm zu setzen. Er durchschnitt den Unterarm, als wären Fleisch und Knochen nichts als Schweinefett, was schwammiges Mark und zerfetzte Adern freilegte, bis Blut spritzte und den trockenen Boden einfärbte. Gierig sog die ausgedörrte Erde es auf. Augenblicklich wendete Hal das Schwert und schwang es Guth-kaks schreiender Kehle zu. Kreischend krümmte sich der Vaalaker am Boden, wich Hals Stoß aus, wenn auch nicht weit genug. Die scharfe Schneide bohrte sich in den Bauch des Vaalakers.

Guth-kak wehrte sich nicht mehr und starrte das große Schwert ungläubig an, wo es seine Eingeweide durchbohrt und ihn an den Boden genagelt hatte. Seine blassen Wolfsaugen wurden trübe, während sie die Klinge von seinem Magen zum Heft verfolgten, welches Hal noch mit der Faust hielt. Sein Blick folgte dem Arm des Jungen bis zur Schulter und traf schließlich auf die olivenfarbenen Augen des Belbidianers. Hal war, als berührte er die Seele des Mannes.

»Belbidiak, ich bin großer Krieger. Sag mir deinen Namen, denn ich muß ihn wissen, wenn ich meinem Gott begegne.«

»Ich bin Hal, Sohn des Brungard, welcher der Vater des jetzigen Barons von Torra Alta ist«, verkündete der Junge und empfand nur Trauer, als er sich der Tapferkeit seines Feindes bewußt wurde.

»Dein Vater war Baron von Torrak Altak?« Guth-kak

schien an den Worten zu ersticken. »Dann hat mich der Sohn eines Drachen erschlagen. Es ehrt mich, Belbidiak. Ich sterbe als Held.« Seine Stimme verklang zu einem schwachen Flüstern, und dann funkelte er in einem letzten Zornesausbruch seinen Bezwinger an. »Doch man wird mich rächen, Drachensohn. Kundschafter folgen mir auf dem Fuße. Sie reiten schnell und hart ... morgen du stirbst. Nun mach mir Ende. Laß mich nicht für Aasfresser. Mach mir Ende.«

Hal schüttelte den Kopf. »Nein, Vaalaker. Ich werde dich deinen Leuten überlassen. Ich muß dich nicht töten. Jetzt bist du harmlos.«

»Belbidiak, Hal von Brungard auf Torrak Altak, töte mich für Schande meiner Niederlage. Töte mich.« Guth-kaks flehende Augen blickten auf und sprachen zu Hals Seele.

Die Macht des Schwertes über ihn war vergangen. Hal konnte sich nicht dazu bringen, diesen hilflosen Mann kaltblütig zu ermorden. »Nein, deine Freunde werden kommen und dir helfen.«

»Wenn ich dir sage, daß es Männer auf Torrak Altak gibt, die sich gegen ihren Lord Branwolf, den Drachen, verschwören?«

»Lügner! Lügner! Die Männer von Torra Alta sind die treuesten aller Länder des Caballischen Meeres.«

»Nein, es gibt Verräter. Ich sagen dir, wenn du versprichst, mir schnell Ende zu machen. Verräter, ich dir sagen.«

»Du verlogener, vaalakischer Hund!« brüllte der Junge vor Zorn. Das Schwert schien zu neuem Leben zu erwachen. Mit bösem Knurren hob Hal die große Klinge an, die durch das Gedärm des Vaalakers ging, und bohrte sie durch seinen Brustkorb. Er hörte die Knochen unter der Spitze splittern, dann trieb er sie dem Mann sauber durchs Herz. Die blauen Augen blieben offen.

Hal spürte, wie bebende Energie durch das Schwert ging.

Er hatte das unheimliche Gefühl, es weinte einen mächtigen Trauergesang, genoß seinen Sieg, freute sich an der Tapferkeit des durchbohrten Herzens. Ein Schauer fuhr Hal über den Rücken. Das ist Teufelswerk, dachte er ängstlich. Ich kann nichts hören, doch weiß ich, daß es singt. Er stellte seinen Stiefel auf die Brust des toten Mannes und riß am Heft des Schwertes, bis es sich ruckartig löste. Die weiße Klinge war mit dickem, dunklem Blut verschmiert. Halb freute sich Hal über den glorreichen Tod, doch seine andere Hälfte fühlte sich von der bösen Grausamkeit und dem barbarischen, sinnlosen Drang zu töten abgestoßen. Aber der Vaalaker hatte versucht, den guten Namen der Garnison von Torra Alta zu besudeln. Er verdiente es zu sterben.

Eilig wischte er das Blut an Guth-kaks Bärenfell ab und schob die Klinge in die Scheide. Er fühlte sich sicherer, wenn das blanke Metall nicht mehr zu sehen war, doch die Pracht des Griffs ließ ihn nicht los. Die Darstellung der beiden ringenden Drachen im Streit um den Rubin lockte seinen Blick an, und er war sicher, daß Energie durch diese Gemme pulsierte. Er riß seinen Blick davon los und konzentrierte sich auf das unmittelbare Problem.

Spar und die Frauen waren in Gefahr, soviel war klar. Scragg und Kullak waren erfahrene Krieger, die auf schnellen Trollen ritten, wohingegen Morrigwen, eine alte Frau, die Torra Altaner führte, und das unglaublich langsam.

Er sah das häßliche, plattnasige Gesicht des Trolls. Die kleinen Knopfaugen starrten ihn an – gescheit – und dann schob das Vieh seine dicke Zunge zwischen den gelben Hauern hervor und spuckte ihn an.

Er brauchte den Troll. Wie Caspar mit den Pferden sprach, erhob Hal nun seine Stimme und gurrte die Kreatur an. »Braver Junge, so ist es gut. Wir wollen nur einen kleinen Ritt in deine Heimat machen. Es wird dir gefallen.«

Gleichmäßig wich der Troll zurück, zog an der Kette, die von seinem Nasenring baumelte. Mit gezwungenem Lächeln verbarg Hal seine zusammengebissenen Zähne und fuhr im schmeichelnden Tonfall fort, doch der Zorn zwang ihn zu bitteren Worten.

»Du eklig stinkendes Vieh, niemand wird dir etwas tun. Komm zu Hal, sonst spalte ich deinen modernden Schädel mit meinem Schwert.« Fast schaffte er es, mit einem Fuß auf das Ende der Kette zu treten, aber der Troll riß seinen Kopf weg und wich nur einen Augenblick zu früh zurück. »Süßer, kleiner Troll, sehen wir doch mal, was ich hier in meiner Tasche habe«, fügte der Junge hinzu und suchte verzweifelt irgend etwas, mit dem er das dumme Vieh locken konnte. Er fand ein paar Krümel von Haferkeksen, die er ihm verführerisch anbot. Die Nüstern des Trolls bebten, als er schnüffelte. Er tat einen ermutigenden Schritt nach vorn, dann schnaubte er angewidert und wich zurück.

»Ein guter, alter Haferkeks ist wohl nicht gut genug für dich, was, du widerliches, schweinsäugiges Biest?« Verzweifelt ließ Hal die Hand sinken. Scragg würde Guth-kaks Leiche finden und Rache fordern. Caspar und die Frauen würden erschlagen und der Mondstein in die Hände des Feindes fallen. Torra Alta würde fallen, und alles nur, weil er dieses blöde Trollvieh nicht einfangen konnte.

Er trat zurück und dachte kurz nach. Sein Blick fiel auf den abgehackten Unterarm, der dort im blutgetränkten Staub lag, die Finger krumm, schon jetzt eklig grau, wo das Blut aus den aufgeschnittenen Adern getreten war.

»Du krankes Vieh«, schmeichelte er dem Troll, als er sich bückte, um die tote Hand aufzusammeln. Als er die Wärme des toten Fleisches fühlte, wollte sich ihm schon der Magen umdrehen. Er bot ihn dem Troll an.

Die Pupillen des Tieres wurden groß. Gierig reckte es den

Hals. Hal wartete, bis das haarlose Tier eine seiner Klauen ausstreckte, dann lockte er es Stück für Stück heran. Das Tier sabberte vor Gier auf die abgehackte Hand. Mit einer blitzschnellen Bewegung griff sich Hal die Kette und ließ die Hand fallen, wischte eilig seine eigene Hand an der Hose ab, um das Gefühl der Verseuchung loszuwerden. Der Troll stürzte sich auf die Hand, zerknirschte sie zufrieden zwischen den Zähnen. Blutgetränkter Speichel tropfte von seinen gelben Hauern.

»Gott kann eine Kreatur wie dich niemals erschaffen haben«, erklärte er dem Vieh angewidert. »Du bist eine Abscheulichkeit. Das Werk des Teufels.«

Und wie komme ich jetzt da hinauf? dachte er mit einem Blick auf den Sattel, der oben auf dem krummen Rücken des Trolls lag. Ganz sicher reichte er mit dem Fuß nicht an die Steigbügel.

Erst arrangierte er die Kette so, daß sie auf beiden Seiten des Trollhalses hing, damit er die Zügel bekam. Der große Ring durch die Nüstern ließ sich in die eine oder andere Richtung ziehen, um den Kopf des Trolls zu wenden. Es war grob, aber wirksam. Hal packte eine Faustvoll schweinsartiger Borsten, die am Rücken des Trolls sprossen, grub seine Fersen in die faltige Haut um dessen Knie und zog sich hinauf, bis er die Steigbügel erreichen konnte. Mit einigen Schwierigkeiten schwang er sich auf und versuchte, sich auf den Sattel zu setzen. Während der Rücken eines Pferdes bequemerweise so geformt ist, daß er einen Reiter aufnimmt, war der Rücken des Trolls aufwärts gekrümmt. Hal kauerte unsicher auf dem Buckel.

Er nahm die Kette auf, zog den Kopf des Trolls gen Norden, um dem Verlauf der trockenen Sommerflüsse zu folgen, und trat dem Troll mit den Fersen fest in die Seiten.

Das Vieh wollte sich nicht rühren, sondern zersplitterte

nur die Knochen mit seinen kräftigen Kiefern, dann schlurfte es zur Leiche des Vaalakers. Hal konnte hören, wie es sich die Lippen leckte, als es seinen Hals nach Guth-kaks aufgeschlitztem Bauch reckte.

Wild zerrte Hal an der Kette, riß den Kopf des Trolls mit einem Schmerzensschrei nach oben.

»Geschieht dir recht«, warnte Hal das Vieh und riß den Kopf herum, so daß dieser nach Norden blickte. Vergeblich trat er seine Fersen in den federnden Leib. Als das fehlschlug, zog er sein Schwert und schlug dem Tier mit der flachen Seite der Klinge hart an den Rumpf. Noch immer wollte es sich nicht rühren. Der Verzweiflung nah sah sich Hal von seinem Zorn dazu gezwungen, das Tier mit der Spitze in die Schulter zu stechen. Endlich fügte es sich seinem Willen und schlurfte voran.

Nachdem der Junge seine Autorität gegenüber dem Biest nun endlich durchgesetzt hatte, wurde es williger, rollte mit plumpen Schritten in überraschender Geschwindigkeit über das unebene Terrain. Hal wurde etwas übel, da er auf dem wankenden Troll von einer Seite zur anderen schaukelte. Von der Anhöhe über dem Flußbett aus, wo der Boden etwas fester war, folgte Hal den Spuren der beiden Hexen und Caspars, die unter ihm zu erkennen waren. Wo das Flußbett hart und steinig war, hatten die Torra Altanischen Bergpferde keine Spur hinterlassen, doch in den gelegentlichen Schlammpfützen waren deutlich Pferdehufe zu erkennen. Diese starrsinnige, alte Frau hätte auf mich hören sollen, dachte er bitter. Sie haben Spuren hinterlassen, denen die Vaalaker tagelang folgen können, besonders da es Hufspuren sind, nicht zu verwechseln mit denen von Trollen.

Plötzlich überkam ihn das Gefühl, von der Macht des Schwertes übermannt zu werden, und inbrünstig betete er um Schutz vor der heidnischen Zauberkraft. Er betrachtete es verächtlich, doch verehrte und glorifizierte noch immer irgend etwas in ihm diese Macht. Er streichelte das Heft und fühlte das Beben selbstbewußter Energie.

»Du hast mich zum Mann gemacht«, flüsterte er. Hätte doch nur Spar die fürchterliche Macht dieses Hiebes sehen können, als ich den vaalakischen Krieger, einen Sohn des Morbak, niedergemacht habe, dachte er voller Stolz. Ich habe wie ein Mann gehandelt und einen der mächtigsten unter den Feinden erschlagen. Er fragte sich, wie viele Söhne Morbak hatte. Die Vaalaker pflegten gottlose Sitten, heirateten mehrere Frauen, und vielleicht war es kein wichtiger Sohn gewesen, aber dennoch war er sicher kein gewöhnlicher Vaalaker.

Trotzdem hätte ich ihn nicht töten sollen. Er hat mich mit seinen Lügen absichtlich gereizt. Er wußte, daß ich ihn aus Zorn erschlagen würde.

Der Troll war eigensinnig. Mit großen Problemen und mit Hilfe einiger Grausamkeit schaffte es Hal, den Kopf des Tieres nördlich auszurichten. Doch nun wollte es nur noch schlendern, als widersetzte es sich der Autorität seines neuen Besitzers absichtlich.

»Ich verstehe nichts von Trollen, das gebe ich offen zu. Aber, lieber Gott, strafe mich nicht so«, rief Hal laut aus. Wütend trat er auf die dicke Lederhaut ein, als das Vieh stehenblieb und wild seinen Kopf schüttelte. Plötzlich stellte es sich auf die Hinterbeine, und der hilflose Junge taumelte rückwärts. Er wollte nach den harten Borsten greifen, doch er hatte das Gleichgewicht bereits verloren. Er glitt aus dem einen Steigbügel und – mit dem anderen Fuß noch im Steigbügel verfangen – fiel er herunter. So baumelte er kopfüber, versuchte, seinen Fuß zu befreien, wobei sein Kopf kaum ein paar Daumenbreit über dem Boden hing. Einen Moment lang schnaubte der Troll nur, dann bockte er und bäumte sich auf, so daß Hal hilflos an die Flanken schlug und wie eine leblose Vogelscheuche auf und ab gepeitscht wurde. Mit einem dumpfen Schlag fiel das Tier wieder zu Boden und raste los.

Während die langsamere Gangart von seltsam schaukelnder Bewegung war, stürmte das Tier nun flach und wild voran, schneller als ein Pferd im Galopp. Hal spürte, wie der Boden kaum Zentimeter unter seinem Kopf dahinflog. Das Gehenk, mit dem das große Schwert an seiner Brust befestigt war, rutschte herum, und er konnte hören, wie die Scheide über den Boden scharrte. Er versuchte, eine Hand daran zu legen, doch kopfüber und hilflos armwedelnd konnte er nichts machen. Das Leder am Gehenk zerriß, und das Schwert glitt von seiner Schulter und fiel klappernd auf die Felsen. Sekunden später war es schon weit hinter ihm. Der Sattel rutschte. Er spürte, wie es ruckte, und er riß seinen Kopf herum, um ihn zu schützen, als seine Schultern über den Boden rumpelten. Er spürte, wie die harte Erde die Luft aus seinen Lungen schlug, und dann wieder die gnadenlosen Prügel, als mit jedem Schritt auf ihn eingetrommelt wurde. Endlich riß das Leder der Steigbügel, und er stürzte zu Boden, rollte und rollte nach dem Aufprall. Er zog die Beine an, drückte das Kinn an die Brust und legte die Arme um den Kopf, als er über den nackten Felsboden trudelte.

Als er endlich liegenblieb, konnte er nicht atmen. Seine Kleider waren in Fetzen, die Haut an seinen Handrücken war roh und blutete, und alles tat ihm weh. Einen Moment lang hielt er seine Knie an die Brust, wiegte sich sanft vor und zurück und biß die Zähne vor Schmerz zusammen. Dann brachte er sich mit tapferer Entschlossenheit auf seine zitternden Beine.

Sofort setzte er sich wieder hin und holte einige Male bebend Luft. Noch waren seine Muskeln zu zittrig, sein

Gewicht zu tragen. Er fühlte sich wie pulverisiert. Zitternd streckte er die Hände aus, um den Schaden zu untersuchen.

Hab schon Schlimmeres gesehen, sagte er sich, als er sah, wie sich Blutstropfen auf seiner geschürften Haut bildeten. Ich stamme aus einer Grenzgarnison. Ich kann ein paar Hiebe einstecken. Doch seine Schultern fühlten sich böse an. Er langte nach hinten und ertastete seine zerfetzten Kleider, doch wagte er nicht, weiter nachzusehen. Um ihn herum schien sich alles zu drehen, aber es dauerte nicht lange, bis er sich an sein Schwert erinnerte. Rudernd kam er auf die Beine und taumelte in Schlangenlinien südwärts, wobei er ständig stolperte.

Die Bewegung linderte den Schmerz ein wenig. Nach hundert zögerlichen Schritten wurde sein Kopf wieder klarer, und er schritt entschlossener aus. Das Schwert, dachte er in Panik. In der Geschwindigkeit, mit welcher sich der Troll fortbewegt, könnte es meilenweit hinter mir sein. Ohne seine Waffe fühlte er sich einsam und verletzlich. Die Schatten wurden stetig länger, und die Mulden im Boden zeichneten sich mit sonnenlosem Schwarz deutlich ab, als er südwärts, fort von seinen Freunden, marschierte. In jedem Strich am Boden glaubte er das Schwert zu sehen, und erwartungsvoll lief Hal von einem zum nächsten, in der Hoffnung, die wertvolle Waffe wiederzufinden. Allmählich, je klarer sein Kopf wurde, spürte er, daß sein Herz vor Angst pochte. Guth-kak hatte gesagt, daß Scragg ihnen auf den Fersen sei, und jetzt marschierte er ihm direkt entgegen. Er fragte sich, wie weit der vaalakische Kundschaftertrupp sein mochte.

Als die Sonne eben hinter dem westlichen Horizont verschwinden wollte, sah Hal etwas Rotes links von sich aufblitzen. Fast wäre ich direkt daran vorbeimarschiert, dachte er bestürzt, als er hastig dem strahlend roten Juwel entgegenlief, das im Heft des Schwertes eingelassen war. Die letzten

Sonnenstrahlen tanzten auf dem blutroten Rubin. Er legte seine Hand ans Schwert und spürte eine mächtige Woge der Erleichterung. Die Einsamkeit verging, und endlich fühlte er sich wieder sicher. Liebevoll betrachtete er die beiden Drachen, die im Kampf um Leben und Tod um den Rubin stritten. Sie waren wunderschön. Vorsichtig zog er die Klinge aus der Scheide. Mit einem Flüstern glitt sie heraus, als sie über das Schaffellfutter strich, das den Schaft schützte und ölte; mit einem Finger fuhr er die Klinge entlang. Scharf wie ein Rasiermesser, dachte er erleichtert, auch wenn die Scheide vom Aufprall am felsigen Boden verbeult und mitgenommen aussah.

Er drückte seine Handfläche fest auf den Boden, um sich aufzurichten, doch abrupt hielt er inne. Ein Beben ging durch seine Hand, das rhythmische Wummern von etwas Hartem und Schwerem übertrug sich über den Boden. Hal erstarrte und lauschte aufmerksam. Erst dachte er, es müsse ein Troll sein. Die Kehle schnürte sich ihm zu, als er zu dem Schluß kam, daß Scragg ihn bereits einholte. Er drückte das Schwert an sich, während er versuchte herauszufinden, woher die schweren Vibrationen kamen. *Hören* konnte er nichts. Das rhythmische Wummern, das die Erde erschütterte, könnte von überall kommen. Sicher war Hal nur, daß es in seine Richtung kam.

Einmal noch preßte er die Hand an die Erde, um sich aufzurichten, da kam ihm in den Sinn, daß das stete Wummern zu schwer für einen Troll war. Langsam erhob er sich, und nun konnte er fühlen, wie das Beben an seinen Beinen aufstieg, langsam und schwerfällig. Endlich konnte er sagen, woher die Vibrationen kamen, da er tiefes angestrengtes Atmen und das Geräusch von etwas Großem und Schuppigem hörte, das über kahlen Fels schabte.

Einen Moment lang wußte er nicht recht, was er denken

sollte, während er sich zu entscheiden versuchte, welche Art Tier sich ihm dort nähern könnte. Vielleicht besaßen die Vaalaker neben den Trollen noch weitere außergewöhnliche Tiere. In der Dämmerung konnte er einen gräulich weißen Rumpf erkennen. Eine Reihe dreieckiger Spitzen ragte von seinem Rückgrat auf, und er konnte hören, wie Klauen über den Boden scharrten. Im Dunkelrot des Sonnenuntergangs färbte sich das Tier ein. Der stachelbesetzte Schwanz war hoch erhoben und schwankte wie ein Banner. Es war unübersehbar, daß es sich nur um den Drachen aus dem Bauch von Torra Alta handeln konnte.

»Ich dachte, du bist tot«, flüsterte Hal und wagte nicht, sich zu bewegen. »Ich habe doch gesehen, wie du umgekommen bist.«

Dann fiel ihm der Puls der beiden schweren Herzen ein. Außerdem wußte er, daß das Monstrum blind war, aber einen ausgezeichneten Geruchssinn besaß, wobei es seine Zunge wie eine Schlange zum Schmecken der Luft benutzte. Er vermutete, daß sein Gehör ebenso ausgeprägt war, um das fehlende Augenlicht auszugleichen. Wenn er sich bewegte ... würde es ihn hören? Schon war das Ungeheuer auf seiner Höhe. Die Erde erzitterte. Hal fragte sich, ob er selbst auch zitterte. Die ganze Zeit über, so dachte er, muß es uns auf den Fersen gewesen sein.

Augenblicklich war dem Jungen klar, was das Monstrum hier draußen – derart abseits seiner Höhle – wollte. Es war dem Mondstein auf der Spur.

Der Drache schleppte sich vorbei, ohne auch nur den Kopf von der Fährte im trockenen Flußbett zu heben. Hal rührte sich noch immer nicht. Mochte das Untier auch groß und unbeholfen sein, so bewegte es sich doch mit bemerkenswerter Geschwindigkeit fort. Über seinen Schultern flatterten verzweifelt die Stummelspitzen seiner verkümmerten Flügel, als wollte es fliegen. Gott sei Dank kann es das nicht, dachte der Junge, während er sich langsam kriechend vom Flußbett zurückzog. Er wußte nicht, ob er es überholen oder ob er auch nur mithalten konnte, doch was immer er auch tat, er würde in sicherem Abstand parallel zu dem Ungeheuer bleiben müssen. Er wandte sich westwärts und fing an zu traben, zählte jeweils tausend Schritte.

Er machte gerade so lange Pause, daß er seine trockene Kehle befeuchten konnte, dann bog er gen Norden ab, in der Hoffnung, daß seine Orientierung stimmte. Die Sterne hatten ihm nichts Nützliches zu sagen, denn mit Astronomie hatte er sich nie befaßt.

»Lieber Gott, laß Caspar nordwärts ziehen«, betete er. »Mach, daß er nicht umkehrt und mich sucht, sonst trifft er auf das Ungeheuer.« Er verfluchte den Troll für den Schmerz, der beim Laufen durch seine Schulter stach. Dann verfluchte er sich für seine eigene Dummheit.

Branwolf wird es mir nie verzeihen, wenn Spar irgend etwas zustößt.

KAPITEL 7

Fast tröstlich leuchtete der Mondstein. Sofern ich sie nicht berühre, erscheint mir die Kugel harmlos, wenn nicht sogar wohltuend, dachte Caspar, während er seine rapide heilenden Finger betrachtete.

Brid hielt sein Handgelenk, und mit staunendem Stirnrunzeln drehte sie die Hand um. »Anscheinend passiert das alles nur im Kopf. Die Kälte und der Schmerz sind nur eingebildet und suggerieren dir diese Symptome.« Ein Schauer durchfuhr sie. »Vaal-Peors Einfluß ist groß.«

Sie wandte sich ab, als wollte sie von ihm abrücken und etwas Schlaf suchen, bevor sich das bleiche Licht des Morgengrauens über Vaalaka ausbreitete.

»Laß mich nicht allein«, flüsterte Caspar. »Bitte nicht, nicht hier draußen im Dunkeln.«

»Hast du Angst?« flüsterte sie halb neckend, halb verständnisvoll.

»Natürlich nicht.« Der Junge war empört. »Ich möchte nur wissen, was du mir erzählen wolltest, kurz bevor wir die vaalakische Armee gesehen haben.«

»Ich wollte dir überhaupt nichts erzählen«, gab sie steif zurück.

»Das wolltest du sehr wohl. Du hast gesagt, ich hätte das Recht, etwas zu wissen.«

»Ach, das«, lachte sie beiläufig. »Damit wollte ich dich nur ablenken. Ich dachte, wenn ich etwas andeute, würde dich deine Neugier davon abhalten, Hal hinterherzulaufen. Schließlich müssen wir unserem Ziel jetzt ziemlich nah sein. Viel weiter nördlich geht es nicht. Hal können wir auf dem Rückweg suchen.«

»Es klang nicht so, als würdest du dir etwas ausdenken.«

»Nein? Nun, da kannst du mal sehen, wie geschickt ich bin«, neckte sie. »Kann ich jetzt gehen?«

»Bitte nicht.«

»Ich gehe doch nur dort hinüber zu Morrigwen.«

»Also gut, ich gebe es zu: Mir ist schrecklich unheimlich. Ich mache mir Sorgen um Hal … und diese Frau im Mondstein hat etwas Bedrückendes an sich. Die Kälte, die sie mich spüren läßt, und die Art, wie sie mich ruft – besonders *mich* – als wollte sie in meine Seele kriechen. Ich habe mich noch nie wirklich gefürchtet, und ich kann nicht verstehen, wieso es jetzt so ist. Die Ängste sind ganz sicher nur in meinem Kopf, wie die Erfrierungen, die ich vom Mondstein bekommen habe.«

»Mir fallen viele gute Gründe ein, aus denen du dich fürchten solltest«, antwortete Brid mitfühlend. »Der naheliegendste Grund ist, daß eine riesige Armee gegen deine Heimat zieht. Du hast gesehen, wie barbarisch sie sind. Es ist eine Sache, vom Krieg zu träumen oder zu lesen, und eine ganz andere, die grauenvollen Konsequenzen zu bedenken. Nachdem du die gewaltige Anzahl nun selbst gesehen hast, weißt du, daß Torra Alta Probleme bekommt.«

»Es ist mehr als das. Das alles kann ich wissen und verstehen. Zwar mögen wir dreihundert Jahre Frieden gehabt haben, aber Torra Alta existiert einzig und allein aus dem Grund, daß es einen Angriff aus dem Norden verhindern und Belbidia beschützen soll. Natürlich fürchte ich die Vaalaker … aber das ist nicht dasselbe. Ich kann Vaalaker bekämpfen, nur nicht die Angst in mir«, versuchte Caspar zu erklären. Unruhig sah er auf das kalte Licht des Mondsteins, der zu schreien schien, als ob er seine Seele besitzen wollte.

Beruhigend lächelte die Jungfer. »Das Bild im Druidenauge ist nicht immer real. Manchmal sucht es in deiner Seele.

Manchmal sucht es in der Vergangenheit. Kaum jemals läßt es einen klaren Blick auf die Gegenwart zu.«

»Es war etwas Feindseliges darin, das ganz sicher real war«, hielt er dagegen. »Jemand oder etwas war hinter mir her.«

»Wahrscheinlicher ist, daß es hinter der Mutter her war und du die Empfindungen durch sie gespürt hast. Wenn du ihm ins Gesicht sehen kannst, wirst du keine Angst mehr davor haben. So böse es auch sein mag, wirst du doch tun, was du tun mußt.«

»Weißt du, manchmal redest du wie Morrigwen. Du siehst so jung und hübsch aus, und doch klingst du so alt.« Die Worte rutschten Caspar so heraus, und sogleich errötete der Junge vor Verlegenheit. »Tut mir leid, so sollte es sich nicht anhören. Ich wollte dich nicht kränken. Ich meine …«

»Keine Sorge. Ich weiß, was du meinst. Es ist kein Wunder, daß ich wie Morrigwen rede … mein Leben lang hat sie mich gelehrt, daß ich versuchen soll zu verstehen, was um mich herum geschieht. Immer will sie, daß ich mehr verstehe.« Einen Moment lang schwieg Brid und lächelte die Greisin an, dann flüsterte sie dem Jungen zu. »Sie sagt, das Verständnis des Lebens entstünde aus dem Leiden daran, so daß ihre Lektionen manchmal hart sein können. Echtes Wissen und wahres Verständnis lassen sich nicht lehren. Beides entsteht allein durch grausame Schicksalsschläge. So kann man lernen.«

»Aber du lebst noch nicht lange genug, um gelitten zu haben.« Entrüstete Naivität sprach aus den Augen des Jungen.

»Manche Leute können hundert Jahre leben und doch nie einen Tropfen des Lebens kosten. Sie halten sich im sicheren Ufergewässer, weichen allen Felsen und Untiefen aus, allen Stürmen und Gefahren einer Flaute und spüren nie die See, auf der sie segeln. In ihrem Leben gibt es keine Würze. Andere erleiden auf den Felsen Schiffbruch und bauen ihre Schiffe neu, damit sie wieder ablegen und sich von Salzwasser einweichen lassen können und so das Leben mit seiner ganzen Kraft spüren. Du siehst, entscheidend ist nicht die Länge des Lebens, sondern seine Intensität. Verstehst du?«

Caspar blickte tief in diese tannengrünen Augen, versank in den unergründlichen Teichen ihrer weiten Pupillen. Zwar war er nicht in der Lage, das Denken dieses geheimnisvollen Wesens zu umfassen, doch er fühlte sich in ihre Worte ein. »Ja, ich verstehe«, sagte er schlicht und leise. »Ich bin jetzt hundert Jahre älter als in dem Moment, als ich in den Brunnen gestiegen bin. Ich habe eine ganze Lebensspanne der Angst und Aufregung erfahren, also, ja, ich verstehe. Nur scheinst du soviel zu wissen, und doch macht es nicht den Eindruck, als hättest du *gelitten*«, meinte der kleine Junge.

»Wenn man es mir ansehen würde, hätte ich mein Boot nicht wieder auf See geschickt. Ich wäre schiffbrüchig geblieben. Nein, es gab etwas, das mich aufgeweckt hat, das mir ins Gesicht geschlagen und gesagt hat: Hier, fühl das! Der Tod meiner Mutter.« Sie sprach mit leiser Stimme, als wollte sie ihre Gefühle nicht zulassen.

»Ich weiß, du hast es schon gesagt … tut mir leid«, murmelte Caspar.

Sie zuckte mit den Achseln. »Es war nicht der Umstand, daß sie gestorben ist – alle sterben irgendwann –, sondern wie und warum sie gestorben ist. Du mußt wissen, daß sie eine gläubige, weise Frau war, der Großen Mutter ergeben und großzügig, was ihr Wissen um die Heilkunst anging.«

»Eine Priesterin?« fragte der Junge.

»Nein. Nur eine weise Frau, aber sehr fromm.« Brids Stimme wurde leiser und bebte leicht. »Damals kam die neue Religion schließlich auch in den fernen Norden Torra Altas.

Die Priester wurden fanatisch, was die Konvertierung nicht nur des Adels, sondern auch des einfachen Volkes anging, der Leute, die der Erde am nächsten waren, der Großen Mutter am nächsten.«

»Das ist doch aber lange her«, warf Caspar ein. »Wie kannst du dich daran erinnern? Es muß etwa zu der Zeit gewesen sein, als meine Mutter verschwand. Ich weiß es, weil mein Onkel Gwion mir erzählt hat, daß er zu dieser Zeit beschloß, in den Stand der Geistlichkeit zu treten und das Heidenvolk der Baronie meines Vaters auf den Weg der Erleuchtung zu führen. Soweit zurück kannst du dich nicht erinnern. Dafür bist du zu jung.«

»Die Tatsache, daß ich kleiner bin, muß nicht bedeuten, daß ich auch jünger bin. Damals war ich etwa vier, aber ich erinnere mich lebhaft daran.« Sie löste ihren Zopf und schüttelte ihr Haar aus, so daß es ihr über die Schultern fiel. Anscheinend beruhigte die Ablenkung ihre Nerven. »Ja, es muß in etwa die gleiche Zeit gewesen sein.« Brid schwieg, betrachtete ihre Haarspitzen.

»Sprich weiter.«

»Eine ganze Meute neuer Priester fiel mit königlichen Soldaten aus dem Süden über unser Dorf her. Ich erinnere mich gut an sie, diese großen, dünnen Männer mit schwarzen Röcken und dem gelbroten Wappen der Weizengarbe von Faronshire vorn auf der Brust. Sie hatten runde Helme und lange Spieße, und es klingt albern, aber besonders erinnere ich mich an ihre Füße. Sie trugen nur Sandalen, und oben in den steinigen Bergen schien mir das albern.« Brid holte tief Luft, um das Beben auf ihren Lippen zu unterdrücken. Mit kühler Stimme fuhr sie fort, als blickte sie über den fernen Horizont in eine andere Welt. »Es ist schon seltsam, wie unwichtige Einzelheiten einem im Gedächtnis bleiben, nicht?«

»Ja, das ist es«, erwiderte Caspar, weil es richtig schien.

Brid machte eine Pause, dann fuhr sie widerstrebend fort. »Sie haben die Hütten durchsucht und meine Mutter gefunden, sie eine Hexe geschimpft, eine böse Hexe der schwarzen Magie und eine Teufelsanbeterin.« Sie blickte zu dem Jungen auf, als flehte sie um Gnade. »Nur glauben wir nicht einmal an den Teufel. Sie haben sie bei den Haaren aus dem Haus gezerrt, an einen Pfahl gefesselt und verbrannt. Bei lebendigem Leibe verbrannt. Ich erinnere mich noch an den beißenden Qualm …«

»Oh, Brid!«

Brid winkte beim Mitgefühl des Jungen ab. »Sie war so stark, so entschlossen. Kein einziges Mal hat sie geschrien. Ich kann sie jetzt nicht enttäuschen, indem ich fliehe und mich verstecke. Ich kann nicht so tun, als wäre nie etwas geschehen. Ich muß aufstehen und mich zu denen zählen lassen, die beschützen wollen, wofür sie gestanden hat.« Die kampfbereite Zuversicht, welche in Brids Stimme wachgeworden war, kam ins Wanken, und traurig blickte sie zu Boden. »Sie war so tapfer …«

»Geht schlafen, Kinder«, stöhnte Morrigwen. »Morgen haben wir einen harten Ritt abseits des Flußbettes vor uns. Außerdem müssen wir morgen einen genauen Blick in den Stein werfen.«

»Ich bin kein Kind«, murmelte Caspar.

»Wenn du so alt wie ich bist, scheinen dir selbst Männer von vierzig Jahren wie Kinder. Und jetzt schlaft.«

Trotz seiner Ängste und Sorgen um Hal schlief Caspar gut. Er spürte den heilenden Puls des Mondsteins, doch im selben Augenblick, in dem er aufwachte, kehrte sein Entsetzen abrupt zurück. Brid sah ihm direkt in die Augen.

Mit einem Finger an den Lippen sagte sie: »Mach dich leise bereit. Wir werden verfolgt.«

Morrigwens kleinwüchsige Gestalt stand mit dem Rücken zum Mond. Die leuchtende Sichel wölbte sich um sie, während sie vor dem felsigen Horizont stand und gen Süden blickte. Caspar folgte ihrem Blick, doch er konnte nichts sehen. Das Leuchten im Mondstein war verklungen, und nur trübes Licht drang unter dem Umhang der Frau hervor, da sie die Kugel schützend in ihre Kleider gewickelt hatte.

»Sind es Scragg und Kullak?«

»Die dürften nicht weit zurück sein«, flüsterte Brid. »Nicht, nachdem Hal das Schwert benutzt hat und du in den Mondstein geblickt hast, aber da ist noch etwas.«

»Was?«

»Ich weiß es nicht, aber ich kann es durch die Knochen von Mutter Erde spüren, und es kommt direkt auf uns zu. Schnell, mach dich bereit.«

Der Junge brauchte einen Moment, um seine Gedanken zu sammeln. Anfangs dachte er, die Hexen bildeten sich etwas ein, doch als er unbewußt seine Hand an die Brust legte, spürte er das kalte, schwere Gewicht des Mandalas aus Haselnuß. Sein Herz tat einen Satz.

Minuten später saßen sie auf den Pferden und mußten sich im Licht des zunehmenden Mondes einen Weg durch felsiges Terrain suchen. Um sicherzugehen, wohin sie traten, hielten die Pferde ihre empfindlichen Schnauzen nah am Boden, während sie ordentlich im Gänsemarsch liefen. Die drei Gefährten drängten nordwärts, schlängelten sich über uralte Steinbockpfade, die in die Berge führten.

»Wir hätten Hal ein Zeichen geben sollen, in welche Richtung wir reiten«, meinte Caspar.

»Ich weiß«, erwiderte Brid reumütig. »Aber er ist sehr einfallsreich. Das hast du selbst gesagt«, fügte sie fröhlicher hinzu, als wollte sie sich Mut machen. Der Mond ging unter, bevor sich das schmale Licht des Morgens am Horizont im Osten ausbreitete, und im Schwarz der Stunden vor der Dämmerung ließ Morrigwen Halt machen. »Wir sind hier in einer üblen Gegend«, flüsterte sie. »Die Mutter ist bis auf die Knochen abgenagt und liegt nackt und bloß zu unseren Füßen. Nun hat sich selbst das segensreiche Licht der Dienerin von uns zurückgezogen. Es ist eine gottlose Zeit, und wir sollten rasten und warten, bis der Große Tagesstern den Himmel mit seinem allmächtigen Licht segnet. Die Kreaturen des Bösen haben zu dieser Zeit großen Einfluß.«

Sie trieb ihr Pferd noch etwas an, bis sie einen Felsen fanden, der am Rand des Berges ruhte. Er bot wenigstens etwas Schutz vor dem schneidenden Wind und spähenden Blicken. Caspar hob Reißer vom Sattel, und sie alle krochen hinter den Felsen.

»Ich fühle mich wie eine Echse«, klagte Caspar, »wenn ich mich so unter einem Stein verstecken muß. Wie lange müssen wir warten?«

»Bis zur Dämmerung wird es noch zwei Stunden dauern, aber wenn wir versuchen, in finsterer Nacht weiterzuziehen, verletzen wir uns nur. Jetzt sollten wir ausruhen.«

Schweigend saßen sie da, wie es schien fast eine Stunde lang. Eben legten sich Caspars Lider schwer auf seine Augen, zogen ihn beinahe in den Schlaf, da setzte er sich ruckartig auf. Irgendwo unter sich hörte er Steine rollen, als hätte irgend etwas an der kahlen Felswand einen Brocken herausgelöst.

In der Stille der Ödnis wirkte jedes Geräusch erschreckend laut, und die schweren, plumpen Bewegungen waren unüberhörbar. In dieser einsamen Welt war es ein zu großer Zufall, daß irgendein Wesen denselben Weg wie sie nehmen sollte. Es mußte ihnen folgen.

»Wir führen die Pferde«, beschloß Morrigwen, »und suchen uns einen Weg in der Dunkelheit. Wir können nicht hierbleiben und warten, bis man uns entdeckt.«

Quälend langsam kamen sie in Gang, ertasteten sich einen Weg und hofften die ganze Zeit, daß sie nicht direkt auf unsichtbare Klippen oder einen Trupp Vaalaker zuliefen, der sich vielleicht von der Hauptkolonne abgesetzt hatte. Reißer, der sich inzwischen besser an seine drei Beine gewöhnt hatte, hüpfte an Caspars Seite. Vage nahm der Junge die Wölfin wahr, die ihnen in einiger Entfernung folgte, manchmal leise verschwand, um durch die Nacht zu streunen und ihre Herrinnen auf ihrem schweren Weg zu beschützen. Stetig führte der Pfad aufwärts, was Caspar tröstete. Je höher er war, desto sicherer fühlte er sich. Allmählich wurde ihm Morrigwens Grund klar, sie hier entlang zu führen. Je höher sie die Westwand des Tales erklommen, desto schneller kamen sie ins Licht der Dämmerung.

Das Getöse eines weiteren Felssturzes donnerte durchs Tal. Diesmal war es nicht mehr hinter ihnen, sondern weit unten, am Grund des Tals.

»Was es auch sein mag, es wird Probleme haben, diese scharfen Felsen zu erklimmen«, erklärte Caspar.

Morrigwen begann zu keuchen, und ihre Schritte wurden langsamer. Schließlich wandte sie sich gen Osten und streckte ihre Arme der Dämmerung entgegen. Perlenweißes Licht fiel auf ihr Gesicht, strich durch ihr langes, silbernes Haar und brachte Farbe in die blau gefleckten Augen. Sie starrte ins Tal hinab, versuchte herauszufinden, was ihnen folgte, doch war die Sonne noch nicht so weit gekommen, um auch das untere Land zu segnen. Doch Caspar konnte es hören, wie es die Felsen zu erklimmen versuchte, die unter seinem Gewicht wegbrachen. Hier war das hochgelegenere Land oberhalb der Täler tief aufgebrochen, als wären die Knochen der Mutter Erde eingesammelt und in einer mächtigen, bebenden Umwälzung zerstampft worden.

Die drei Belbidianer fädelten sich zwischen den Spitzen und Klippen hindurch, bahnten sich immer höher ihren Weg, um dem Wesen zu entkommen, das ihnen folgte. Den Pferden fiel es immer schwerer, auf dem schieferigen Grund Fuß zu fassen; sie hackten auf den Boden ein und fielen immer wieder stolpernd auf die Knie.

Caspar zerrte an den Zügeln des Braunen, der sich mit angelegten Ohren einen Weg suchte. Blut lief in einem schmalen Rinnsal von seinem Hinterlauf, und Caspar dachte, daß die Wunde wieder aufgeplatzt war. Reißer, der trotz eines fehlenden Beins agiler als die Pferde war, hockte bereits auf einem Felsen voraus, als imitierte er einen Steinbock. Die Rückenhaare in seinem Nacken kräuselten sich, und er fletschte die Zähne, knurrte ins Tal hinab. Caspar folgte seinem Blick, und nun – im grauen Licht – konnte er eine große, bucklige Gestalt erkennen.

»Im Namen der Mutter«, stöhnte Morrigwen, »was ist das?«

Caspar war, als wollte ihm das Herz in die Kehle steigen. »Ich dachte, die Vaalaker hätten ihn getötet«, krächzte er.

Caspars Worte wurden von einem Brüllen wie Donner erstickt, das die Erde beben ließ und zwischen den Wänden des Tales hin und her hallte. Die Beine des Jungen zitterten.

»Er will den Mondstein.« Seine Stimme klang schrill und zittrig. »Er war in den Höhlen unterhalb von Torra Alta, mit einem Schatz, und als ich den Mondstein mitgenommen habe, hat er versucht, ihn sich zurückzuholen. Aber die Vaalaker haben ihn mit einer Armbrust erschossen. Ich dachte, er wäre tot.«

»Ich dachte, sie wären alle tot«, flüsterte Morrigwen. »Von allen Kindern der Mutter sind sie die grausamsten.«

»Ein Drache«, murmelte Brid. »Ein echter Drache. Spar, wieso hast du nichts davon gesagt?«

»Nach den Vaalakern habe ich einfach nicht daran gedacht.«

Die drei Gefährten waren zu erschrocken, sich zu rühren, und starrten auf das monströse Vieh hinab. »Im Buch der Namen steht, daß sie fliegen können«, murmelte Brid pessimistisch.

»Er hat keine Flügel und ist blind«, flüsterte Caspar, »aber er hat noch immer Kiefer und Klauen und den Geruchssinn eines Hundes.«

Der Drache schien sich einzurollen, als das Sonnenlicht auf seinen Rücken fiel, auf den grauweißen Schuppen schimmerte und an den Stacheln glitzerte, mit denen sein Rücken bewehrt war. Das Monstrum wich in einen Felsspalt aus, der das steinige Terrain zerteilte, verschwand, um seine Albinohaut vor den Sonnenstrahlen zu schützen, die selbst noch im Norden sengend waren.

Caspar merkte, daß er endlich wieder atmen konnte.

»Anscheinend«, sagte Morrigwen gelassen, »sind wir hier oben auf dem Bergkamm sicher, solange die Sonne scheint, zumindest sicher vor dem Drachen. Nach dem Gebrüll weiß allerdings jeder – Schamane oder nicht – wo wir zu finden sind. Jetzt können wir nicht mehr zurück, um Hal zu suchen, nicht mehr, nachdem der Drache hinter uns ist. Wir müssen weiterziehen und die Mutter finden, bevor Kullak uns einholt. Wenn wir bei Tag reisen und bei Nacht hochgelegene Stellen wie diese finden, können sie uns nichts tun.« Vorsichtig rollte sie den Mondstein aus. »Nun kann es nicht mehr schaden, einen Blick hineinzuwerfen. Wir müssen umgehend herausfinden, wohin wir reiten. Aber diesmal rührst du ihn erst an, wenn wir bereit sind, Spar.«

Caspar schlug den Kragen seines Umhangs hoch, um sich

vor dem Wind zu schützen, band die Pferde zusammen und schloß sich den beiden heidnischen Priesterinnen an.

Er leckte über seine Lippen, die vor Spannung trocken waren, und stellte fest, daß seine Handflächen ganz im Gegenteil dazu vor Schweiß klebten. Er war so aufgeregt und gleichzeitig ängstlich, Gefühle aufzuwühlen, die in der magischen Kugel gefangen waren. Brid begann die Zeremonie, formte einen Kreis aus Kiesel und Feuerstein um sie herum, eine Barriere gegen böse Mächte. Ehrfürchtig legte Morrigwen den Mondstein und seinen aufmerksamen Wächter in die Mitte des Kreises ... noch immer ließ sich der Salamander nicht von der Kugel fortlocken. Die Augen des kleinen Tieres glühten wild und weiß, und es blieb wachsam kauernd in der Hocke, richtete von Zeit zu Zeit die Krause um seinen Hals auf.

»Wird das Tier den Zauber denn nicht stören?« fragte Caspar.

Die Worte unterbrachen die Konzentration der alten Frau, und ärgerlich winkte sie ab. »Störe nicht. Das verstehst du nicht.« Sie begann ihren Singsang.

Brid versuchte, den Jungen zu beruhigen. »Der Salamander liebt nur das Feuer. Er kennt keinen Haß und kann den Bann so auch nicht stören.«

Endlich war der geweihte Kreis bereit, und Morrigwen richtete sich auf, um die Göttin zu rufen. Caspar empfand die Anziehungskraft des Mondsteins in der Mitte des Kreises als unwiderstehlich. Es juckte ihn in den Fingern, den weißen Glanz zu berühren. Irgend etwas irgendwo im Inneren rief ihn mit großer Sehnsucht, und unausweichlich bewegte er sich vorwärts, um dem Ruf zu folgen.

Doch da er, was den Alptraum betraf, der im Inneren des Mondsteins gefangen war, nun vorsichtiger war, hörte Caspar auf die Greisin und widerstand der unterschwelligen Anziehungskraft, welche die Kugel auf seinen Geist ausübte.

»Brid, ein Kreis aus Runen. Beschwöre die Runen des Schutzes. Nimm meine Sichel.« Die faltigen Finger der Greisin langten in ihren Umhang, um ihren Lederbeutel mit Sakramenten hervorzuziehen, und Brid suchte nach dem goldenen Werkzeug. »Ein feindlicher Schamane könnte die Macht des Mondsteins spüren, aber zumindest können wir versuchen, uns zu schützen, indem wir den Bann mit einem geweihten Kreis umgeben. Nun, mein Junge«, wandte sie sich Caspar zu, »halte dich davon fern und versuche, den Zauber nicht zu verunreinigen. Wenigstens ist dein spöttischer Freund nicht in der Nähe.«

Caspar reagierte nicht und versuchte auch nicht, Hal zu verteidigen. Dem Alter, das hatte er von klein auf gelernt, zollte man Respekt, auch wenn er sich nicht ganz sicher war, wieso eigentlich. Er sah, wie die beiden Frauen am Boden herumschabten, winklige Schriftzeichen in den nackten Felsen kratzten und dabei seltsame Gebete murmelten. Als ein Kreis von vier Fuß Durchmesser markiert war, forderten sie ihn auf, in das geweihte Rund zu treten.

Drei Paar Hände berührten gleichzeitig den leuchtenden Stein und setzten seine schlummernde Energie frei. Diesmal fühlte Caspar nur einen Schauer der früheren Kraft des Mondsteins, und zu seiner Erleichterung spürte er weder Schmerz, noch verlor er die Kontrolle über seine Wahrnehmung. Statt dessen lief ein scharfes, juckendes Prickeln an seinen Armen herauf, und helles Licht leuchtete in ihm.

»Ich kann die verkohlte Erde der Drachenwüste sehen«, flüsterte Brid, um den Zauber nicht zu stören. »Die schlafenden Vulkane und darüber hinaus …«

»In die Tundra«, fügte Morrigwen fröstelnd hinzu.

Anfangs suchte Caspar in dunstigem Nebel, und dann

flogen seine Gedanken wie ein Falke auf das flehentliche Weinen zu, das er von jenseits der öden Wildnis hörte. Eine Sekunde lang war er auf Torra Alta, dann schwebte er an den Ufern des Silberflusses entlang und schwang sich dann wieder über die Schlucht auf. Immer höher stieg er und wurde älter. Er flog über Berggipfel, dann stieß er auf der anderen Seite herab, glitt mühelos über den Keilerwald und dann über die Drachenwüste. Verbrannte Erde schoß unter ihm hinweg, und seine unfaßbar scharfen Augen sahen sich bewegende Punkte. Vaalaker! Mehr als nur ein Häufchen mit ihren fiesen Trollen. Die Nasen der Biester strichen über den Boden, schnüffelten im Staub. Dann weiter ... Eine Sekunde lang schlug sein Herz schneller. Dort war Hal, trabte eilig nordwärts, gleich vor den Vaalakern. Hal, er lebte! Caspar war vor Erleichterung fast überwältigt. Dann fiel sein Blick auf den Drachen. Er schluckte fest. Hal war zwischen zwei Feinden gefangen.

Blitzschnell war Hals Anblick verflogen. Wieder fegte er über den Boden, dann schwang er sich auf, hoch in den windumtosten Himmel, wo die jagenden Wolken an seinen Flügelspitzen zerrten. Er zog über die gespaltenen Felsen des westlichsten Vulkans, blickte tief in den trüben, leblosen Krater mit Schächten, die tief in die Knochen der Erde drangen. Drüben im Westen, jenseits der Vulkane, marschierte eine endlose Schlange zerlumpter Vaalaker. Meile um Meile von Feinden schlängelte sich durch das zerstörte Land, um sich an den Reichtümern Belbidias gütlich zu tun. Nur die Festung von Torra Alta stand ihnen im Weg.

Nun waren die Vulkane hinter ihm, und er stieg in dünnere Luft auf. Das matte Braun der Drachenwüste ging ins Grün der Steppen über. An den Nordrändern des Graslandes fraßen sich Zungen aus weißem Eis hungrig südwärts. Er folgte den Sommerflüssen, die anfangs leere Flußbetten waren, doch nun zu gegabelten Zungen weißen Eises wurden. Es war kalt, und die Luft schien zu dünn, als könnte sie das Federgewicht seiner Flügel nicht mehr tragen. Die gefrorenen Sommerflüsse führten ihn nordwärts und aufwärts tief in die Tundra. Der graublaue Wulst eines Gletschers ragte aus der Eisdecke in die Steppe hinein. Von den kahlen Felsen, die den mächtigen Fluß aus Eis umrahmten, blickte ein unbedeutender Steinhaufen auf das Land Vaal-Peors hinab.

Seine Flügelspitzen fühlten sich schwer an. Wild schlug er damit, doch die Kälte war wie ein Schmerz, der tief in seinen Knochen saß. Seine Muskeln wurden steif. Der Gletscher lockte, rief ihn mit einsamer Verzweiflung, aber er konnte nicht weiter. Dunst fiel vom Himmel und zog an seinen Flügeln, so daß er kämpfen mußte, um schnell genug zu bleiben, bis er durch den Nebel kroch. Plötzlich war das Bild verschwunden.

Die drei Belbidianer sahen einander mit leerem Blick an, atmeten nach der Erschöpfung schwer, während der Salamander mit unverzagtem Eifer ins Herz des Mondsteins blickte.

»Ich habe nur einen Gletscher zwischen zwei schwarzen Felsen gesehen.« Brid zuckte verzagt mit den Schultern. »Aber ich hatte keine Orientierung.«

»Ich habe den Gletscher auch gesehen«, stimmte Caspar zu, »nur habe ich außerdem den Weg zwischen den Vulkanen hindurch erkundet.« In unzusammenhängenden Ausbrüchen beschrieb er den Rest seines Traumbildes.

Brid schüttelte den Kopf. »Ich habe nichts von der Drachenwüste gesehen, nur endlose, graue Eisflächen, deren Oberfläche wellig wie das Meer war.«

Tränen quollen über den unteren Rand von Morrigwens Augenlidern und fluteten in das Delta von Falten, welches sich darunter auffächerte. Das Sprechen fiel ihr schwer, und die Worte blieben ihr im Hals stecken. »Ich habe nur ihr Gesicht gesehen.« Es dauerte eine Weile, bis die krumme, alte Frau ruhig genug war, daß sie zwischen ihrem Schluchzen verständlich sprechen konnte. »Sie hat um Hilfe gerufen.«

Caspar streckte eine Hand aus, hielt die geschwollenen Knöchel der Frau. »Ich habe gesehen, wohin wir müssen. Jetzt gehen wir und suchen sie. Wir müssen immer weiter nordwärts, am westlichen Vulkan vorbei und dann direkt auf die Tundra zu.«

Während des langen Marsches konnte Caspar an kaum etwas anderes als den Gletscher und Hal denken. Sein Onkel war allein im Norden der Wüste, kämpfte darum, sie einzuholen, gefangen zwischen dem Schrecken Kullaks und des Drachen. Sie marschierten vom Morgengrauen bis zur Abenddämmerung, suchten sich einen Weg über das splitterige Geröll oder scharrten über weite Flächen von Bimsstein, dessen wogende Formen kein natürliches Tal und keinen Pfad bildeten, was ihnen den Vormarsch erleichtert hätte.

Als die Sonne ins rötliche Gelb des Sonnenuntergangs überging, stiegen sie höher in die Berge, suchten sich eine schwer zugängliche Höhle, in der sie außer Reichweite des nachtwandernden Drachen waren. Die locker liegenden Steine machten es den Huftieren unmöglich, noch höher zu steigen. Der schwarze Schlund der Höhle war für sie nicht zu erreichen.

Caspar zerrte am Geschirr des Braunen. »Komm schon, Junge. Du kannst es schaffen.« Bebend stand das Tier mit hoch erhobenem Kopf und rollenden Augen, während es an den Zügeln riß.

Nichts von allem, was er sagte oder tat, konnte das hinkende Pferd dazu überreden, noch einen Schritt auf dem unsicheren Geröll zu gehen, und schließlich gab er auf und ließ die Zügel fallen. Brid und Morrigwen erging es mit den anderen Pferden kaum besser.

»Die fangen wir morgen leicht wieder ein.« Ein ärgerlicher Unterton lag in der Stimme der Greisin, als schmeckte die Niederlage bitter auf ihrer Zunge. »Nimm ihnen die Packen ab, Spar, und gib ihnen eine Handvoll Korn und etwas Wasser in die Töpfe. Die kommen morgen direkt zurück und wollen mehr.«

Widerstrebend schob Caspar dem Braunen das Geschirr über die Ohren. Den Großteil ihres Gepäcks und das Tierfutter verstauten sie in einem kleinen Felsspalt. Brid und Caspar teilten Proviant und Wasser und brachten beides hoch oben in der Höhle über dem Geröllfeld in Sicherheit. Trotz ihrer schweren Last waren die beiden jungen Leute lange vor Morrigwen, die sich am Mondstein festhielt, an der Höhle. Manchmal sah man den warzenbesetzten Kopf des Salamanders aus einem ihrer Ärmel. Brid rutschte den Hang hinunter, sprang von einem spitzen Fels zum nächsten, um der alten Frau die Hand zu reichen.

»Meine alten Knochen«, klagte die Alte keuchend. Als sie bei der Höhle ankam, wo der Junge neben dem Jagdhund ausruhte, herrschte sie ihre jungen Gefährten böse an.

»Hast du nicht an ein Feuer gedacht, Junge?« knurrte sie. »Oder ist das unter deiner Würde, da du ja ein Sproß des großen Barons von Belbidia bist?«

»Ich … es gibt … nein, das denke ich nicht!« Verletzt sah er sie mit brennenden Augen an. »Ich denke nicht, daß irgend etwas unter meiner Würde ist. Das Schicksal hat mich zum Sohn eines Edelmanns gemacht. Hier gibt es kein Holz, und deshalb konnte ich kein Feuer machen.«

Er preßte seinen Rücken gegen den kalten, harten Stein der Höhle und sah ärgerlich zu der gebückten, alten Frau hinüber. Natürlich besaß sein Vater Macht, Autorität, Reichtum, doch hatte Branwolf ihn gelehrt, diese Dinge allein für das Wohl der Baronie und ihrer Bevölkerung zu nutzen … nie zum persönlichen Vorteil. Caspar glaubte leidenschaftlich an die Prinzipien seines Vaters und war böse darüber, wenn man ihn als habgierig und faul einschätzte. Selbst Hal war neidisch auf seine Macht.

Doch Morrigwen meinte nicht wirklich, was sie sagte, dessen war er sicher. Sie war nur aus Sorge mürrisch. Sie atmete schwer, hockte auf einem Felsen und ließ den Kopf hängen. Büschel von silberweißem Haar strichen über ihre Wangen, doch als sie aufblickte, waren ihre Augen dunkel und eingefallen und schwarze Flecken auf der faltigen Haut unter ihren Lidern. Ihre himmelblauen Augen mit den weißen Flecken starrten ihn auf diese unangenehme Art und Weise an, die ihm unter die Haut zu gehen und in sein Innerstes zu stechen schien.

Ärgerlich warf er sein kastanienbraunes Haar zurück, das inzwischen vom wehenden Staub ganz matt war, erwiderte ihren Blick, und sein Ärger war sogleich verpufft, als er ihren tiefen Schmerz sah. »Wir werden sie finden.« In der endlosen Weite der Drachenwüste klangen die Worte des kleinen Jungen trotz aller ehrlichen Entschlossenheit hohl und leer.

Er konnte sich nicht daran erinnern, eingeschlafen zu sein, dennoch schreckte er urplötzlich hoch, war augenblicklich wach, und sein Herz schlug heftig in der Brust. Eine schmale, knochige Hand drückte sich auf seinen Mund, und die Stimme der Greisin knarrte mit kaum hörbarem Flüstern in seinem Ohr. »Mach keinen Mucks. Bleib ganz still.«

Anfangs konnte er nur ein Steinchen fallen hören, dann klapperten Felssplitter über die großen Brocken des Gerölls. Sein Herz fühlte sich an, als klopfte es in seiner Kehle, und er schluckte trocken. In der nördlichen Wüste gab es so gut wie keine Tiere, und jedes unnatürliche Geräusch dort draußen konnte nur eine Warnung vor Gefahr sein. Schlimmer noch war, daß Caspar das Beben spüren konnte, mit dem ein mächtiges Ungeheuer seine Massen über den Boden schleppte. Das Krachen von Felsbrocken, die auf der Geröllhalde unter ihnen splitterten, hallten durchs Tal, als das gigantische Tier höher kletterte, und selbst sein angestrengtes Keuchen schien die Höhle zu erfüllen. Große Klauen scharrten auf dem Fels, suchten Halt. Caspars Puls raste vor Hoffnung. Er konnte hören, wie die berstenden Steine das Biest in die Tiefe zerrten. Es kämpfte um Halt, doch fielen die Steine so schnell, wie das Tier kletterte.

Schließlich erstickte mächtiges Gebrüll das Seufzen des Windes, als hämmerte Donner gegen die Felsspalten. Der Lärm endete mit flatterndem Geschrei, als die Luftblase unter der Kehle des Untiers leer war. Einen Moment lang herrschte Stille, dann hallte hämmernder Donner von herabstürzenden Felsbrocken in Caspars Ohren, als das Geröll unter dem Gewicht des Monstrums nachgab und in einer Lawine ins Tal hinunterstürzte. Eine Staubwolke wehte in die Höhle, und der Junge vergrub sein Gesicht im Umhang, um nicht husten zu müssen.

Mehrere Minuten lang saßen sie da und schwiegen. Es war zu dunkel, daß der Junge seine Gefährtinnen hätte sehen können, aber er spürte ihre Nähe. Ihr stetiges, rhythmisches Atmen war sein einziger Trost in den langen Stunden, in denen sie auf die Dämmerung warteten. Als die Sonne endlich aufging, stieg sie eher widerwillig am östlichen Horizont auf, schlich lethargisch über den abgewetzten Fels und tastete vorsichtig nach seiner Haut.

Brid hatte ihm den Rücken zugewandt. Mit Blick ins Tal begrüßte sie die Sonne mit erhobenen Armen. Ihr Haar war offen und fiel in Wellen über ihre Schultern. Friedlich sah sie aus, absolut zuversichtlich und natürlich, begrüßte die

Sonne, wie sie es an jedem Morgen ihres Lebens getan hatte. Einen Moment lang legte Caspar seine Stirn in Falten. Wie hatte sie die Härte der Wildnis und das Schlafen auf dem kalten, nackten Fels verkraftet? Er dachte an die jungen Dienstmädchen auf der Burg und daß sie hier draußen in Panik geraten würden. Es war vollkommen unmöglich, sich auch nur vorzustellen, daß eine Frau von Adel den Weg bis hierher schaffen würde, wenn aber doch, wäre sie nun außer sich. Brid war eine Heidin und eine Bäuerin, doch sie überstrahlte jede hochwohlgeborene Erbin des Reiches mit dem Adel ihrer Seele. Sie drehte sich um, und Caspar errötete. Ihr Lächeln war noch wärmer als die Sonne.

»Sieh dir das an«, rief sie und deutete in die Tiefe.

Die Landschaft hatte sich im Vergleich zum Abend vorher verändert. Nackter, glatter Fels führte zur Höhle hinauf, wo vorher Geröll am Hang gelegen hatte. Der ganze Schutt stapelte sich nun im Tal und bildete eckige Formen am Fuß des Hangs.

»Das Geröll ist weg«, erklärte Caspar und war sich darüber im klaren, daß er das Offensichtliche sagte. »Wie es aussieht, sind wir gerade eben hoch genug.« Der Gedanke ließ ihn erschauern.

»Komm. Wir sollten gehen. Wir müssen die Pferde suchen und uns für heute abend eine bessere Stelle suchen, wo man uns nicht erreichen kann.« Es gab keinen Grund, darüber in Panik zu geraten, was hätte geschehen *können*, und darauf wies Morrigwen mit ruhiger Stimme hin.

Der Abstieg war schwer, weil auf den glatten Felsen nur wenig Halt zu finden war, nachdem das Geröll nun am Grund des Tales lag. Caspar hielt Morrigwen beim Arm, half ihr vorsichtig von einem Schritt zum nächsten hinab. Starrsinnig wollte sie ihm dafür nicht danken, doch der Junge machte sich nichts mehr aus ihren Schrullen. Er erschrak darüber, wie leicht sie war. Sie hat nicht mehr Fleisch auf den Rippen als ein halb verhungertes Kind, dachte er und fürchtete schon fast, daß sie nun endgültig einging und unter dem Druck seiner Hand zerfiel.

Außer Atem erreichten sie den großen Stein, hinter dem sich ihr Gepäck verbarg. Einen Moment lang erstarrte Caspar, als er die tiefen Spuren sah, wo der Drache den Boden abgesucht und ihre Habe durchwühlt hatte. Offenbar war er der Töpfe, Teller und Pferdegeschirre müde geworden, da er weder die leuchtende Kugel, noch etwas Eßbares fand, und war von der Aussicht auf größere Beute abgelenkt worden.

Die beiden gelben Pferde standen mit dem Rücken im Wind; Mähnen und Schwänze wehten nach vorn. Deutlich waren sie vor dem braunen Hintergrund auszumachen. Nachdem er einige Minuten lang die Schatten und unklaren Umrisse der Steine abgesucht hatte, fand Caspar endlich die blaugraue Färbung der kleineren Stute, doch der Braune war nirgendwo zu sehen. Er hoffte, das Tier wäre vor dem mattbraunen Hintergrund noch immer gut getarnt. Mit Brid an seiner Seite und einer Handvoll Korn ging er langsam zu ihnen hinüber. Die drei Pferde wichen zurück, scheuten und tänzelten mit wild rollenden Augen wie junge, wilde Fohlen und ganz und gar nicht entsprechend dem normalen, ausgeglichenen Wesen der Bergrasse.

»Das gefällt mir nicht.« Caspar sprach leise mit dem Mädchen, deutete auf einen kleinen Hügel. »Da drüben ist etwas.«

Sie legten den drei Pferden die Geschirre an, banden sie an einen spitzen Felsen, dann gingen sie vorsichtig zu der verdächtigen, braunen Wölbung, die Caspar aufgefallen war.

Sie kletterten über den kleinen Hügel und blickten auf das braune Pferd hinab. Der Boden drumherum war von Kampfspuren übersät, doch es konnte nicht lange gedauert haben. Sie konnten für das arme Tier nichts mehr tun: Es war tot.

Caspar kehrte zu Morrigwen zurück und ließ Brid allein, damit sie Abschied nehmen konnte. Er hatte an ihrem Arm gezogen, sie angefleht, mitzukommen und sich nicht länger mit diesem Anblick zu quälen, aber sie hatte ihn nur mit einem Blick von eiskalter Entschlossenheit angesehen. Ohne zu streiten, war er gegangen.

Die kleine, alte Frau nahm die Nachricht mit ernster Würde. »Möge die Mutter ihn wieder in den Schoß des Annwyn aufnehmen«, betete sie. Als sich Brid ihnen wieder anschloß, waren ihre Wangen rot, und sie tupfte an ihren Augen. Einen Moment später holte sie tief Luft.

»Auf dem alten Braunen habe ich reiten gelernt.« Wieder räusperte sie sich und tat, als weinte sie nicht.

Morrigwen war erwartungsgemäß harsch, nahm das Mädchen bei den Schultern und schüttelte es, daß ihr langes, braunes Haar flog. »Das ist das Wesen der Natur, Mädchen. Der Tod gehört zum Kreislauf: Leben, Tod und Wiedergeburt. Nimm den Kopf hoch und hör auf zu weinen.«

Tapfer richtete sich das Mädchen auf und zwang sich zu einem entschuldigenden Lächeln. »Gehört zum Kreislauf«, murmelte sie, als wollte sie es sich selbst bestätigen.

»Wir müssen uns um Wichtigeres kümmern«, rief ihnen die Greisin in Erinnerung. Vor ihnen fielen die Bergwände nun steil zu den drei Vulkanen ab. Nachdem sie die Packen des Braunen auf die drei verbliebenen Pferde verteilt hatten, machten sie sich zum westlichen Gipfel der Vulkane auf. Immer wieder blickte Caspar über seine Schulter.

»Wo bleibt er tagsüber?«

»Ich denke, er sucht sich einen Felsspalt oder eine Höhle, die groß genug ist, und versteckt sich vor der Sonne. Schließlich ist er gänzlich unbemerkt geblieben, die ganze

Zeit dort unten im Bauch der Gelben Berge, und sicher muß er doch hin und wieder ins Freie gekommen sein, um sich Nahrung zu beschaffen.«

»Meinst du, es könnten noch mehr von diesen Ungeheuern in den Höhlen von Torra Alta sein?« fragte Caspar besorgt.

Eine Weile dachte Morrigwen nach und zwirbelte an einer Silbersträhne, die sich von ihrem Zopf gelöst hatte. »Es ist höchst unwahrscheinlich, daß es nur einen einzigen geben soll.«

Brid schob eine Augenbraue in die Höhe und forderte stumm eine nähere Erläuterung von der Greisin.

»Im Buch der Namen steht, daß ein Drache dreihundert Jahre leben kann, also müssen mindestens vier Generationen dort unten gelebt haben, damit heute noch einer davon existieren kann.«

»Hat das Buch der Namen immer recht?« fragte Caspar.

»Immer!« Die Antwort kam entschieden, und Morrigwens Miene erinnerte den Jungen an seinen älteren Onkel, den Kaplan. Einmal hatte er als kleines, unschuldiges, stets neugieriges Kind gefragt, wie man, wenn noch niemand den Einzig Wahren Gott gesehen hatte, wissen konnte, daß die omnipotente Gottheit – die Worte bedeuteten dem Kind nichts – auf einem Wolkenthron im Himmel saß? Der Kaplan war entsetzt. Eine Antwort hatte es nicht gegeben, nur Strafe.

»Nun, wenn du recht hast«, seufzte Caspar, der den Ärger der alten Frau nicht wahrnahm, »dann gibt es wahrscheinlich eine ganze Herde weißer Echsen, die hungrig darauf warten, Torra Alta zurückzuerobern.« Meilenweit fern der Heimat und fast in den Fängen von Morbaks Truppen fand er diesen Gedanken zutiefst bedrückend.

Schweigend ritten sie voran. Leeren Blickes sah Caspar zur schwarzen Erde hin, auf der allein Staubstürme zu sehen waren, die über den Boden fegten. Der Wind ließ seine

Wangen brennen, und er wünschte, er hätte einen Bart, der seine Haut hätte schützen können.

Weit im Osten konnte er sehen, wie eine Wolke vom Boden aufstieg, aufgewühlt von Tausenden vaalakischer Füße, die gegen Belbidia marschierten. Bis zu den Vulkanen hätten sie keinen Schutz, doch zumindest schleppte sich die feindliche Kolonne östlich der Drei Schwarzen Teufel an ihnen vorbei, während sie selbst westlich daran vorüber wollten.

»Gebt den Pferden Wasser«, befahl Morrigwen und nickte steif zu den halbleeren Behältern hinüber, welche die Packen schwer machten. »Wir müssen diese Ebene schnell und bis zum Sonnenuntergang durchreiten, um vor dem Drachen zu bleiben. Wenigstens wirbeln die Feinde genügend Staub auf, daß sie uns selbst nicht sehen können.«

KAPITEL 8

Am Rand des Sumpfes fanden sich zahllose Trollspuren. Branwolf sah sich das Netz der Abdrücke an. An den Fährten, die ins Wasser führten, wurde deutlich, daß sie versucht hatten, die baufällige Hütte auf der Insel zu erreichen, und daran gescheitert waren, um sich dann gen Westen und Osten zu wenden und hinten herum einen Weg zu suchen. Es schmerzte sehr, als er von Donnerkeils Rücken glitt. In der Nacht war ihm keine Ruhe vergönnt gewesen. Aus seinen Wunden trat eine klare Flüssigkeit, ein Schnitt an seiner Seite war aufgeplatzt, und wäßriges Blut quoll hervor, doch hatte ihn die Ahnung, daß ihm etwas folgte, die ganze Nacht über wach gehalten.

Er bückte sich, um die Spuren zu untersuchen. Es dauerte eine Weile, bis er den halbmondförmigen Abdruck eines Pferdehufs im feuchten Boden fand. Trollspuren hatten fast alle anderen Fährten überdeckt. Offensichtlich waren die Pferde direkt in den Sumpf galoppiert, während man die Trolle angehalten hatte. Er gab sich alle Mühe, das Gefühl zu unterdrücken, daß hier Zauberkraft im Spiel gewesen war.

Es war schon lange her, daß er zuletzt so tief in den Keilerwald eingedrungen war, und diese Hütte und den Sumpf würde er niemals vergessen. Er war schon einmal hier gewesen, auf der Suche nach Keridwen. Jetzt betete er, daß ihn nicht die gleiche herzzerreißende Enttäuschung erwartete. Wenn sein Sohn und sein Halbbruder es bis in die Hütte der alten Frau geschafft hatten, würde er sie sicherlich bald finden. Das Gewirr der alten, heidnischen Pfade durch den Wald würde seinen Sohn vor den Feinden schützen. Es kümmerte ihn nicht, ob die Hand des Teufels im Spiel war, wenn es um Caspars Rettung ging. Er hoffte nur, daß er ihn bald finden würde, daß Caspar sich irgendwo hinter dem stehenden Morast versteckt hielt. Er stolperte zu den Bäumen hinüber und suchte sich einen stocklangen Ast im Unterholz. Er wußte, daß es eine Möglichkeit gab, den trügerischen Sumpf um die Hütte herum zu durchqueren. Dieser gehörte zu einer Abkürzung, die vom Geisterfluß herüberführte, inzwischen zum Stillstand gekommen und begierig, Eindringlinge in seine gurgelnden Tiefen zu ziehen.

Er zuckte zusammen, als er den Stock in den unauslotbaren Morast steckte. Die Anstrengung ließ ihn husten. Blutiger Speichel rann von seinem Mund.

»Lieber Herrgott, gib mir Kraft«, betete er.

Irgendwie wußte er, daß sein Sohn eines der Pferde geritten haben mußte, die den Sumpf durchquert hatten. Er schätzte, daß mindestens acht Trollspuren in den Morast führten, und die Vaalaker hätten sich nicht die Mühe gemacht, einfache Waldbewohner zu verfolgen. Es mußte so sein, daß sie Spar und Hal jagten.

Es ging ihm glatt durch die Knochen, als er festen Stein unter der schlammigen Oberfläche fand.

»Da ist es«, erklärte er seinem Pferd. »Also, es ist ein kleiner Sprung, bis wir auf dem Damm sind, aber du kannst es schaffen, alter Knabe.«

Er schob das Pferd zurück und stemmte sich gegen Donnerkeils Flanken, atmete schwer, bevor er sich in den Sattel kämpfte. Jetzt war er froh, daß er nicht Feuerschweif genommen hatte, denn vermutlich hätte ihm das Pferd seines Sohnes nicht so weit vertraut, daß es blindlings in den Sumpf gesprungen wäre. Donnerkeil war derart gut zugeritten, daß er alles tun würde, was sein Herr von ihm verlangte. Es dauerte Jahre, ein Pferd soweit zu bringen. Mitten in einer tosenden Schlacht, wenn die Luft voller Blutgestank und den

Schreien sterbender Pferde war, mußte ein Tier lernen, seinem Herrn über seine eigenen Instinkte hinaus zu vertrauen.

Mit seinem Stock hatte Branwolf die Stelle markiert, an der er auf festen Stein gestoßen war; nun trieb er sein schwarzes Roß an. Unruhig hielt das Pferd den Kopf hoch, doch es stürmte treuherzig voran. Schlamm spritzte um seine Flanken auf, überzog den Umhang seines Herrn mit dickem, braunem Matsch. Einmal noch trat Branwolf ihn fester, und sie sprangen ans feste Ufer auf der anderen Seite.

Traurig betrachtete er die Hütte. Hier war keine Spur von Leben, und niemand antwortete auf sein Rufen. Hatte die alte Frau, wie Elaine sie nannte, die Jungen tatsächlich gefunden und in Sicherheit gebracht, obwohl die beiden so erzogen waren, daß sie ihr Land in Verehrung des Neuen Glaubens anführen sollten?

Unbeholfen stieg er ab, versuchte, seine Wunden so wenig wie möglich zu belasten, und band sein Pferd an. Als er einen ersten Blick ins Innere der schlichten Hütte warf, war er enttäuscht. Sie war leer, von ein paar Knochen abgesehen. Doch bald schon entdeckte er die dunklen Stufen, welche in die Grube unter der Erde führten. Eilig improvisierte er mit ein paar Zweigen eine Fackel, die er nach mehreren Versuchen mit einem Feuerstein anzündete. Beklommen führte er Donnerkeil in die Hütte. Als das Roß vor den unebenen Stufen stand, die dort ins Dunkel führten, blieb es abrupt stehen, schnaubte mißbilligend, doch Branwolf zog fest an den Zügeln und lockte das Pferd hinunter. Glücklicherweise waren die Stufen breit und flach, und endlich erreichten sie die letzte, nach welcher der Weg gleichmäßig abwärts führte.

Als sich der Boden ebnete, hob Branwolf seine Fackel und sah sich fünf verschiedenen Tunneln gegenüber. Er hatte mit einigen Zweifeln zu kämpfen, ob er den Weg je finden würde, bis ihm auffiel, daß der Boden des einen Tunnels fester und kompakter war, als würde er regelmäßiger benutzt als die anderen. Zufrieden fand er ein verkohltes Stück Strauchwerk, das von einer brennenden Fackel gefallen sein mußte. Er gratulierte sich mit einem kurzen Lächeln selbst zu seiner erfolgreichen Spurensuche, dann machte er sich auf den Weg. Trotz seines festen Glaubens an den neuen Gott und seines Versprechens dem König gegenüber, daß er zum Neuen Glauben stehen wollte, nagte doch nach wie vor die Vermutung an ihm, daß die alte Frau tatsächlich einige Macht besaß. Wie sonst hätte es ihr gelingen sollen, die Vaalaker zu überrumpeln? Der Gedanke beruhigte ihn, weil es bedeutete, daß sie Hal und Caspar schützen und in Sicherheit bringen konnte.

Einst war Torra Alta der Göttin des Alten Glaubens geweiht worden, das wußte er, und er erinnerte sich daran, daß man glaubte, die Burg würde fallen, wenn die Belbidianer ihr je abschwören sollten. Natürlich war es, wie Gwion sagte, der Teufel, der ihn derart abergläubischen Unsinn fürchten ließ. Er schüttelte sich.

Seine ernsten Gedanken rissen ab, als er aus dem dunklen Tunnel hinter sich ein leises Schlurfen hörte, doch schon trat er mit seinem Pferd aus dem Tunnel in den Schutz eines weiteren Hains, in dem eine Hütte stand. Falls sie es bis zu dieser Hütte geschafft hatten, wären die Jungen vor den Vaalakern in Sicherheit.

Mit wachsender Hoffnung warf Branwolf den Ledervorhang der Hütte beiseite und duckte sich durch die niedrige Tür. Er wußte, daß die Hütte leer sein würde, denn Wystan hatte gesagt, die Frau sei fort, doch sicher hatte sie irgendwo eine Nachricht hinterlassen oder hielt sich in der Nähe versteckt. Langsam drehte er sich um, ließ seinen Blick durch den Raum schweifen. Der Kessel war kalt, doch stand noch etwas Brühe am Boden. Die Asche war matt und kühl, und ein Haufen Lumpen lag in einer Ecke aufgestapelt, als hätte jemand sie nach dem Schlaf von sich geworfen. Die Hütte machte den Eindruck, als hätten ihre Bewohner nur ein paar Minuten fort sein wollen, um Brennholz oder Wasser zu holen, doch aus irgendeinem Grund waren sie nicht zurückgekommen.

Er sah sich weiter hinten in der Hütte um, und ein Schauer durchfuhr ihn, als ihm bewußt wurde, daß er heidnische Sakramente der Teufelsanbetung sah. Er murmelte ein Schutzgebet für seine Seele, als er hinter den Kessel trat, wo Kreis und Eichentisch diesen Ort als dem Alten Glauben heilig auswiesen. Bedrückter noch war er, als er zwischen Kelch und Kerzen nichts fand, was ihm hätte sagen können, wohin die alte Frau gegangen war. Wohin konnte sie flüchten, um sich vor den Vaalakern zu verstecken? Sicherlich zur Burg hin, falls sie konnte, nur war es ihr aufgrund der sie verfolgenden Krieger vielleicht unmöglich gewesen. Er trommelte mit den Fingern auf dem Tisch herum, suchte irgend etwas, das ihm sagen würde, was er tun sollte. Seine Bewegung ließ ein paar kleine Knochen klappern, die dort ungeordnet lagen, und widerwillig sah er sie sich an. Er hoffte, daß sie nicht einst zu einem schrecklichen Opferritus gehört hatten. Als er den Tisch aufmerksamer untersuchte, bemerkte er eine dünne, gelbliche Staubschicht. Er tippte mit den Fingerspitzen darauf. Schwefel. Der mußte in Hals und Spars Kleidern hierhergekommen sein. Ganz sicher waren sie hiergewesen. Wieder betrachtete er die Knochen, fragte sich vergeblich, ob sie eine Art Nachricht darstellten. Die Knochen sprangen in die Luft und fielen klappernd wieder auf den Tisch, als er wütend mit der Faust auf die Eichenplanken schlug.

»Verdammt sollst du sein, altes Weib! Wohin hast du sie gebracht?«

Er hatte das unheimliche Gefühl, daß er sich gotteslästerlich gegen ein machtvolles Etwas verhielt, dem seine Worte nicht gefielen. Seine eigene Beunruhigung überzeugte ihn davon, daß die beiden Jungen keinen Augenblick länger als nötig an diesem heiligen Ort heidnischer Verehrung geblieben wären. Fast konnte er fühlen, daß der Geist des Alten Glaubens ihm übel wollte, ihn verfluchte, daß er den Bau der neuen Kathedrale gestattet und Rewiks Inquisitoren in sein Land gelassen hatte. Dennoch hatte Gwion die Jungen zu Recht gelehrt, die alten Lehren zu fürchten, und sie wären der Hütte so bald wie möglich entflohen.

Er trat aus der Behausung in den Hain aus dreizehn Bäumen, um den Boden abzusuchen. Hufabdrücke von vier Pferden führten nach Norden. Das mußten Hals und Spars Spuren sein! Warum waren sie gen Norden gezogen? Er konnte es nicht glauben. Anscheinend flohen sie noch immer vor den Vaalakern, konnten nicht nach Torra Alta umkehren, es sei denn … es sei denn, die alte Hexe wollte seinem Sohn etwas antun, weil Branwolf zugelassen hatte, daß Torra Alta zum Neuen Glauben übertrat. Branwolf seufzte. Er war jung gewesen, als der König seine Inquisitoren nach Torra Alta beordert hatte, und ihm war nicht klar gewesen, wie weit Rewiks Fanatismus gehen würde. Er dachte, die Aufgabe der heiligen Soldaten sei es, zu bekehren, nicht zu bezwingen. Er hatte verboten, daß die brutalen Methoden der Inquisitoren in seiner Baronie je wieder angewendet würden, doch war bereits viel Schaden entstanden. Während andere Barone den schwarzen Rittern gestatteten, durch ihre Länder zu patroullieren, hatte er die Scheiterhaufen verboten. Statt dessen hielt er Männer wie Dunnock an, das Wort des Neuen Glaubens in den entlegenen Gebieten der Baronie zu predigen, wo mancher aus dem einfachen Volk nach wie vor an der Mutter-Göttin festhielt. Dunnock war ein derart harmloser, kleiner Mann, so farblos und unauffällig wie der schlichte, braune Vogel, nach dem er benannt war. Zumindest forderte er keine Verbrennungen, wenn er bei seinen Predigtreisen durch den Keilerwald auf Orte heidnischer Verehrung stieß.

Er betrachtete die Spuren, die gen Norden führten, und beschloß, zumindest den Rest der Brühe zu essen, die noch im Kessel übrig war, bevor er sich auf den Weg machte. Das Essen war kalt, aber bekömmlich und schien ihm neue Kraft zu geben. Noch immer fragte er sich, ob es wohl mit stärkenden Kräutern gewürzt war, als er durch den Hain und über knisternde Blätter ritt, welche die Schritte des Pferdes dämpften. Im Wald war alles still, bis auf das Lied eines Grünfinken und das Klappern eines Spechts, der sich durch die Borke einer Kastanie arbeitete. Er sah sogar das wenig bekannte Goldhäubchen, einen winzigen Vogel, um eine Fingerbreite kleiner noch als ein Zaunkönig. Die Welt der Natur schien friedlich ahnungslos zu sein, was den turbulenten Lebenskampf der Menschen anging. Wie konnten sie singen, wenn er doch so viele drückende Sorgen hatte?

Vorsichtig ritt er eine halbe Wegstunde voran, wobei die Falten an seiner Stirn immer tiefer wurden, je weiter die Hufabdrücke und der Pfad gen Norden führten. Das Knacken eines trockenen Zweiges direkt hinter ihm ließ ihn erstarren. Er riß den Kopf herum, aber er konnte nichts sehen. Er strengte seine Augen an, um die Schatten zu durchdringen und wollte sich eben entspannen, als er erneut das Knacken eines Zweiges hörte. Vorsichtig hob er seinen Bogen an. Er verfluchte sich für seine mangelnde Umsicht. Er war derart mit der Sorge um seinen Sohn beschäftigt, daß er vergessen hatte, an Vorsichtsmaßnahmen gegen vaalakische Spione zu denken, die ihm folgen könnten. Donnerkeils Ohren stellten sich auf, als hätte er etwas gesehen. Branwolf folgte dem

Blick des Pferdes dorthin, wo sich eine zuckende Bewegung im Sonnenlicht verfing … und eben war ein Ärmelaufschlag durch das Gewirr eines Brombeerstrauches zu erkennen.

»Zeig dich oder du stirbst, wo du stehst«, knurrte Branwolf am Pfeil entlang, der direkt auf die schwankende Gestalt dort in den Schatten zielte.

Ein erschrockener Aufschrei war zu hören. »Oh, bitte, Herr, ich wollte doch nichts Übles.« Pips aufgeregte Miene erschien im Licht. »Ich habe das Wappen am Heft Eures Schwertes gesehen.« Der Junge fiel mit großer Geste auf die Knie. »Mylord, nur der Baron selbst würde ein solches Schwert tragen, und ich mußte Euch folgen.«

Als Branwolf den Jungen ansah, der sich dort demütig vor ihm zu Boden warf, wußte er nicht, ob er lachen oder weinen sollte.

»Ach, steh schon auf, Pip. Was tust du hier?«

»Ich bin Euch gefolgt, Herr.«

»Das, mein Junge, ist nicht zu übersehen, aber wozu?« Er seufzte, daß er nun auch noch mit dem Jungen belastet war. »Pip, lauf einfach nach Hause.«

»Aber, Herr …«, heulte der. »Ich weiß den Weg nicht, und ich bin Euch gefolgt, um zu helfen. Ich kann nicht heim. Es geht Euch nicht gut genug, daß Ihr allein reiten könntet, Herr.«

Der Junge sah müde aus und stolperte auf seinen nackten Füßen. »Ich habe mich verirrt, und, Mylord, Ihr braucht Hilfe.«

Ja, ich brauche Hilfe, aber nicht von dir, dachte Branwolf, als er den Jungen verzweifelt ansah. Er konnte nichts anderes tun, als das Kind aufzusammeln und hinter sich auf den Sattel zu setzen. Unmöglich konnte er es allein durch den Wald wandern lassen.

»Sobald wir irgendwohin kommen, wo du dich auskennst,

junger Freund, machst du dich auf den Heimweg. Wie konntest du mir nur folgen? Deine Eltern werden krank vor Sorge sein.«

Schuldbewußte Röte stieg dem Jungen ins schmutzige Gesicht, doch sie wich bald der Aufregung darüber, hinter dem großen Baron höchstselbst auf einem Streitroß zu reiten. Er hielt sich am Baron fest, und Branwolf schmerzte es, daß Pip ihn an Hal und Spar in jüngeren Jahren erinnerte. Alle drei leicht zu beeindruckende, unbekümmerte Jungen.

»Wohin reiten wir?« fragte Pip, der sich begeistert am Umhang des Barons festhielt.

»*Wir* reiten nirgendwohin. *Du* kommst nur soweit mit, bis wir einen Waldweg kreuzen. *Ich* suche meinen Sohn.«

Trotz seines Ärgers über den kleinen Jungen freute sich Branwolf eigentlich über die Gesellschaft, und da der Junge so klein war, wurden sie durch ihn kaum langsamer. Das Kind plapperte ohne den leisesten Hauch von Befangenheit, erkundigte sich nach der Burg und den Soldaten.

»Wieviele Vaalaker kann ein Bogenschütze an einem Tag töten?« fragte er zum dritten Mal.

»Nicht genug«, seufzte Branwolf, »nicht annähernd genug.«

»Kann ich wirklich auf die Burg kommen und lernen, ein Bogenschütze zu werden?«

»Ja«, sagte Branwolf abwesend, während er dem sich schlängelnden Pfad folgte, der stetig nordwärts führte. Sie können nicht viel weiter nördlich reiten, dachte er. Wir müssen doch fast schon am Rand des Keilerwaldes sein. Seit fast einer Stunde schon waren sie durch den Wald geritten, und Branwolf fragte sich, ob sie wohl jemals einen Pfad kreuzen würden, damit er den Sohn des Holzfällers nach Hause schicken konnte. Plötzlich erstarrte er, als ein Schrei den Wald erschreckte.

»Pip!« Der Schrei war lang, tief und in weiter Ferne. »Pip, antworte doch. Wo bist du?«

»Pip! Pip!« stimmte eine höhere Stimme mit ein.

Branwolf hielt an. »Nun, Freund, damit habe ich zumindest eine Sorge weniger. Hier drüben!« Er sprach mit lauter Stimme, so daß der tiefe, warme Ton durch den Wald hallte. »Er ist hier drüben.«

Wystan und ein weiterer Waldmann, anscheinend noch jünger als Hal, brachen auf schweren Zugpferden atemlos durch die Bäume. Die Männer schlugen die Enden ihrer Zügel an den schwitzenden Hälsen ihrer Pferde hin und her, während diese sich mühten voranzukommen.

»Pip, in Gottes Namen! Was ist in dich gefahren, Junge?« Wystan war zu sprachlos, um seinen Sohn barsch zu tadeln. Unsicher blickte er zu Branwolf auf dem schweren Streitroß auf. »Ich ... wir haben den juwelenbesetzten Dolch gefunden, in ein Tuch mit dem Siegel des Barons gewickelt.« Noch immer schwang Mißtrauen in seiner Stimme mit, doch nun war es von Staunen durchwirkt.

Branwolf holte tief Luft, wollte sich erklären, doch man schnitt ihm das Wort ab.

»Aber Pa, er ist der Baron. Er ist Baron Branwolf selbst. Ich habe das Wappen an seinem Schwert gesehen.«

»Pip, es reicht«, befahl Wystan und lief rot an.

»Mylord«, er wandte sich Branwolf zu, »ich bin Euer treuer Diener. Bitte, warum habt Ihr uns nicht gesagt, wer Ihr seid?«

»In dem hilflosen Zustand, in dem ihr mich gefunden habt, zerlumpt und verwundet, möchte ich bezweifeln, daß ihr mir geglaubt hättet. Ich dachte, ihr würdet mich für verrückt halten und im Wald liegen lassen.«

Der stämmige Waldmann nickte. »Ich würde niemanden dort liegen lassen, aber ich verstehe, was Ihr meint, Mylord.«

Verständnisvoll blickte Wystan dem Baron in die Augen. »Und ich weiß, daß keine Wunde einen Mann daran hindern kann, nach seinem verlorenen Kind zu suchen. Wir dürfen keine Zeit mehr verlieren. Es geht Euch nicht gut, Mylord, und wenn Elaine erführe, daß ich Euch Eurer Aufgabe überlassen hätte, würde sie mich, wie ich befürchte, nie mehr in unser Haus einlassen. Ich folge Euch als Euer Diener. Pip, du gehst jetzt heim zu deiner Ma. Geh mit Hubert.« Er wandte sich dem jüngeren Mann zu. »Du erklärst, was passiert ist. Ich muß mit dem Baron reiten. Wir sind im Krieg, und es ist die Pflicht eines jeden Belbidianers, zu seinem Lord zu stehen.«

Branwolf war zu erschöpft, ihm widersprechen zu können. Widerstrebend ließ sich Pip von seinem Sattel gleiten und kletterte schmollend hinter den maushaarigen Jungen. Wystan gab ihm einen väterlichen Klaps auf den Rücken und wendete sein Zugpferd, um Donnerkeils schwingendem Schweif zu folgen.

»Ich habe mir solche Sorgen um Pip da draußen allein im Wald gemacht«, sagte er. »Ihr müßt krank vor Sorge um Euren Sohn sein, Herr.«

Branwolf nickte. Ursprünglich hatte er keinen seiner Männer mit in die Gelben Berge nehmen wollen, da er fürchtete, sie würden ihn aufhalten, doch nun war er dankbar, Wystan zu haben. Die Verletzungen hatten ihn langsam gemacht, und noch immer fiel es ihm einigermaßen schwer, einen Bogen zu spannen. Er mußte zugeben, daß er die Hilfe eines anderen gut würde brauchen können.

Schließlich führte der Pfad sie an den Nordrand des Waldes.

»Ich denke, wir hätten sie längst finden müssen.« Branwolfs Stimme war vor Enttäuschung schwer. Während sie durch die Wälder ritten, versuchte er, die Teile des Vexierspiels zusammenzusetzen. Die Vorfälle zu nennen, half ihm, das Bild in seinen Gedanken klarer zu machen, und daher erklärte er Wystan soviel er konnte. »Die alte Frau hätte sie doch bestimmt in Sicherheit gebracht, oder?«

»Es sei denn, sie würde, wie Ihr sagt, versuchen, Rache an Euch als dem Baron zu nehmen, der den Neuen Glauben fördert, aber das denke ich nicht, Mylord. Sicher ist sie eine Hexe und, wie der Kurat Dunnock sagt: Hexen sind eine Ausgeburt des Teufels, aber ich glaube nicht, daß sie jemandem schaden würden. El zum Beispiel ist die Herzensgüte in Person, aber sie sehnt sich nach wie vor nach den alten Sitten. Sie sagt, früher, als sie ein kleines Mädchen war, hätten sie Feuer entzündet und im Mondlicht getanzt. Sie sagt, es seien glückliche Zeiten gewesen, aber jetzt sind die alten Sitten unseres Landes verloren. Sie hat May sogar einen der alten Namen gegeben.«

»Aber May ist kein alter Name«, hielt Branwolf dagegen.

»Nein, nein, ich habe es nicht richtig erklärt. El hat sie Silbermond genannt, als sie geboren wurde, nach dem Monat im alten Kalender. Sie sagte, es sei der schönste Monat im ganzen Jahr. Aber der Kurat hat mich, auch wenn er ein komischer, kleiner Mann ist, vieles gelehrt, was es heißt, seinem Nachbarn Gutes zu tun und das Wort des Herrn zu fürchten. Er sagt, wir sollten uns über die niedrigen Tiere erheben, ganz im Gegensatz zu den heidnischen Sitten, bei denen sie nackt ums Feuer tanzen, was voll sündiger Lüsternheit ist.«

Kurz blitzte vor Branwolfs innerem Auge Elaine auf, wie sie nackt um das Feuer tanzte, und er hustete, um sich von derart sündigen Gedanken zu befreien.

»Nun, Kurat Dunnock sagte, wir müßten sie May nennen, da Silbermond ein heidnischer Name sei.«

Branwolf lachte. Bergmenschen waren nicht leicht umzustimmen, und er selbst bevorzugte die Namen, mit denen er aufgewachsen war.

»Anfangs hat El Einspruch erhoben, aber ich habe gesagt, es sei nur rechtens zu tun, was der alte Gottesmann sagt. Nur, wenn ich ehrlich sein soll, denke ich, war Silbermond ein so langes Wort, daß sie am Ende einwilligte und sagte, daß wir sie kurz May rufen. May«, seufzte er. »Von Elaine natürlich einmal abgesehen, ist sie das Wundervollste, was mir je passiert ist. Pip ist mein Sohn, und er ist ein großartiger, wenn auch etwas widerspenstiger Bursche, aber eines Tages wird aus ihm ein Mann, und er wird für sich sorgen können, aber May ... sie ist so klein und liebevoll, und mein Herz platzt vor Stolz über sie. Man möchte sie einfach in den Arm nehmen und vor jeder Kleinigkeit beschützen.«

Langsam dünnte der Wald aus, und beide Männer hielten den Blick aufmerksam auf den Boden gerichtet, auf der Suche nach Spuren.

»Das sind eine Menge Wildschweine und ... oh, bei allen Heiligen, nicht schon wieder. Seht nur! Trolle!« rief Wystan aus und machte vor den Klauenspuren halt, die sich auf der Erde fanden.

Branwolfs Herz tat einen Satz. »Sie haben sie wieder gefunden«, sagte er ausdruckslos.

»Nicht notwendigerweise.« Der kräftige Waldmann versuchte, beschwichtigend zu klingen. »Vielleicht haben sie die Spuren gefunden, aber das bedeutet nicht, daß sie sie auch eingeholt haben.«

»Nein, du hast recht.« Branwolf lächelte matt. Er fand Trost in Wystans geradliniger Art, dem Leben zu begegnen. Es lag etwas Beruhigendes darin, daß er ihn nicht mehr ständig Herr oder Mylord nannte. Es machte ihn augenblicklich mehr zu einem Gefährten als zu einem Untergebenen. Die Stellung eines Barons war einsam und isoliert, und schon immer war er froh gewesen, daß Caspar Hal zu seiner Unterstützung haben würde, wenn er irgendwann Baron wäre. Branwolf wäre dann natürlich nicht mehr da, um seinem Sohn zu helfen, aber zumindest sein Halbbruder stünde ihm zur Seite.

»Seht Euch das an. Da ist ein großer Knochenhaufen. Wildschwein, wie es aussieht, und fein säuberlich abgenagt.«

»Sieh dir die Hufabdrücke nochmal an«, erklärte Branwolf. »Was immer hier geschehen sein mag, es hat Spars Fährte überdeckt. Wir müssen darauf achten, wenn sie links oder rechts abbiegen, denn sie können nicht ewig gen Norden weiterziehen.«

»Das tun sie aber«, sagte Wystan mit fester Stimme, als er vom breiten, nackten Rücken seines Zugpferdes glitt und sich bückte, um die Spuren näher zu betrachten. »Die Hufe deuten nach wie vor nach Norden.« Er hob seinen Blick zu den kahlen Klippen hinüber, die ihren Schatten drohend in das Tal des Keilerwaldes warfen. »Warum sollten sie in die Drachenwüste und das unwirtliche Land von Vaalaka reiten?«

Branwolf hatte darauf keine Antwort. »Wir werden es erst wissen, wenn wir sie eingeholt haben.«

»Nur haben wir keinen Proviant und auch kein Wasser«, sagte der Waldmann verzweifelt. »Ohne Wasser überleben wir die Drachenwüste nicht. Man sagt, es sei, als hätten die Drachen ihr Feuer übers Land gespien, und dort gibt es nichts als verbrannten, schwarzen Stein.«

»Vulkane«, korrigierte Branwolf. »Es gibt drei Vulkane, die Drei Schwarzen Teufel, die das Land versengt haben, und das hat nichts mit Drachen zu tun.« Schon wendete er Donnerkeil in den Wald zurück. »Wir sollten uns besser Proviant und Wasser beschaffen, bevor wir weiterreiten.«

Der Abend dämmerte, und das Wild hatte sich zum

Fressen auf die Lichtungen zurückgezogen. Sonnenlicht fiel durch die Bäume, bildete Muster am Boden, wo es sich durch das Netz verwobener Äste fädelte. Gegen den Wind hatte sich Branwolf an die Lichtung herangeschlichen und winkte Wystan, sich leise hinter ihm zu halten. Die gefleckten Rehe waren im scheckigen Licht fast unsichtbar. Nur wenn sie sich bewegten, um die Spitzen eines Schößlings abzuknabbern, der an der Wurzel eines Weißdorns wuchs, waren ihre Umrisse deutlich zu erkennen. Branwolf wählte einen Jagdpfeil, legte ihn auf den Bogen und hielt seinen Blick auf die Brust eines jungen Bocks gerichtet. Mit einem dumpfen Schlag sank das Tier zu Boden, bevor der Rest der Herde auch nur eine Ahnung hatte, daß die Gefahr so nah war. Erschrocken zuckten Köpfe und Ohren einen Moment lang auf, dann wandten sie sich gleichzeitig um und flohen in den Schutz des Waldes.

Den Bogen zu spannen hatte einen Schnitt unter seinem linken Arm aufgerissen, und Branwolf war von der Strapaze ganz benommen. Er verschwendete keine Zeit darauf, sich zu wehren, als Wystan ihm sagte, er solle sich an einer Eiche ausruhen, während er den Bock ausnahm. Das Fell eines so großen Tieres aufzuschneiden war anstrengende Arbeit, und er wußte, daß er die Kraft dafür nicht haben würde.

»Wenn du zur Blase kommst, schneide sie vorsichtig heraus. Sie ist der beste Wasserbehälter, den wir finden können. Wir könnten auch etwas aus dem Fell machen, aber die Blase ist wasserfester.«

Branwolf brauchte mehrere Versuche, um den Knochen mit einem seiner Messer zu spalten, aber schließlich schaffte er es, einen Splitter abzuschaben, der dünn genug war, daß sich aus ihm eine Nadel schnitzen ließ. Beim dritten Versuch bohrte er an geeigneter Stelle eine Öse hinein und half

Wystan, aus Fetzen von Eingeweiden einen Faden zu drehen. Sie rösteten große Fleischstücke über dem knisternden Feuer, während Wystan edelmütig die Nacht hindurch mit seinen rauhen, zitternden Händen versuchte, mit der Nadel zu nähen.

»Wie die Frauen das nur so einfach machen«, murmelte er.

»Hier, laß es mich mal versuchen«, bot sich Branwolf an, sprach fast im Schlaf.

»Nein, Ihr ruht. Ihr braucht alle Ruhe, die Ihr finden könnt.«

»Ich habe gesehen, wie du einzufädeln versuchst, und das ist jetzt dein zwölfter Versuch. Gib es mir schon.« Branwolf erging es nur wenig besser, doch waren seine Hände nicht so hart und schwielig wie die des Waldmanns.

Als Branwolf erwachte, lag Wystan schlafend da, und mehrere blasenförmige Schläuche, die aus der Haut des Bocks genäht waren, befanden sich neben ihm. Ein Haufen Nesselblätter lag am Boden, wo man sie von ihren Stengeln gelöst hatte. Wystan hatte die Stengel geflochten und die Seile dazu verwendet, die Häute paarweise zusammenzubinden, so daß sie sich leicht über einen Pferderücken werfen ließen.

Ihr Frühstück bestand aus gutem Wildbret, das im Feuer etwas zu knusprig geworden war, doch der Schlaf und das Essen stärkten Branwolf erheblich. Dankbar sah er Wystan an. Er hatte den Bock geschossen, doch hätte er es nie geschafft, ihn abzuziehen und all diese Behälter herzustellen. Die volle Wasserblase schlug an seinen Schenkel, als sie über die Heide galoppierten, die den Keilerwald von Vaalaka trennte. Ein Schauer lief ihnen über den Rücken, als sie die Grenze der schützenden Heimat überschritten.

Pferdespuren waren nicht mehr zu sehen. Der Boden war

hart und trocken, und Fährten, die dort gewesen sein mochten, waren von den schlurfenden Klauen der Trolle verwischt. Je eine halbe Meile weit suchten sie die Steilwand der Drachenwüste in beide Richtungen ab, doch sie fanden keinen einzigen Kratzer eines Hufs. Schließlich wählten sie eine deutliche Trollfährte, welche sie ein kurzes Stück östlich führte, bevor sie dann wieder nordwärts ging. Sie durchquerten eine Schlucht, die ein Wasserfall eingeschnitten hatte, der einst von den Sommerflüssen herabgestürzt sein und dann in den Geisterfluß geführt haben mußte.

»Sie scheinen Spars Fährte zu folgen«, rief Branwolf erschüttert aus. »Zumindest sieht es so aus. Es ist die einzige Spur, die wir haben.« Er biß auf seiner Unterlippe herum, wollte die aufkommende Sorge unterdrücken, die wie eine Woge aus seiner Magengrube aufstieg.

Wystan nickte ihn an. »Sieht so aus, ja.« Etwas Beruhigendes lag in der Art und Weise, wie der Waldmann alles aufmerksam begutachtete, und es half Branwolf, seine Anspannung zu überwinden. Er wandte Donnerkeils Kopf gen Norden, schob sich durch die kahlen Ginsterbüsche, als sie ihren steilen Aufstieg begannen. Wystans Zugpferd, das sein Leben damit verbracht hatte, gefällte Bäume durch den Wald zu ziehen, beugte sich stoisch vor und hob sich mit seinen kraftvollen Hinterbeinen die schmale Schlucht hinauf. Die Zügel waren lang gewesen und abgeschnitten worden, und auf seinem Rücken war nur ein Stück grobes Sackleinen geschnallt. Beim steilen Aufstieg rutschte Wystan auf dem Pferderücken allmählich nach hinten und hielt sich entschlossen an einem Büschel Mähne fest, doch er geriet deutlich aus dem Gleichgewicht.

Branwolfs Brust schmerzte; seine Muskeln waren als Nachwirkung des Fiebers müde und steif. Er war dankbar für die erzwungene Pause, als er wartete, bis der Waldmann den

Rand des Abhangs erreicht hatte. Sorgfältig suchten sie den Boden nach Hinweisen ab, während sie nordwärts fort von Belbidia ritten und den Spuren der Trolle folgten. Der breitbrüstige Baron saß über seinen Sattel gebeugt, hielt einen Arm um seinen Bauch, um den Schmerz zu lindern, während er vergeblich nach einem Zeichen seines Sohnes suchte. Die Spuren breiteten sich aus und kamen mit verblüffender Regelmäßigkeit wieder zusammen. Sie konnten daraus nur schließen, daß die Vaalaker die Spur der Torra Altaner noch nicht gefunden hatten. »Wenigstens bedeutet es, daß Hal und Spar ihnen noch voraus sein müssen«, sagte der Baron, dann hustete er schmerzlich.

Auf der Hochebene, wo gnadenlose Winde den Staub auf dem nackten Boden aus zerbrochenem Feuerstein verwirbelten, fanden sich noch immer keine Hufabdrücke, und die Trollspuren waren bald vom wehenden Staub verwischt.

»Wovon leben sie hier draußen?« fragte Wystan. »Hier ist nichts.«

»Wie wir können sie nur essen, was sie mitbringen. Wenn wir viel weiter in die Drachenwüste eindringen, nähern wir uns Morbaks zweiter Armee. Meine Kundschafter sagen mir, daß sie mitten hindurch geradewegs zur Quelle des Silberflusses ziehen.«

»Es ist doch eher seltsam, daß Eure Jungen in diese Richtung reiten.«

»Ich weiß. Viel zu seltsam. Es ist auch merkwürdig, daß sie sich mit der alten Frau aus dem Keilerwald zusammengetan haben.«

»Der letzte Ort auf dieser Erde, den ich freiwillig aufsuchen würde, wäre die Drachenwüste.«

Branwolf hob seinen müden Blick und bemerkte zum ersten Mal, daß der Mann nicht so warm wie er selbst gekleidet war. Im Wald war es weit milder als an den Hängen der Gelben Berge, und jedermann aus der Garnison war stets dick in wollene Hemden, Westen und fellbesetzte Umhänge gekleidet. Er löste eine Decke von seinem Packen und legte sie um seinen Gefährten. »Hier, zwar siehst du damit wie ein Vaalaker aus, aber wenn du sie um deine Schultern bindest, schützt sie dich vor dem Wind.«

Im Gegensatz zu seinem Sohn war Wystan niemand, der gern plauderte; schweigend ritt er hinter dem Baron. Gegen Abend lag der Boden allzusehr im Schatten, um den Spuren noch folgen zu können, und sie mußten haltmachen. Branwolf betrachtete die öde Landschaft auf der Suche nach einem Schutz für die Nacht. Zersplitterte Felsen lagen am Boden verstreut, gelegentlich zitterte ein verkümmerter Busch, dessen laublose Zweige von der Kälte knorrig und verwittert waren, im unerbittlichen Wind.

Sie verbrachten eine elende Nacht, zusammengekauert im Windschutz der Pferde, und sobald sich die Morgendämmerung von Osten her ausbreitete, wollte Branwolf weiterziehen. Der Schmerz in seinem Leib nahm ihm die Kraft, und allmählich sank ihm der Kopf an seine Brust. Mehrmals schreckte er ruckartig auf. Erleichtert merkte er, daß Wystan im stillen die Führung übernommen hatte, und pflichtbewußt folgte Donnerkeil dem stetig schwankenden Hinterteil des Zugpferdes. Er übergab dem Waldmann die Kontrolle, ließ ihn den Spuren folgen, während er die Ruhe suchte, damit sein Körper sich erholen konnte.

Sein Kopf schlug an die Brust, und er schüttelte sich aufrecht, merkte, daß er schon wieder in erschöpfenden Schlaf gesunken war. Plötzlich machte Wystan halt.

Die schweren, überhängenden Brauen verschleierten sein breites, großzügiges Gesicht. »Sie sind abrupt links abgebogen.«

Augenblicklich war Branwolf hellwach, und sein trüber Blick fiel auf den Boden. »Irgendeine Spur von Pferden?«

Der Waldmann schüttelte den Kopf. »Nein, Herr, aber es sieht so aus, als hätten sie etwas entdeckt, denn der Richtungswechsel ist harsch und zielstrebig.«

Die Fährte führte direkt zu einem trockenen Flußbett, das einst wie ein Netz von Adern durch die ausgedörrte Ödnis geführt hatte. Nun war das Land wie der im Wind getrocknete Kadaver eines Opferbullen, den man hatte ausbluten lassen. Branwolf blickte am sanft abfallenden Ufer des trockengebackenen Schwemmlands hinab, welches den Rand der alten Sommerflüsse einfaßte, hinunter zu dem Bett aus Kieselsteinen. Auf Kieseln waren keine Spuren zu erkennen, doch nach etwa einer halben Meile wurde der Boden weicher und matschig, wo einst ein Tümpel mit tieferem Wasser geschlummert hatte. Zwischen dem Labyrinth aus Klauenspuren war deutlich ein Hufabdruck zu sehen, doch es war nicht das, was einen Ausruf des Erstaunens auf Wystans windverbrannte Lippen brachte.

»Bei allen Heiligen und ihren gesegneten Gebeinen!« Er erblaßte sichtlich.

Dunkle Wolken der Verdammnis drückten schwer auf Branwolfs Schultern, als er den gespreizten Abdruck einer dreizehigen Klaue anstarrte.

»Aber das ist … Mein Gott, das ist zwei Fuß breit.« Wystans Mund stand offen, und er sah seinen Herrn an, suchte nach Antwort.

»Wir dürfen nicht rasten.« Branwolf setzte sich in seinem Sattel auf. »Wir dürfen jetzt nicht stehenbleiben.«

Sie ritten weiter, bis die langen Schatten eckige Formen über die dürre Erde warfen. Wystans gequälte Miene erklärte, daß er diese phantastische Mär von einem monströsen Ungetüm nicht schlucken wollte. Mit faltiger Stirn schien er die wahrscheinlicheren Gründe für den Abdruck durchzugehen, doch wollte ihm offenbar keine andere Erklärung einfallen. Er schien die Unmöglichkeiten achselzuckend von sich zu weisen und ritt pflichtschuldig und ohne zu fragen voran. Die Pferde ermatteten, aber Branwolf trieb sie erbarmungslos an, bis ihre Schritte vor Müdigkeit erlahmten. Da gab er nach, und die beiden Männer lösten sich mit Schlafen ab, während der andere die Pferde führte.

Als es zum Reiten zu dunkel wurde, schliefen sie in einer Biegung des Flusses. Inzwischen war das Wildbret hart und trocken, doch nährte es sie wenigstens und weckte in Branwolf allmählich wieder einige Reserven. Während sie ernst am dunklen Fleisch kauten, erzählte Wystan davon, wie er Elaine kennengelernt und jede Stunde des von Gott geschenkten Tageslichts geschuftet hatte, damit er genügend Geld bekam, um heiraten zu können. Seine tiefe, sanfte Stimme zerstreute Branwolfs wirre Ängste, und ein Gefühl von Kameradschaft half ihnen, der grimmigen Kälte der Drachenwüste ein paar elende Stunden des Schlafes abzutrotzen. Bleich und matt schien die Morgensonne durch die Staubstürme, die den Horizont im Osten trübten, und Wystan heiterte sie auf, indem er seine weitschweifige Geschichte fortsetzte.

»Das Wunderbarste, wißt Ihr, war, als meine beiden Kleinen geboren wurden. Elaine strahlte vor Freude, obwohl wir zwei weitere Mäuler zu stopfen hatten. Und bis zu diesem Jahr ging auch alles gut. Wegen des Baus der Kathedrale von Torra Alta hatten wir viel Arbeit. Wir konnten gar nicht genug Bäume fällen, wenn ich auch glaube, daß es dem Wald gegenüber sicher nicht recht war. Aber seit die Vaalaker nun da sind, müssen wir um unser Leben im Kernwald kämpfen, und das ist nicht leicht. Doch dieser Dolch, den Ihr uns gelassen habt, Herr. Wir können ihn nicht annehmen. Wir haben Euch nur Essen gegeben und Schutz gewährt, und eine helfende Hand.«

»Ihr könnt und Ihr werdet ihn annehmen«, erwiderte Branwolf.

»Aber …«

»Nun, falls du ihn nicht für dich selbst annehmen willst, wirst du es für deine Kinder tun müssen, für Pip und May.«

»Oh, nun, das ist etwas anderes.« Wystan lächelte dankbar. »Für die beiden würde ich alles tun.«

»Bis ans Ende der Welt gehen«, schmückte Branwolf aus, dachte daran, was er für seinen eigenen Sohn tun würde. Ohne Keridwen war Caspar sein ganzes Leben … selbst wenn er es nicht immer zeigen konnte. Hart ging er mit seinem Sohn um, aber er wollte den Jungen eben nicht verwöhnen. Wenn Branwolf jedoch an das wunderliche Wesen seines Sohnes dachte, war er nicht mehr so sicher, ob ihm die Erziehung so sehr gelungen war. Nicht zum ersten Mal fragte er sich, warum Hal derjenige gewesen war, der stets so vielversprechend wirkte, wenn ihm vielleicht auch das moralische Urteilsvermögen eines wahren Lenkers fehlte. Dennoch war Branwolf sicher, daß seine eigenen Prioritäten in jenem Alter ebenso falsch gewesen waren. Erst die Verantwortung, eine Frau und einen kleinen Sohn zu haben, dazu die Baronie, hatte ihm geholfen, die rechte Perspektive zu entwickeln. Er war sehr schnell alt geworden, als Keridwen verschwand.

Die Haut in seinem Gesicht war wund und eingerissen, doch bot zumindest der grobe Stoppelbart an seinem Kinn ein wenig Schutz. Wystan hatte sich ganz offenbar beim Reiten wundgerieben und wand sich unbeholfen in dem Versuch, weiteres Reiben an den Innenseiten seiner Oberschenkel zu vermeiden, wenn auch kein Wort der Klage aus seinem Mund zu hören war. Sie schleppten sich durch die seelenlose Ödnis und vertrieben sich die Stunden, indem sie Geschichten von zu Hause erzählten. Gegen Abend führte sie das Flußbett ostwärts und spuckte sie in ein breiteres Tal aus. Abrupt blieben sie stehen.

Der Anblick von Morbaks Armee mit ihren hohen Belagerungsmaschinen, welche über die kahle Erde knirschten, brachte sie zum Schweigen. In den abendlichen Schatten sahen sie beklommen, wie sich die endlosen Marschkolonnen zum violetten Horizont erstreckten. Es war nicht so sehr eine Kolonne aus vierzigtausend einzelnen Männern, sondern eher eine monströse Schlange, die unter den östlichen Wurzeln der Drei Schwarzen Teufel hervorkroch.

»Es ist wie mit Eingeweiden«, murmelte Wystan. »Wenn man sie zieht, werden sie länger, als man sich nur vorstellen kann.«

»Spar, wo bist du?« rief der Baron vergeblich in den Wind. »Wir müssen dich finden und sicher nach Hause bringen, bevor dieses Ungeheuer nach Torra Alta ausschlägt. Dem kann Gwion niemals standhalten.« Dem kann Torra Alta niemals standhalten, fügte er im stillen hinzu, doch er war nicht in der Lage, seine tiefsitzendsten Befürchtungen laut auszusprechen. »Meine Kundschafter schätzen diese Armee auf vierzigtausend Mann, und die doppelte Zahl nimmt den Weg an der Westküste entlang.«

Die Kälte in Branwolfs Beinen hielt ihn in jener Nacht wach, und er stand auf, um nachzusehen, ob die Pferde sicher waren. Ihre Sehnen waren vom langen, anstrengenden Ritt über den knochenharten Boden heiß und geschwollen, aber dagegen konnte er nichts unternehmen. Er mußte sie um jeden Preis vorantreiben. Sie waren unruhig, als spürten sie, daß sich ein Sturm zusammenbraute. Die schmale Sichel des Mondes zielte auf die enthaupteten Gipfel der drei Vulkane, deren schwarze Schultern sich vor dem Mitternachtsblau des nächtlichen Himmels abzeichneten. Er fragte sich, ob die Pferde ein instinktives Mißtrauen gegen diese gefährlichen Berge hegten, doch soweit er wußte, ruhten sie schon seit Generationen.

Die Luft erzitterte, als der erste Donnerschlag über die Steppe dröhnte, und er meinte, recht gehabt zu haben, was die Pferde anging: Sie schienen den Wechsel in der Atmosphäre zu spüren.

Er schlug seinen Kragen hoch. Wystan, der ein etwas kleinerer, doch stämmigerer Mann war, stand neben ihm. »Das ist kein Donner.«

Branwolf lauschte noch einmal dem fernen Rumpeln, hörte das Echo aus einer tiefen Kehle, und dann kam ein schriller Schrei aus einem hohlen Bauch. »Nein«, antwortete er. »Das ist kein Donner.«

KAPITEL 9

Hal musterte die Eidechse. Sein Mund schmeckte nach gegerbtem Leder, seine Lippen waren eingerissen – er konnte sich nicht erinnern, wann er zuletzt gegessen hatte. Eilig hockte er sich hinter den Felsen an seiner Seite.

Die häßliche, grüne Kreatur saß reglos auf einem flachen Stein und hielt ein Bein ausgestreckt, um die Wärme der Sonne an ihrem Bauch einzufangen. Die hervorquellenden Augäpfel rollten einmal in ihren Höhlen, um Hal böse anzusehen, dann kehrten sie wieder zu ihrer glasigen Stille zurück. Die Eidechse war furchtbar häßlich, die schweren Schuppen ihrer grünen Haut mit Knötchen und Stacheln überzogen. Sie sah nicht eben appetitlich aus.

Anfangs schlich der Junge unsicher heran, doch der Schmerz in seinem Magen trieb ihn an. Auf Händen und Knien pirschte er in die Schatten, schob sich mit quälender Vorsicht langsam voran. Als kleiner Junge hatte er Eidechsen gefangen. Sie huschten durch die Spalten in den trockenen Steinmauern, welche die äußere Umrandung der Sommerweiden Torra Altas bildeten. Man brauchte Geduld.

Er war auf einen Schritt herangekommen. Ganz nah am Boden spuckte er in seine Hände, damit sie griffiger wurden, und spannte sich, zum Springen bereit. Er hechtete voran, warf seinen Bauch auf den Felsen und legte seine Hände fest um den Hals der Eidechse. Muskeln, die kräftiger waren, als er es für möglich hielt, zappelten unter seinen Fingern, und das Reptil war weg. Die Spitze eines grünen Schwanzes glitt in den dunklen Spalt zwischen zwei Felsen.

Müde kam er auf die Beine und gab sich mit einem einzigen Schluck Wasser aus seinem Behälter zufrieden. Er schwenkte den Schlauch und lauschte der plätschernden Flüssigkeit darin. Das Ding war kaum halbvoll. Das Wasser schmeckte dick und schal, aber zumindest hielt es ihn am Leben. Er sah sich zur Sonne um, die am Horizont im Westen stand, und trottete weiter, wobei sich sein langer Schatten vor ihm streckte. War das nun Gottes Strafe für seinen halsstarrigen Stolz und seine kindische Arroganz? Nicht nur war er krank vor Hunger und Erschöpfung, sondern Caspar war allein da draußen, und ein Monstrum verfolgte ihn durch die Drachenwüste. Wie hatte er so dumm sein können, ihn allein zu lassen?

Das schlechte Gewissen nagte schmerzlicher an seinem Innersten als der Hunger. Seltsamerweise hatte der Hunger etwas nachgelassen, obwohl er nichts gegessen hatte. Anfangs hatte er sich verzweifelt nach Eßbarem gesehnt. Ständig mußte er schlucken. Gedanken an Wildschweinbraten, Lachs und Pudding hatten ihn in seinen Tagträumen gequält, doch nun war die Schärfe seines Hungers zu leerer Übelkeit geworden, und er fühlte sich benommen. Wenigstens hatte ihn das schneidende Hungergefühl wachsam und lebendig gemacht, aber nun befand er sich zunehmend in einem Zustand hoffnungsloser Verdammnis, als hätte sich sein Körper dem unausweichlichen Schicksal bereits anheimgegeben. Er verspürte ein dumpfes Gefühl von Orientierungslosigkeit, und nur seine Sorge um Caspar trieb ihn voran.

Er hatte keine Ahnung, wie weit der Weg durch die Drachenwüste war oder ob Morrigwen Caspar und Brid tatsächlich auf die andere Seite führte. Das wußte Morrigwen allein. Langsam verlor er seine Zielstrebigkeit. Doch so sehr es dem Jungen auch zuwider sein mochte, so unfair es auch war, daß Caspar ihm vorangestellt wurde und ihn bis ans Ende seiner Tage würde herumkommandieren dürfen, war es Branwolf doch gelungen, Hal die Pflicht, Caspar zu beschützen, einzuimpfen. Niemand würde es Hal verzeihen, falls Caspar etwas zustieße, aber schlimmer noch war, daß Hal es sich selbst niemals verzeihen würde.

Er trottete voran, blieb nur gelegentlich stehen, um einen Schluck Wasser zu nehmen. Er merkte, daß sich seine Augen auf die Dunkelheit einstellten; er konnte selbst bei Nacht wandern, wenn der nackte Mond seinen Umhang von den Wolken zog. Der Wind allerdings schmerzte mehr als alles andere. Er sog die Wärme aus seinem Leib, und die Haut um seinen Mund war wund und gesprungen, da der fliegende Sand an seinem Gesicht scheuerte. Er hielt die brennenden Augen gesenkt, sofern er nicht in den rauhen, wirbelnden Staub blinzeln mußte, um auf dem Weg zu bleiben. Allein der Gedanke an den Drachen auf Caspars Fersen hielt seinen erschöpften Körper in Bewegung.

Es war ihm egal, welche Macht das Tier dazu treiben mochte, in dieses wüste Land zu ziehen, auf der Jagd nach einem leuchtenden Stein. Seinen Verstand marterte der bloße Gedanke an seinen kleinen, sommersprossigen Neffen, der sich und die beiden Frauen vergeblich gegen die urzeitlichen Klauen des Drachen zu verteidigen suchte. So lästig der Junge auch sein konnte, so peinlich übermütig, dämlich und wunderlich, war er ihm doch der vertrauteste Gefährte. Er neigte dazu, über Monde zu sprechen oder darüber, wie es sein mochte, wie ein Adler fliegen zu können, wenn ein Mädchen in der Nähe war ... und ruinierte damit für gewöhnlich alle Chancen auf eine erfolgreiche Eroberung. So ungerecht es auch war, daß Caspar sein Lord werden würde, bedeutete ihm der elfengesichtige Junge doch alles. Während ihrer gesamten Kindheit hatten sie gemeinsam gelacht und geweint, und ein Leben ohne Spar, der ihm am Rockzipfel hing und fragte, was sie als nächstes tun wollten, war ihm unvorstellbar.

Er fand keine Spur der anderen. Sämtliche Fährten, welche die Pferde hinterlassen haben mochten, wären inzwischen vom wild peitschenden Staub verwischt, der den ganzen Tag lang wehte. Wenigstens bedeutete es, daß der Feind Probleme hätte, sie zu jagen. Doch Hal mußte keine Hufabdrücke suchen. Er folgte dem Drachen – einer Spur, die in den Stein gemeißelt war.

Der Anblick der vaalakischen Kolonne, die sich durch das Herz der Drachenwüste bohrte, ließ ihn auf der Stelle innehalten. Hilflos starrte er die Unzahl an Menschen und Trollen an, die dort unter dem Sockel des östlichsten der drei großen schwarzen Vulkane hervorkam. Fast war es dunkel, und er ließ sich gegen einen Felsen sinken, fühlte sich, als sei alles verloren. Einen Moment lang stellte er sich vor, die vaalakische Armee würde sich wie ein Mann umdrehen und ihn durch die Staubwolke entdecken, die ihre schlurfenden Füße aufwarfen, aber allmählich kehrte die Logik in seinen benebelten Verstand zurück.

»Einer solchen Überzahl können wir nicht standhalten. Möge Gott uns die Kraft geben«, betete er.

Er hatte Hunger. Er wußte nicht mehr, wieviel weiter er laufen konnte … oder kriechen. Wenn er starb, wäre er nie in der Lage, Caspar zu retten, und dadurch schien ihm sein eigenes Überleben unabdingbar. Es gab in der Drachenwüste nichts zu essen, nicht einmal die Knochen eines toten Fuchses, an denen er hätte nagen können. Er sah die endlosen Reihen der Feinde an und dachte, daß sie nicht weiter als zwei Meilen östlich sein konnten. Die mußten doch etwas zu essen haben. Widerstrebend wandte er sich von der Drachenfährte ab und taumelte der zweiten Armee Vaalakas entgegen.

Der Atem von Tausenden schlafender Männer fügte sich in seinen Ohren zu einem einzigen Summen. Auf dem Bauch rutschte er durch den Staub am Grund des Tals und wartete auf den Einbruch der Nacht.

Die Wagen würde er meiden müssen. Proviant auf den Wagen würde sicher schwer gegen Plünderung bewacht, und nicht nur aus den Reihen der Feinde. Vielleicht fand er die Ration eines schlafenden Barbaren am Rand des Lagers, jemanden, den er überraschen konnte. Er hielt sich von dort fern, wo die Trolle an eine Belagerungsmaschine gekettet waren.

Die Vaalaker konnten keine Lagerfeuer entzünden, da es in der Drachenwüste nichts gab, was man hätte verbrennen können, doch er sah ein Nest von Männern, die sich aneinander kauerten, um sich vor dem harschen Wind zu schützen. Beim schwachen Licht des Mondes konnte er nicht weit ins Dunkle sehen. Er kroch näher, bis ihm das schwere Schnarchen in den Ohren summte. Doch trotz aller Erschöpfung waren sie rastlos, wahrscheinlich vor Hunger und Kälte.

Ein leises Blöken zu seiner Linken lenkte ihn ab. Eine Herde von Steinböcken war etwas abseits der Kolonne angebunden. Das Mondlicht fiel auf einen einzelnen Wächter, der langsam auf und ab marschierte und die Tiere hütete. Jeder Soldat, der ein Tier stehlen wollte, würde entdeckt. Daher brauchte die Herde weniger Schutz als die Wagen. Und in dieser Wildnis gab es keine Wölfe, so daß die Steinböcke kaum bewacht wurden. Nur von einem einzigen Mann.

Hal nahm einen Flintstein in die Hand und einen schwereren Stein in die andere, bevor er weiterkroch. Lautlos wartete er, bis der Mann nicht mehr als drei Schritte entfernt war, dann warf Hal den Feuerstein, so daß dieser hinter dem Vaalaker klapperte. Der Hirte fuhr herum, und Hal schlug dem Barbaren den Stein an den Kopf.

Das Plätschern von Wasser in einem Schlauch ließ Hal die

Felle seines Opfers durchwühlen, bis seine Hand die Wasserblase fand, welche darunter festgebunden war. Er riß sie ab, überzeugte sich davon, daß der Mann gänzlich bewußtlos war, bevor er sich wieder der Steinbockherde zuwandte. Wenn er die Herde aufschreckte, würde er das ganze Lager wecken. Vielleicht konnte er einen Bock fortführen und etwas abseits des Lagers töten? Er war nicht sicher. Es war ihm nicht mehr wirklich wichtig. Er wußte nur, daß er essen und trinken mußte.

Anfangs glaubte er, daß das Junge, das am Rand der Herde lag, schlief. Das wäre das Sicherste. Doch als er sich anschlich, kam er zu dem Schluß, daß es allzu still lag. Es war schon tot. Der lange Marsch mit kaum Wasser und Nahrung hatte unter den schwächeren Tieren ganz offenbar seinen Tribut gefordert. Eine Sekunde lang blieb er stehen, fragte sich, ob es wohl an einer Krankheit verendet war … dennoch wäre es sicherer, den Kadaver zu stehlen, als ein lebendiges Tier zu töten. Er zog es an einem Hinterlauf mit sich und schlich den Weg zurück, den er gekommen war.

Erst als er am Fuß der Berge war, blieb er stehen, um sich umzusehen. Es war kalt, dennoch schwitzte er heftig vor Angst, und sein Unterkiefer schmerzte, weil er die Zähne aus Furcht so fest zusammengebissen hatte. Erst jetzt wurde ihm klar, wie groß seine Angst gewesen war. Doch er hatte es geschafft, und nichts anderes zählte.

Ihm blieb nur, den Steinbock roh zu essen. Es war ihm egal, daß das Fleisch völlig geschmacklos war, und er machte sich kaum die Mühe, die Bissen zu kauen, die er herausreißen konnte, indem er seitwärts an dem Fleisch riß. Ihn interessierte nur, daß er etwas zu essen hatte. Nachdem er soviel verschlungen hatte, wie er konnte, und es dann mit vaalakischem Wasser heruntergespült hatte, gestattete er sich zwei Stunden Ruhe. Er legte die Hände auf den Bauch und ließ seine Augenlider den Alptraum der öden Welt um ihn herum aussperren.

Als er erwachte, klopfte ihm das Herz in den Ohren, und kalter Schweiß rann über seinen Nacken. Donnerndes Gebrüll hallte durch das Tal. Einen Moment lang war er nicht in der Lage, den bellenden Schrei in der Dunkelheit zu orten, aber zumindest fand er heraus, daß dieser vom westlichsten Gipfel der drei Vulkane kam. Ohne zu zögern, fing er an zu laufen.

Der Morgen graute schon, als er am Fuß der Schwarzen Teufel ankam. Pockennarbig und durch ihre eigenen schädlichen Gase blasenübersät, ragten die drei Kraterberge aus der Ebene auf. Der linke Vulkan war wie ein häßliches, schwarzes Geschwür mit aufgebrochenen Seiten, wo die Erdkruste sich gespalten hatte, um schäumende Gase und geschmolzenes Magma auszustoßen. Er suchte nach einem Weg, der ihn aufwärts, dem Gebrüll des Drachen entgegen, führen würde. Unerklärlicherweise standen zwei Pferde im Windschutz eines Lavakamms, und er fragte sich, ob er halluzinierte. Der schwarze Hengst dort war unzweifelhaft Donnerkeil.

Gebrüll erschütterte sein Hirn, riß seine Gedanken zu Caspar zurück. Das ohrenbetäubende Kreischen des Drachen bohrte lähmendes Entsetzen tief in seine Seele: Es war Angriffsgebrüll, da war Hal ganz sicher.

KAPITEL 10

Caspar war nicht sicher, ob Brid weinte oder nicht. Er war nicht einmal sicher, ob sie überhaupt weinen konnte. Sie wirkte so kühl, unnahbar, wie der Mond oder ein Adler, der durch die Lüfte schwebte, unerreichbar, fern und unbegreiflich. Doch war es eben diese Ferne, ihre Unnahbarkeit, die sie so begehrenswert machte. Gern hätte er eine Hand ausgestreckt und über ihr schimmerndes Haar gestrichen, das dort im Wind wehte, doch er wagte es nicht. Sie war eine Hohepriesterin, ihre Haltung, ihr ganzes Verhalten verkündete es der Welt. Dennoch spürte er irgendwie, daß sie trotz ihrer aufrechten Haltung und trockenen Augen irgendwo tief in ihrer Seele weinte.

Vielleicht weinte sie wegen des umfassenden Gefühls von Trostlosigkeit in der Drachenwüste, oder weil sie ob der Vergeblichkeit ihres Kreuzzuges trauerte. Vielleicht weinte sie um den alten Braunen.

Reißer hinkte neben ihm, inzwischen ganz agil auf seinen drei Beinen. Der Wolf kam gelegentlich aus den Schatten und verschwand dort wieder, hielt sich stets in der Nähe. Caspar seufzte. Auch er weinte innerlich. Um Hal, um seinen gepeinigten Vater und um Torra Alta und Belbidia angesichts von Morbaks Armee. Vor allem bedrängte ihn jedoch das Abbild des Schmerzes, welches in das Gesicht der Frau im Mondstein gebrannt war; es brachte Caspar zum Weinen. Die Frau im Mondstein drang tief in sein Herz. Morrigwen sagte, daß der Mondstein aus dem Herzen der Burg käme und so vielleicht tief mit ihm und seiner Zukunft als Erbe von Torra Alta verbunden war.

Morrigwen ließ halten und schützte ihre Augen vor dem

roten Ball der untergehenden Sonne. Sie waren vom Bergkamm hinabgestiegen, und direkt vor ihnen ragten die drei Vulkane in den Himmel auf. Jenseits davon lag der schmale Streifen der Steppe am Rande der Tundra. Die vaalakische Kolonne war ein dünner Strich weit im Osten, der sich durch die Schatten der Drei Schwarzen Teufel schob. Ein Schauer durchfuhr Caspar. Drei Wächter, dachte er, drei kopflose Oger bewachen den Eingang zum Königreich von Vaal-Peor. Keine Spur von Rauch war zu sehen, kein böses Rumpeln zu hören, doch spürte der feinfühlige Junge, daß Leben in ihnen war. Anfangs glaubte er, sie sähen ihn mit ihren strengen, unheilvollen Mienen an, so wie die Flachländer sagten, Torra Alta blicke finster auf sie herab, doch dann dachte er, welch bloßes Staubkorn in der endlosen Landschaft er angesichts dieser urzeitlichen Berge war. Sie sahen ihn nicht finster an – sie lachten ihn aus.

»Wir sollten uns beeilen«, warnte Brid. »Die steileren Hänge sollten wir bis Sonnenuntergang geschafft haben.«

Caspar spürte, wie ihm ein Zittern über den Rücken lief, und er hielt seine Brust, tastete nach dem Mandala aus Haselnuß. Es war kalt, trübe und kalt. Er sah zu den schwarzen, leblosen Vulkanen auf. Es war der letzte Ort auf Erden, an dem er Zuflucht suchen wollte.

Als sie die unteren Hänge erreichten, verwandelte sich das Stampfen der Hufe auf dem Staub in scharfes Scharren, als sie über den groben Bimsstein klapperten. Allmählich stiegen sie auf, kletterten im Zickzack, um den Druck auf die Pferde zu lindern.

Ohne den Blick von den schroffen Klippen zu nehmen, die aus der Steppe aufragten, murmelte Brid: »Wir sollten hier nicht sein. Diese Berge sind wie unverheilte Wunden am Leib der Mutter Erde. Wir sollten das Risiko eingehen, unten zu bleiben und bei Nacht zu reiten.«

»Hier laufen wir nicht Gefahr, dem Drachen zu begegnen«, fuhr Morrigwen sie an. »Mir gefällt dieser schwarze Vulkan ebensowenig wie dir, aber die große Echse wird uns bald eingeholt haben, und dann ergeht es uns nicht besser als dem alten Braunen. Hier sind nur Felsen, alle Teil der Mutter, und die Klippen dort oben dürften uns besten Schutz bieten.« Sie hoben die Köpfe auf der Suche nach den Bimssteinhängen des Schwarzen Teufels, und die Greisin deutete auf einen schmalen Sims hoch über ihren Köpfen. Er schlängelte sich an der Westseite des nächstgelegenen Vulkans hinauf, dann führte er steil zu einem Riß. »Da oben sind wir sicher.«

Nachdem sie die schwarzen Hänge erklommen hatten, überquerten sie eine letzte Furche, um zu einem schmalen Sims zu gelangen. Die beiden gelben Pferde stachen vor den schwarzen Felsen wie ein Opal im Ebenholz heraus. Sorglos überschaute Caspar die Ebene unter sich. Mit gleichem Interesse starrte auch Brid hinab, doch fiel ihm auf, daß Morrigwen ihren Blick lieber auf die Mähne des Hengstes gerichtet hielt. Sie hatte noch nicht so viele Bäume oder Gipfel erklommen wie ihre Elevin. Der Sims führte sie zu einem vertikalen Spalt im schwarzen Stein. Der Riß führte in eine Höhle, die Schutz gegen die alles vernichtenden Zähne des Drachen bot.

»Dahinter liegt eine innere Höhle.« Brid deutete dorthin, wo verirrtes, rotes Sonnenlicht in den Spalt drang.

Sie ließen die Pferde in der äußeren Kammer zurück, nahmen nur die Bärenfelle und die Satteltasche mit dem Mondstein und dem Salamander in die geschützte Höhle mit. Reißer hielt sich nah an seinem Herrn und wärmte Caspar in der Nacht. Sie waren nun weit im Norden; hoch oben an den Hängen des Vulkans war die Luft eisig kalt. Er zog die Beine an die Brust, und mit stierem Blick auf Brid, die ihm so quälend nah lag, fiel er in leichten Schlaf.

Anfangs glaubte er, er wäre wieder zu Hause in Torra Alta und könne Ratten hören, die durch die Botengänge tappten. Seine Nase zuckte, und er hustete, murmelte leise, der Koch müsse wohl das Frühstück verbrannt haben, und ihm war kalt, sehr kalt. Benommen griff er nach seiner Decke. Der Lärm der Ratten störte ihn. Er wurde immer lauter. Caspar hustete, um seine Lungen vom erstickenden Gestank zu befreien, als er vom schweren Rumpeln niedergehender Felsbrocken ruckartig hochschreckte.

»Mein Gott!« stieß er aus, wandte sich instinktiv dem Gott seiner Kindheit zu. Augenblicklich war er wach und auf den Beinen, stolperte durchs Dunkel in den hinteren Teil der Höhle, wo es sich die beiden Frauen für die Nacht bequem gemacht hatten. »Mein Gott, er hat uns gefunden.«

Morrigwen rief: »Wir müssen hier raus. Er hat einen anderen Weg nach oben gefunden und bricht durch die Rückseite der Höhle. Wir müssen raus!«

Caspar streckte die Hand aus, um der alten Frau aus der Höhle zu helfen, und als er das tat, fiel sein Blick auf den Fels hinter den beiden Priesterinnen. Er wölbte und bewegte sich. Morrigwen rannte. Als Caspar sich eben umwenden wollte, um ihr zu folgen, setzte sein Denken aus, als die Wand unter dem Druck der gigantischen Echse nachgab. Im Getöse berstenden Steins schoben sich die breiten, bebenden Nüstern durch den Spalt und stießen ihr Siegesgebrüll aus.

»Das Druidenauge«, kreischte Morrigwen. »Das Auge!«

Noch lag es an der Felswand. Eine Klaue ragte durch den geborstenen Spalt, während Felssplitter von der Wand bröckelten. Das Licht vom Mondstein wurde trübe, als er unter Schutt und Staub verschwand. Nun lag er nicht mehr als eine Armeslänge von der mächtigen, rudernden Klaue entfernt. Mit offenen Mündern starrten sie die Szene an, sahen hilflos, wie sich große Felsbrocken lösten.

»Laßt ihn«, schrie Morrigwen urplötzlich. »Laßt ihn liegen und lauft.«

»Nein! Niemals! Nein!« kreischte Brid und stürzte sich auf die Kugel. Ihre Hand berührte eben den weißen Stein, als die Klaue durch die Mauer brach und ihre Schultern an den Boden preßte. Im weißen Licht des Mondsteins waren ihre großen Augen wie die eines Rehs, das sich in den eisernen Fängen einer Wolfsfalle verfangen hatte. Ihr zitternder Arm schob sich dem Mondstein entgegen, und mit letztem, verzweifeltem Bemühen packte sie den Lederriemen und warf ihn der Greisin zu. »Raus hier. Rettet die Mutter«, flehte sie, als die Klaue ihre Schulter durchbohrte, was helles Blut sprudeln ließ. Bevor Caspar Brid erreichen konnte, riß die Klaue sie schon durch die Wand.

Die Wölfin war schneller als Caspar. Wie eine fauchende, heulende Wildkatze sprang sie durch das Loch, und Knurren und Gebrüll mischte sich nun mit Brids Schreien. Sie schrie nicht um ihr Leben, sondern drängte ihre Gefährten zur Flucht. Tiefes, donnerndes Brüllen erschütterte den Berg bis ins Mark, und mit gequältem Heulen wurde die Wölfin wieder durch die Wand geworfen, wobei frisches Blut aus ihrer verletzten Brust drang. Mit wildem Knurren fletschte sie die Zähne, als sie sich auf die Seite legte und nur noch flach atmete. Mitleiderregend kroch sie voran, versuchte noch immer, ihre Herrin zu beschützen. Caspar hielt seine Axt mit beiden Händen und stürmte ins Dunkel, Brid hinterher. Ein bloßes Zucken der Drachenklaue warf ihn zu Boden.

Hinter ihm war das Gesicht der Greisin vom weißen Glanz des Mondsteins beschienen, was die Konturen betonte. Ihre Augen waren so schwarz wie die Höhlen eines Schädels. Dieser Ort ist für die Toten, dachte Caspar.

»Oh, Mutter, hilf uns«, heulte Brids Stimme. Das Licht des

Mondsteins fiel durch den Spalt, und Caspar warf einen kurzen Blick auf Brid, die sich der Drache mit seiner Riesenklaue fest an den Bauch drückte. Brids Gesicht war so weiß wie die aschgrauen Schuppen des Drachen.

Caspar hob die Axt über seinen Kopf und hieb mit aller Kraft, als der Drache mit seiner anderen Klaue in die Höhle griff und nach dem Mondstein faßte, den Morrigwen nicht loslassen wollte. Die Axt glitt von der Klaue ab, als hätte er auf den Amboß eines Schmieds eingeschlagen. Zähne, die so lang wie Caspars Unterarm waren, ragten in die Höhle, als die warzenbesetzte Schnauze hereindrängte. Mächtige Nüstern bebten, und die Luft wurde herausgesogen, als der Drache die feuchte Atmosphäre in sich einsog, um den Luftsack unter seiner Kehle anzufüllen. Der Sack blähte sich auf, bis er durchscheinend und geschwollen war und aussah, als wollte er gleich bersten. Das Monstrum atmete ekligen Gestank nach faulendem Fleisch aus, doch keine Flamme.

Wieder hob Caspar die Axt. Das weiche Gewebe der überwucherten Augen mußte doch verletzlich sein. Ob er das gallertartige Gewebe mit der Axt zermalmen konnte? Verzweifelt hackte er mit der Waffe ein lederiges Augenlid auf. Dunkles Blut und schwammiges Gewebe spritzten hervor und besprühten Brid. Sie schrie, als die dicke Flüssigkeit in ihre Wunde drang.

Der Drachen brüllte, und Felsbrocken regneten von der Wand. Eine gespaltene Zunge peitschte vor, fuhr Caspar über das Gesicht und versengte seine Haut wie Säure. Die Verletzung hatte den Drachen nicht aufhalten können. Caspar wich zurück und drohte mit der Axt, was eine zutiefst sinnlose Geste war, da der Drache nicht sehen konnte. Ein Auge rollte unter dem Schleier gräulicher Haut, das andere war eine zerfetzte, feuchte Kugel, die sich nicht mehr rührte.

Mit großer Erleichterung sah Caspar, wie das weißgesichtige Monstrum seine Schnauze aus dem Tunnel zog. Doch die Erleichterung war von kurzer Dauer, da stattdessen eine massive Klaue kam. Felsbrocken prasselten herab, als sie unter dem Druck des Drachengewichts nachgaben. Eine gigantische Klaue harkte durch den geborstenen Stein. Wie eine Feder wurde der Junge von ihr beiseite gestoßen, als sie nach Morrigwen und dem Mondstein suchte.

Morrigwen griff in ihren zerfetzten Umhang und nahm die goldene Sichel hervor. Sie holte aus; die Spitze bohrte sich durch den Panzer und riß am Fleisch. Rötliches Blut verschmierte die Klinge. Das Ungeheuer stieß einen markerschütternden Schmerzensschrei aus und riß seine Klaue zurück, in der noch die Sichel steckte. Caspar stürzte sich auf den Sichelgriff, hoffte, sein Gewicht würde die Wunde des Drachen vertiefen, aber er wurde durch die schwarze Öffnung gezerrt, aus der Brids Schreie drangen. Morrigwen packte seinen Arm und riß die Sichel hoch, löste sie aus der Klaue des Drachen.

Zornig vor Schmerz warf sich das Untier mit solcher Kraft und Wut gegen die Tunnelwände, daß sich Felsen von der Decke lösten und am Boden zersplitterten. Caspar hackte auf den Drachen ein, zielte auf den Spalt zwischen zwei Krallen. Der junge Edelmann trat einen Schritt zurück, riß die Klinge hervor, und Blut spritzte aus der Wunde, ein Springbrunnen von dicker, brennend heißer Flüssigkeit. Die Klaue zog sich zurück, und plötzlich wurden Brids Schreie leiser, als das Monstrum sie mit sich in den Gang durch den Vulkan verschleppte.

Caspar starrte durch das Loch, welches die Drachenklauen geschlagen hatten. Er starrte ins Schwarze. Er wandte seinen Kopf herum und sah Morrigwen an.

»Hol meine Brid zurück. Laß nicht zu, daß er sie mitnimmt.«

Der Drache hatte sich umgedreht, wo der Spalt breiter wurde, und sein grauweißer Leib wirkte wie ein gespenstischer Nebel in der Dunkelheit. Der Pfeilschwanz peitschte hin und her, und Caspar hackte mit der Axt darauf ein, doch die unhandliche Klinge glitt nur von den Schuppen ab, als wären sie aus Stahl. Der Schwanz peitschte zur Seite, traf Caspar an der Schläfe und warf ihn gegen die Höhlenwand, dann sank er dort zu Boden. Er schüttelte den Kopf, um zu sich zu kommen, doch als er wieder auf den Beinen war, hatte sich der Drache schon davongemacht. Brids ferne Schreie hallten von irgendwo weit über ihm durch die Risse im Fels, während Reißer hilflos in den Kamin heulte und knurrte, der über ihnen aufragte. Morrigwen beugte sich über den Jungen, legte ihre Hand auf seine Schulter. Im fahlen Licht des Mondsteins lagen ihre tiefen Augen im Dunkeln, und ihr Gesicht war nicht mehr als ein lebloses Ding, wie ein Geisterschädel. Stets war sie, wie Brid, sehr beherrscht gewesen, doch da sie Caspar nun um Hilfe anflehte, fühlte sich der Junge mit dem kastanienbraunen Haar nur noch umso hilfloser und unfähiger. Wenn Morrigwen nichts tun konnte, was sollte er dann unternehmen?

Er verfluchte seine Dummheit. Nicht die Höhe der Höhlen auf dem Bergkamm hatte sie beim letzten Mal gerettet, sondern das lose Geröll, welches das Gewicht des Drachen nicht hatte tragen können. Unter dem mächtigen Ungeheuer hatten sie nur trügerischen Halt geboten. Doch hier waren die Seiten des Vulkans fest, und der Drache war problemlos von einem Bimssteinsims zum nächsten geklettert.

»Wieso haben wir nicht bedacht, daß er womöglich einen anderen Weg herauf finden würde?« fragte Morrigwen verzweifelt. »Meine Brid, meine Brid«, weinte sie.

Caspar lag auf den Knien, stützte sich verzweifelt auf den Griff der vaalakischen Axt. Er wußte nicht, was er tun sollte.

Hal hätte es gewußt. Morrigwen hielt den Mondstein empor und blickte durch den Felsen in den Kamin auf. Oben schienen Sterne. Die Wände waren unfaßbar glatt, wenn auch in Abständen gefurcht, soweit der mächtige Drachenwanst gereicht hatte. Er stierte in den nächtlichen Himmel hinauf. Es dauerte einen Moment, bis er wußte, was zu tun war.

»Auf den Bergkamm zurück«, rief er, »und durch die Höhle hinaus. Wir klettern außen hinauf.«

Der Wind hatte nachgelassen, die Wolken waren verweht und gaben einen sternenübersäten Himmel preis. Der untere Rand eines hellen Halbmonds umfing den Krater des Vulkans.

»Bald dämmert der Morgen«, murmelte die Greisin, »und der Drache wird im Krater verschwinden und sich tief im innersten Vulkan vor der Sonne verstecken, und Brid, meine geliebte Bridget, mit sich schleppen.« Sie wog den Mondstein in der Hand, scheuchte mehrmals den Salamander fort, der seine Krallen in ihre weiten Ärmel hakte und mit der Zunge zuckte, während er versuchte, an den Mondstein heranzukommen. Sie nahm die Kugel beim Riemen und schwang sie im großen Bogen, daß das weiße Licht durch den Himmel kreiste und eine Spur wie ein Komet zurückließ. »Das Biest kann die Kraft des Steins spüren. Vielleicht kann es sogar das Licht durch sein verwachsenes Auge sehen, aber zumindest können wir den Drachen damit ins Freie locken.«

In der Dunkelheit konnte Caspar keinen klaren Weg nach oben finden. Nur der riesenhafte, weiße Wanst des Drachen war im Mondlicht deutlich vor dem Schwarz des Vulkans auszumachen. Er brüllte wie ein Donnerschlag. Caspar hatte keine Idee, was er tun wollte, wußte nur, daß er bergan zum Monstrum klettern mußte. Wenn er diesem näher kommen konnte, würde ihm vielleicht einfallen, wie der Jungfrau zu helfen wäre.

So schrecklich ihre Schreie auch sein mochten, war er doch dafür dankbar, denn sie zeigten an, daß sie noch lebte. Inzwischen konnte er den Drachen nicht mehr sehen. Ein Felsen über ihm versperrte die Sicht. Er lief am Vulkan entlang, stolperte im Dunkeln, suchte verzweifelt einen Weg hinauf, der ihn auf eine Ebene mit dem Drachen bringen würde. Wie hatten sie so dumm sein können? Sie hätten ihren Instinkten vertrauen und sich vom Vulkan fernhalten sollen, der von Tunneln und Löchern durchzogen war. Dieses schwarze Geschwür auf der Erdkruste war die ideale Umgebung für die Riesenechse, diese Bewohnerin der tiefen Höhlen unten in den Gelben Bergen.

Trotz ihrer Verzweiflung war Morrigwen nicht in der Lage, mit dem Jungen Schritt zu halten, der allein durch die Finsternis tappte und versuchte, den Kamm zu erklimmen. Der Fels war senkrecht, doch der trockene Bimsstein bot festen Halt. Er trat seine Zehen in den Stein, um sich abzustützen, während er mit seinen Fingerspitzen einen Griff suchte, damit er sich nach oben schwingen konnte. Caspar kämpfte in der Dunkelheit. Er hing an einer Hand, doch fand er keinen weiteren, vorspringenden Felsen oder Spalt, an dem er sich festhalten konnte. Er langte über seine Schulter nach der Axt, die um seinen Rücken geschnallt war, löste sie und packte sie fest am Griff. Sie gab ihm zusätzliche drei Fuß Reichweite. Er betete, daß diese genügen würden. Dann schrie er vor Anstrengung, als er die Axt nach oben schwang, wo sie an den Sims schlug. Sie scharrte über den rauhen Bimsstein und bohrte sich schließlich hinein.

Am fernen Horizont dämmerte der Morgen, als er sich am Axtgriff nach oben schwang. Der obere Sims gabelte sich in zwei Richtungen. Im trüben Licht wählte der Junge den rechten Weg und rannte um den Berg herum. Tageslicht, dachte er verzweifelt. Das Monstrum steigt in die Erde und frißt aus reiner Freude Brid in seiner sonnenlosen Welt. Warum hatte er den Mondstein nicht mitgenommen? Wenigstens hätte er damit etwas einzutauschen. Vielleicht war dieser Stein das einzige, was das Vieh sehen konnte, nur warum hatte es Brid nicht gleich getötet? Hielt es sie als Geisel gegen diesen wertvollen Stein aus weißem Licht? Jetzt konnte er den Drachen sehen, direkt unter dem Rand des Kraters, der wie eine hängende Zunge aussah. Der Überhang schützte das milchige Untier vor den direkten Sonnenstrahlen.

Brid stand an die Bergwand gelehnt, nicht mehr im Griff des Drachen. Er fragte sich, wieso sie nicht zu fliehen versuchte, da der Drache ihr den Rücken zugewandt hatte. Ihr staubiges, grünes Kleid hing in Fetzen von einer Schulter, entblößte ihre linke Brust und einen roten Einschnitt in der Schulter. Vielleicht war sie zu verletzt oder verängstigt, um sich zu bewegen? Nein, Brid wäre niemals zu ängstlich. Dann merkte er es. Die leiseste Bewegung schon ließ den Pfeilschwanz des Drachen nach ihr schlagen, von einer Seite zur anderen, und Felsen lösen, die um sie herum zu Boden fielen.

Sie hielt still, wartete, während der Drache auf dem Sims vorwärts schwankte und seine Zunge zucken und die Luft schmecken ließ, als suchte sie etwas. Vor tausend Jahren hätte das Untier seine Flügel ausgebreitet, um mühelos am Himmel über den Bergen zu schweben und einen Feind nach dem anderen aufzusammeln. Dann wäre es herabgestoßen und hätte sich den Mondstein geschnappt. Doch nun konnte es nur brüllen und warten, bis man ihm die Kugel brachte. Der dünne Hautlappen unter seinem Hals schwoll zu einer strammen Blase an, die vor Luft vibrierte und ein tiefes, unheimliches Heulen von sich gab. Zweifellos wäre das gespenstische Geräusch noch am Horizont zu hören.

Caspar erstarrte auf der Stelle.

»Zurück!« flehte Brid. Ihre Worte rissen ab, als der Pfeilschwanz eine Handbreit neben ihren Füßen einschlug, was wiederum Felsen vom Überhang löste.

Er mußte das Tier ablenken, es von Brid fortlocken. Dann konnte sie fliehen, nach hinten laufen, wohin der Sims sie führen mochte. Er hob die Axt und schlug die flache Seite gegen den Felsen, hoffte, der Lärm würde das eklig weiße Monstrum ablenken. Einen Moment lang riß es seinen Kopf herum, reckte ihm den langen Hals entgegen, und sein Schwanz schlug wie bei einer erwartungsvollen Katze. Doch dann fuhr es ebenso plötzlich herum, reckte sich über den Felsen herab, um in der Luft nach Morrigwen und dem Mondstein zu schnüffeln.

»Morrigwen«, rief Caspar hinunter. Er zog es vor, nicht mit ihr zu streiten, sondern seine eigenen Pläne zu schmieden. »Bring den Mondstein herauf. Wir tauschen ihn ein.«

Die schroffe Stimme der Alten krächzte vom unteren Sims herauf. »Dummer Junge, wir schachern hier nicht mit einem Gewürzhändler. Das ist ein Drache. Wenn wir ihm das Auge geben, hat er alles, was er haben will, und wird uns wahrscheinlich alle töten.« Die Stimme der Greisin war heiser vor Zorn. »Ich kann nicht zu dir herauf. Tu irgendwas. Rette meine Brid.«

»Bring den Mondstein her«, schrie Caspar. »Wir müssen Brid retten.«

»Nein, ich kann nicht so hoch klettern. Ich kann nur versuchen, das Vieh mit dem Druidenauge herunterzulocken. Ich werde es nochmal schwingen.«

Der Drache balancierte direkt auf dem Rand des Simses, machte seinen Schwanz so lang es ging, und wütend zischte Luft aus seinen Nüstern. Caspar erzitterte bei dem Geräusch. Es war, als wühlte eine ganze Schlangengrube im Magen des Monstrums. Obwohl es gefährlich auf dem Felsen hockte, schlug es seinen Pfeilschwanz böse vor Brid hin und her, riß ihr die Reste des zerfetzten Kleides vom Leib und peitschte sie. Hilflos wie ein Stück Pergament wurde sie gegen den rauhen Felsen geworfen.

»Morrigwen, hör auf! Er bringt sie um«, schrie Caspar. Der Junge tat einen tapferen Schritt auf die riesige Echse zu. »Wurm, du niederes Biest der Unterwelt, kämpfe mit einem Mann, nicht mit einer Jungfrau. Stell dich mir!«

Zusammengesunken lag Brid am Boden, und seine verzweifelte Sorge um sie zerstreute die Sinne des Jungen im scharfen, vaalakischen Wind. Mit der Doppelklinge über seinem Kopf und Torra Altas Schlachtruf auf den Lippen stürzte er voran. Der Schlachtruf seines Hundes war ein böses Knurren. Etwas unbeholfen zwar, doch ebenso entschlossen, stürmte er voran, den Drachen anzugreifen. Treu stand Reißer seinem Herrn bei. Der Junge war zu klein und zu leicht, die Streitaxt zu schwingen. Mit fünf Schritten war er am Hinterlauf des Untiers, hinter seinem riesenhaften Rücken. Er hackte mit einem Schrei der Entschlossenheit darauf ein. Der erste Hieb glitt von den harten Schuppen ab, warf Caspar aus dem Gleichgewicht. Sein Schwung warf ihn gegen die Steinwand, prellte seine Schulter.

Er kam auf die Beine, hielt die Axt niedrig und griff erneut an, hackte diesmal tief, zielte auf die Zehen des Monstrums. Ein befriedigendes Knirschen war zu hören, als würde ein Eichenast gespalten, als sich eine mächtige Klaue vom dreizehigen Fuß löste. Der Drache bäumte sich auf seinen Hinterbeinen auf, schlug die verkümmerten Stümpfe seiner

Flügelreste und heulte mit gerecktem Hals. Er wandte seinen Hals herum, ließ die Zunge über seine Wunde gleiten und hielt Caspar sein Gesicht entgegen.

Das Gebrüll traf Caspar wie eine harte Faust im Magen, ließ ihn rückwärts taumeln, fort von Brid. Er fühlte, wie seine Schulter brach, als er über den Bimsstein scharrte. Gallertartiger Speichel klebte in seinem Gesicht, haftete an seiner Haut. Mit seiner Klaue riß der Drache ihm die Brust auf, dann das Bein. Caspar konnte nicht atmen. Immer näher kam der große Rachen. Er konnte in den farblosen Schlund hinunterblicken, jenseits der langen Zunge, die vor und zurück zuckte, ihm über das Gesicht fuhr. Er spürte überhaupt nichts mehr, nicht einmal den Schmerz von seinen Wunden, nur noch diesen Rachen um ihn und den Hautlappen, der hinten am riesigen Mund hing.

Doch dann hörte er Brid. Ihre Schreie klangen schrecklich hoch, und der Drache riß seinen Kopf herum, schmeckte Brids Duft mit seiner Zunge, um zu sehen, wo genau sie war. Fast erstarrte er, als stierte er sie an. Caspar merkte, daß er stillhalten mußte, um die Schwingungen in der Bewegung des Mädchens zu fühlen. Dann hieb der Schwanz auf Brid ein, warf sie an den Rand des Abgrunds. Der Junge konnte sie hinter den mächtigen Flanken des Monstrums nicht mehr sehen. Er hörte nur ihre Schreie und das Knirschen von Steinen auf nacktem Fels. Dann vernahm er, wie weit unten Felsbrocken aufschlugen. Er wollte nach links, versuchte, nach Brid zu greifen, doch bohrte sich das Gewicht der Echsenklaue in seinen Rücken und hielt ihn am Boden fest. Hilflos zappelnd sah er, wie Brid unerbittlich an den Rand der Klippen geschoben wurde.

Ihre Finger suchten Halt an dem mächtigen Schwanz, aber sie glitten von der blanken Oberfläche der Schuppen ab. Einen Schritt vom Abgrund hakte sich eine ihrer schlanken Hände hinter eine spitze Finne am Schwanzende, und sie schwang ihren anderen Arm darunter, legte sich um den baumdicken Fortsatz. Der Schwanz schwang über den Rand hinweg, und Brids Beine baumelten mitten in der Luft. Ihre Schreie ließen nach. Kurz sah Caspar ihr weißes Gesicht und die zusammengebissenen Zähne, als sie sich verzweifelt festzuhalten versuchte. Der Drache schlug mit seinem Schwanz, als wollte er sie abschütteln, aber sie hatte noch genügend Kraft, sich festzuhalten. Wütend peitschte das Monstrum seinen Schwanz gegen die rauhen Bimssteinwände des Vulkans, bis Brid kraftlos und erschöpft war. Ein Arm glitt ab, und sie hielt sich kaum noch mit einer Hand fest. Wiederum ließ der Drache seinen Schwanz über den Abgrund zucken, peitschte ihn über den tödlichen Klippen hin und her.

Verzweifelt versuchte Brid, ihre freie Hand an den Schwanz zu bekommen; wie eine Puppe schwang sie kraftlos hin und her. Anfangs rutschte sie nur langsam, dann sackte sie urplötzlich ab. Für den Bruchteil einer Sekunde sah Caspar in ihre Augen, als sie einander vor Entsetzen anstarrten und sie den Mund aufriß und schreien wollte. Ein schrecklich hohles Heulen drang in Caspars Herz. Die Drachenklaue drückte ihn an den Felsen. Er schloß die Augen, um den unvorstellbaren Schmerz, Brid zu verlieren, auszusperren.

Doch dann … Ja, er konnte sie noch hören. Ein leises, verzweifeltes Flüstern, ein Flehen um Hilfe wehte unter dem Rand der Klippe hervor. Er sah nur zwei Fingernägel, die sich in den Felsen krallten. Ihre Stimme war schwach und dünn, als ließen ihre Kräfte nach. Einen Moment war alles still. Dann rief Morrigwens zitternde Stimme von unten: »Brid. Halte dich fest!«

Caspar trat und schlug noch immer um sich, wand sich

wie ein Wurm, als er versuchte, sich aus dem Griff des Drachen zu lösen. Einen Moment lang dachte er nur an Brid und wie er sie retten konnte, bis das Gewicht des großen Untiers noch schwerer auf seinen Brustkorb drückte. Langsam erstickte er, fragte sich, wann seine Rippen unter der Last der dreizehigen Riesenechse bersten würden. Wieder stand der große Rachen offen, zischte, und die starre Zunge stieß geradewegs heraus. Nur das Ende der gespaltenen Spitze drehte und wand sich. Abrupt zuckte die Schnauze zurück. Der Drache holte aus und krümmte seinen Hals, machte sich zum Angriff bereit.

»Ich kann nicht mehr.« Brids bebende Stimme drang in die Stille, als sich das große, blinde Tier zu seiner ganzen Größe aufgerichtet hatte und im Bruchteil einer Sekunde bereit machte.

Plötzlich war die Luft von einem Geräusch erfüllt, als pfiff der Wind durch die Schießscharten einer Burg. Caspars entsetzter Blick war starr auf das offene Maul des Drachen gerichtet, doch er kniff die Augen zu, als das rötliche Blut aus mehreren Wunden an der bläulich grauen Unterseite des Halses spritzte. Das Blut lief über sein Gesicht und tropfte in die Augen. Wild blinzelte er, um wieder sehen zu können. Die Schäfte von sechs Pfeilen ragten aus dem schuppigen Tier, und noch zwei weitere sah er, die dort in der Haut steckten. Als sich der große Leib des Drachen vor Schreck schüttelte, fielen drei Pfeile klappernd zu Boden. Sie hatten in etwa soviel angerichtet wie Kiefernnadeln bei einem Waldbären. Ein weiteres Pfeilpaar pfiff durch die Luft, von denen einer sein Ziel gänzlich verfehlte und der andere sich in den weichen Gaumen im Inneren des Drachenmauls bohrte.

Obwohl er dem Ersticken nah war, merkte Caspar doch, daß an diesen Pfeilen etwas seltsam war. Das Gefieder war aus grauer Gänsefeder ... Torra Altanische Pfeile, dachte Caspar verblüfft.

Der letzte Pfeil, welcher sich tief ins Innere des Drachenschlunds bohrte, lenkte das Untier ab. Es nahm die Vorderklauen ans Maul, taumelte auf seinen Hinterläufen, und plötzlich war Caspar frei.

Er rollte vom Drachen fort und merkte, wie er plötzlich gegen ein Paar schwarze Lederstiefel stieß.

KAPITEL 11

Caspar sah in das unrasierte Gesicht seines Vaters auf. Ohne sich von dem Drachen abzuwenden, spuckte Branwolf seine Worte aus: »Geh hinter mich, Spar.« Mit einer harschen Geste griff er über seine Schulter, tastete instinktiv die Gänsekiele ab und suchte nach zwei Pfeilen, die für kurzen Flug und tiefes Eindringen gemacht waren. Natürlich waren sie nicht dazu gedacht, Drachen zu töten. Seit tausend Jahren hatte sich kein Pfeilmacher mehr die Mühe gemacht, das Handwerk der Herstellung solcher Pfeile zu pflegen. Doch war der lange Stachel speziell dafür geschmiedet, Pferderüstungen zu durchschlagen und konnte das standfesteste Roß niederstrecken. Mit großem Geschick legte er zwei Pfeile gleichzeitig auf den Bogen, zog die massive Sehne zurück und ließ los.

Einer prallte ab, klapperte nutzlos zu Boden, und der andere drang zwischen zwei Schuppen des Untiers. Blut war nicht zu sehen, aber zumindest hatte der Drache Caspar losgelassen.

Hilflos fragte sich Branwolf, wie seine Vorfahren diese Ungeheuer getötet hatten. Dieses hier hatte nicht einmal Flügel. Viele der Wandteppiche, welche die großen Hallen im Hauptturm von Torra Alta schmückten, zeigten die Riesenechsen aus der Urzeit, deren Flügelspannen große Schatten über die Schlachtfelder der Drachenkriege warfen. Man hatte angenommen, daß sie alle getötet worden oder schließlich schlicht verendet waren. Die Entdeckung, daß sie keineswegs ausgestorben waren, erschreckte den Herrn über Torra Alta. Und geblieben war vom legendären Drachen nur ein gräßliches, flügelloses und blindes Monstrum, verrückter noch und gefährlicher ... und häßlicher dazu.

Caspar war zu angeschlagen, um auf die Beine zu kommen. Sein Vater war da, und er fragte sich nicht, wie oder wieso, aber wenn Branwolf ihn gefunden hatte, würde alles gut werden. Für den Bruchteil einer Sekunde ließ er alle Ängste, alle Verantwortung fahren, überzeugt davon, daß sein Vater das Tier in wenigen Sekunden töten würde.

Brid! Ihre Schreie waren panisch. Caspar konnte nur noch die knochenweißen Finger sehen, die sich an eine Bimssteinkante klammerten. »Ich kann mich nicht mehr halten.«

Er konnte nicht zu ihr hinüber. Der Drache war im Weg, sein mächtiger Wanst versperrte die Klippen. Er versuchte, vorwärts zu stürmen, war noch immer halb auf Händen und Knien, doch Branwolfs feste Hand hielt ihn beim Kragen. »Du kannst nichts tun«, knurrte er. »Dieser Drache frißt dich in dem Augenblick, wenn du bis auf zehn Schritt an ihn herankommst.«

»Brid!« schrie der Junge in größter Verzweiflung.

Branwolf schoß in schneller Folge paarweise Pfeile ab. Sein Köcher leerte sich schnell. Die Pfeile trafen auf einen stahlgleichen Panzer aus überlappenden Schuppen. Selbst die Verwundbarkeit des rötlich grauen Unterbauchs war trügerisch. Die Schuppen waren kleiner und saßen enger beieinander, doch boten sie einen ebenso großen Schutz gegen seine Pfeile wie die mächtigen Platten, welche den Rücken des Untiers schützten. Langsam kam der Drache näher, schlug im Gehen wütend an die Felsen. Die dreizehigen Klauen rissen lose Steine ab, die von Sims zu Sims weit hinunter in die Steppe stürzten.

Branwolf zielte auf das verletzte Auge. Er traf den Drachen zwar, und dieser schrie so laut vor Zorn und Schmerz, daß der Himmel einzustürzen schien, doch er kam immer noch näher, während der Schwanz wild ausschlug und er den Hals zurückzog, um zuzuschlagen.

»Sein Hals«, schrie Caspar. Auch er erinnerte sich an die Wandteppiche an den kalten Mauern Torra Altas. Er erinnerte sich an die hellgoldenen Fäden, die smaragdgrün und purpurn durchwoben waren. Die Drachen aus alter Zeit waren vom häßlichen Grün einer sturmtosenden See; ihre winzigen Augen glichen Bolzen aus Ebenholz und gaben nicht den leisesten Hauch von Gefühlen preis. Im Gegensatz zu seinem Vater hatten ihn die alten Legenden fasziniert, und er hatte sich in den Bildern schier verloren, war mit seinen Vorfahren durch prunkvoll gewobene Welten gestapft. Um jeden der Drachen lag ein Dutzend tapferer und heldenhafter Ritter, von grauenvollen tödlichen Verletzungen durch Zahn und Klaue niedergestreckt. Doch war jeder der erlegten Drachen auf dieselbe Art und Weise getötet worden: mit dem Aufwärtshieb einer Lanze in den Hals des Untiers, wo die Spitze ins Hirn dringen konnte. Die Herzen waren unerreichbar. Das Ziel mußte sein, die einzige schwache Stelle des dicken Schädels zu treffen und von dort ins Gehirn zu stoßen. Der Pfeil mußte sich durch das weiche Gewebe an der Schädelbasis aufwärts bohren, wo das Rückenmark auf das Hirn traf. Es war ein schwieriger Schuß.

»Aufwärts unter der Kehle«, drängte er seinen Vater.

Der Drache hielt seinen Kopf fest eingerollt, reckte seinen Hals, so daß die Unterseite seines Magens geschützt war … seine bebenden Nüstern spien ihnen giftige Magensäuren ins Gesicht. Wenigstens war es kein Feuer, dachte Caspar gerade noch, bevor er würgen mußte.

Der Lärm seines eigenen Hustens machte ihn für die Jungfrau taub, die verzweifelt strampelte und mit den Füßen Halt suchte. Ihre Röcke flatterten wie eine in der Schlacht zerfetzte Standarte im Wind. Mit einer Hand suchte sie vergeblich Halt am Felsen, während sie schmerzhaft an der anderen hing, welche wie ein strammes Seil über ihrem Kopf ausgestreckt war. Blut quoll um ihre Fingernägel, während sie sich mit allerletzter Kraft festhielt.

Da traf Hal ein, schwer atmend, mit schrecklich sorgenvoller Miene. Hal sah, was passierte, und sein Herz pochte noch wild in seiner Brust, nachdem er sich die Wände des Vulkans hinaufgetrieben und die Spalten, die seinen Weg kreuzten, verwegen überquert hatte. Augenblicklich wandte er seine olivgrünen Augen Brid zu. Er stürmte das letzte Stück über den Sims, wo er sich dem peitschenden Schwanz des Drachen gegenübersah. Die spitzen Finnen hieben an Felsen, die über den Abgrund sprangen und abstürzten, wobei sie Brids Kopf eben noch verfehlten. Hal warf sich zu Boden, schlug seine Hände über die Handgelenke der Jungfrau und brach ihr mit seinem festen Griff beinah die Knochen. Er grub seine Fingernägel in ihr Fleisch, wild entschlossen, sie nie mehr loszulassen.

Ihr Kopf kam hoch, und ihre hübschen, tannengrünen Augen starrten tief in seine Seele. »Hal! Der Mutter sei Dank.«

Er spürte, wie ihr Griff vom Felsen glitt, und sein Magen spannte sich, um den Druck zu halten, als ihr Gewicht an seinem Arm hing. Der Schreck, als der Pfeilschwanz über seinen Rücken peitschte, ließ ihn erbeben, und einen Augenblick glitt Brid ein kleines Stück durch seine Finger. Sie schrie nicht, doch ihre Blicke trafen sich und woben ein unzerstörbares Band zwischen ihnen.

Der Lärm der Felsen, die um sie herabstürzten, und das Hämmern des Drachenschwanzes, welcher die Erde erbeben ließ, drangen kaum in die Wahrnehmung des Jungen ein. Er stemmte seine Zehen gegen den Stein und griff mit seiner anderen Hand über den Sims, so daß er Brids Unterarm halten konnte. Auf Knien schleppte er sich zurück, zog die leichtgewichtige Jungfrau mit sich, bis ihr halbnackter Leib vor ihm an der Kante lag. Der Drachenschwanz riß Hal die Schulter auf, als er sie mit seinem Körper schützte. Er verzog das Gesicht, doch er wandte den Kopf ab, um seinen Schmerz vor dem Mädchen zu verbergen, und kroch endlich aus der Reichweite des todbringenden Schwanzes, wobei er Brid so zartfühlend wie möglich hinterherzog.

Er nahm sie in die Arme, und sie sank an seine Brust, hielt sich dort fest. »Hal«, murmelte sie immer und immer wieder.

Einen kurzen Moment später stieß er sie von sich und befahl ihr knapp: »Steig vom Sims, bring dich in Sicherheit!«

Ängstlich sah sie ihn an, dann zum Drachen und Caspar. »Spar!« protestierte sie.

Hal stieß sie hinter ihn.

»Geh aus dem Weg, Brid.« Entschlossen zog er sein Schwert, von dem aus Licht über die Steppe blitzte, als sich die Strahlen der frühen Morgensonne darin fingen. Er trat einen Schritt vor und hielt das Schwert in die Höhe, bereit, auf den Pfeilschwanz einzuschlagen. Er mußte das Monstrum ablenken.

»Greif den Hals an, Vater«, schrie Caspar.

»Aus dem Weg, Junge«, bellte Branwolf, als er nach dem nächsten Pfeilpaar griff. Sein Körper fühlte sich leicht an, und noch immer wollte der Drache nicht weichen. Seine Albinoschnauze zuckte vor, zeigte reihenweise dolchgleiche Zähne, die in seinen Kiefern knirschten. Zwei Pfeile flogen noch von Branwolfs Bogen, prallten harmlos von den warzenartigen Knötchen an der Nase des Drachen ab.

Reißers dunkle Gestalt sprang aus den Schatten, er knurrte böse. Wie Stachel standen die Nackenhaare an seinem Rücken auf, als der treue Hund sich auf das Monstrum stürzte und nach der Lippe des Untiers schnappte. In einem wilden Durcheinander von klappenden Kiefern, Knurren und Jaulen schlug Reißer seine Zähne in die Schuppen des Monstrums. Der Drache hob seinen Kopf und peitschte seinen Hals hin und her, gab sich alle Mühe, das Ärgernis abzuschütteln. Tapfer hielt sich Reißer fest.

Tränen strömten über Caspars Wangen, als den alten Hund schließlich die Kraft verließ. Der Drache warf den Hund hoch in die Luft, fing ihn, warf ihn wiederum, und mit einem einzigen Schnappen seiner mächtigen Kiefer brachte er Reißers Geheul zum Schweigen. Branwolf schoß die Pfeile gegen die ungeschützte Kehle ab, doch der Drache war ein unstetes Ziel. Er schleuderte Reißers schlaffen Leib beiseite; dieser schlug an die Felswand und blieb mit verdrehten Gliedmaßen am Boden liegen.

Ungläubig starrte Caspar den Kadaver seines treuen Hundes an, doch blieb ihm keine Zeit zu trauern. Der Hund hatte ihnen nur ein paar Sekunden Gnade eingebracht. Die Erde bebte, als der Drache den nächsten Schritt tat, um noch einmal zuzuschlagen.

Caspar rannte zu seinem Vater. »Ich werde nicht zulassen, daß du dich wie Reißer zwischen mich und den Drachen stellst.« Er sah über die Schulter seines Vaters, während weitere Pfeile in schneller Folge vom Boden des Barons flogen und Branwolf aus Sorge um seinen Sohn rief: »Zurück!« Plötzlich packten Hände den Jungen fest von hinten. Caspar wehrte sich, doch waren die Arme, die ihn zogen, hart und kraftvoll wie die seines Vaters. »Komm schon, Kleiner«, knurrte eine Stimme zwischen zusammengebissenen Zähnen hindurch, die ihn augenblicklich als Bauern aus dem Norden Torra Altas auswies.

Der Kopf des Drachen ragte auf. Die kurzen Hörner an seinem Schädel deuteten himmelwärts, als sein faulig stinkender Atem Branwolf umfing. Dieser hatte seinen letzten Panzerpfeil verschossen und feuerte nun weniger brauchbare Geschosse. Der Drache rührte sich nicht, während die zuckende Zunge nach ihm leckte. Dann erstarrte er für einen Augenblick vollkommen, sammelte sich zum Angriff. Branwolf machte sich bereit. Er griff nach seinen Wurfmessern, hoffte, der Drache würde im allerletzten, entscheidenden Moment, bevor er zuschlug, seine Kehle entblößen, und er betete darum, daß er, wenn sich die Zähne um seinen Hals schlossen, noch genügend Kraft besitzen würde, dem Vieh die Klinge ins Hirn zu treiben und damit seinen Sohn zu retten.

Der Kopf des Drachen ruckte zur Seite, von Caspars rudernden Armen abgelenkt. Wystan drückte den Jungen zu Boden und warf sich schützend auf ihn.

Ein grauenvoller Schrei bohrte sich in Branwolfs Ohren. Er fuhr herum und sah, wie die Drachenkiefer über Wystans breiten Rücken fuhren, die Haut abrissen und die blutigen Muskeln freilegten, von denen der Torso des Waldmannes überzogen war. Seine Augen quollen hervor, und einmal noch sah er seinen Herrn an.

»Sorgt für meine May!« Seine letzten Worte wurden aus ihm hervorgepreßt, als sein Brustkorb splitterte und der Drache ihn zornig beiseite warf. Das Monstrum bäumte sich auf, um wieder zuzuschlagen, doch diesmal riß es seinen Blick seitwärts und erstarrte wie vom Blitz getroffen.

Breitbeinig machte sich Hal bereit, wägte sorgsam den Rhythmus des Drachenschwanzes ab, während er sein Schwert schwang. Hoch über dem Kopf hielt er das Schwert, dann hieb er auf den baumdicken Schwanz ein und betete darum, daß das schöne, weiße Metall den Panzer des Drachen ebenso durchschlagen würde, wie es den vaalakischen Stahl zertrümmert hatte.

Der schwere Schlag des Drachenschwanzes warf ihn zu Boden. Ein Schauer von übel stinkendem, dunkelrotem Blut spritzte hervor, überzog den Bimsstein mit schimmernder Flüssigkeit wie von geschmolzenem Granat. Als die spritzenden Tropfen herabregneten, wandelte sich das markerschütternde Gebrüll aus den Tiefen des Drachenleibes zu atemloser Stille. Sein Kopf fuhr herum, so daß seine feinfühlige Zunge den Angreifer ausmachen konnte. Einmal strich seine Zunge über den Stahl und wich sogleich zurück. Mit der Anmut eines Berglöwen drehte sich das große Tier urplötzlich um und sprang den Fels hinauf auf einen Sims, gut dreißig Fuß über ihren Köpfen, wobei es eine Spur aus dickem, dunklem Blut zurückließ. Das Scharren von Schuppen auf dem groben Bimsstein war zu hören, als er in den Krater glitt und im Labyrinth der Spalten und Risse verschwand, von denen die Wände des Vulkans durchzogen waren.

Hal atmete schwer und ungleichmäßig, als er taumelnd auf die Beine kam, und sein Blick fiel auf seinen Bruder, der über die zermalmte Leiche des Waldmanns aus dem Keilerwald gebeugt stand.

Gebeutelt und verletzt wie sie war, eilte Brid trotz ihrer bösen Wunde an der Schulter eilig zu dem Mann und blickte tief in seine Augen. Doch es dauerte nur wenige Sekunden, bis sie den Edelmann von Torra Alta mit traurigem Kopfschütteln ansah. Er hob seinen Blick zum Himmel, murmelte ein Gebet. »Welch tapfere und ehrliche Seele.« Die Worte blieben ihm im Halse stecken. »Wir können ihn nicht begraben, aber wir müssen ihm ein Hügelgrab errichten.« Schweigend kniete er neben dem Mann, hielt dessen Hand. »Ich werde für deine Familie sorgen, Wystan. Ich will für sie alles tun, was in meiner Macht steht. Du hast die meine gerettet, und ich schulde dir die ganze Welt.«

Seine dunklen Olivenaugen glänzten vor Emotionen, als er sich schließlich seinem Sohn zuwandte, aber Caspar schreckte in Erwartung des weithin bekannten Zorns seines Vaters zurück. Branwolf sagte nichts. Er stand auf und streckte zärtlich eine Hand aus, suchte seinen Sohn nach Wunden ab. Es schmerzte, als der Vater ihn an seine Brust drückte, doch es war ein süßer, freudiger Schmerz. Der Junge spürte, wie ihm ein Kloß in die Kehle stieg; Tränen der Erleichterung und Tränen der Dankbarkeit flossen, als er in der schützenden Umarmung seines Vaters versank. Schließlich jedoch verwandelten sie sich in bittere Tränen der Trauer um seinen treuen Hund und den tapferen Waldmann. Kein einziges Wort des Vorwurfs kam dem Baron über die Lippen.

Mit einem Arm um seinen Sohn streckte er sich seinem jüngeren Bruder entgegen. Hal stolperte heran, von Staub bedeckt, die Lippen trocken vor Durst und die Augen aus Schlafmangel tiefe Höhlen. Noch war der unauslöschliche Funke von Arroganz in seinem Lächeln zu erkennen, als er eifrig vortrat und die breite Hand ergriff. Selbst für Hal war dieser Augenblick allzusehr mit Gefühlen befrachtet, als daß er etwas hätte sagen können.

Allmählich spürte Caspar, daß Brid sie betrachtete. Sie hielt den rechten Arm in der Beuge ihres linken, als pflegte sie eine verletzte Schulter. Ihr Haar fiel herab wie Lumpen, wo es aus dem Zopf gerissen war, und ihre Haut war mattgrau vom Staub der Steppe. Das ehemals grüne Kleid hing wie ein Sack von einer Schulter, gab die Wölbung ihrer Brust und die sanfte Rundung ihrer Schulter preis. Die böse Wunde an der Schulter blutete, dennoch sah Caspar nur ihre Schönheit.

Stolz, zornig stand sie vor dem Baron. »Nun endlich«, fuhr sie ihn fast an, »der große Baron.«

Etwas Finsteres lag in den Blicken, welche die heidnische Priesterin und der Baron tauschten, etwas, das Caspar nicht verstand. Sie musterten einander mit der Neugier von Fremden, die viel von einander gehört hatten, jedoch erschrocken feststellten, daß ihre Mutmaßungen nicht der Realität entsprachen.

»Vater«, hustete Caspar, da ihre Blicke ihm Unbehagen bereiteten. Fast verächtlich starrte Brid den Baron an, und Branwolf ... er konnte es nicht sagen ... fast als erkannte er sie wieder, wie in einem Traum. »Vater, das ist Brid.«

»Augen wie Tau im immergrünen Wald«, hauchte er. Zu Caspars unbändigem Staunen verneigte sich der Baron tief und ritterlich, als kniete er vor einer Königin. »Es ist mir eine Ehre, Euch zu begegnen, Jungfer, Ergebene Dienerin und Tochter des Mondes.«

Hals Stimme klang hoch vor Staunen, als er rief: »Sie ist eine Hexe.«

Sowohl Branwolf als auch Brid ignorierten die beiden Jungen und starrten einander weiterhin in die Augen, wobei Brid ihn mit kaltem Blick musterte.

»Ich weiß nicht, wie ich Euch begegnen soll, Branwolf von Torra Alta. Eure Schuld steht weiterhin in Frage. Wir wissen nicht, ob Ihr sie vertrieben habt, ob die drohende Verwüstung Euch anzulasten ist.«

»Ich weiß es selbst nicht.« Die Stimme des Barons war schwer von Trauer. »Ich weiß nicht, ob es mein Tun oder mein Wort war, doch war es sicher nie der Wille meines Herzens. Tausendmal würde ich sterben wollen, um sie zurückzuholen.«

Brid nickte, als akzeptierte sie seine Worte. Als sie sich entspannte, sah Caspar, wie sie leicht auf ihren Beinen schwankte. Er riß sich von seinem Vater los, um sie aufzufangen, doch war Hal längst da und hielt sie in seinen Armen.

»Wo ist Morrigwen? Brid braucht sie.«

»Auf dem Felssims unter uns«, antwortete Caspar eilig.

Hal wandte sich um, wollte vorausgehen, doch Branwolf

blieb stehen, trauerte um Wystan. »Sobald ich mich um die Wunden der anderen gekümmert habe«, versprach er, »werde ich ein Steingrab um dich bauen, tapferer Mann, und sobald wir wieder auf Torra Alta sind, setze ich dir mitten im Herzen des großen Turms ein Denkmal. Dein Name wird weiterleben.« Der Edelmann mit dem rabenschwarzen Haar beugte sich noch über den verdrehten Kadaver des Jagdhundes, ordnete sanft die Beine und strich die spitzen Ohren glatt. »Gwion sagt, in Gottes Himmel wäre kein Platz für Tiere, aber ich bete, daß du bis ans Ende deiner Tage über den großen Himmel hetzt und selig den großen, weißen Hirschen jagst.«

Morrigwen machte sich sogleich über Brid her, drückte sanft ihre Schulter und untersuchte ihre Augen. »Es geht nicht tief«, versicherte sie ihr, »doch eine Wunde, die ein Drache hervorgerufen hat, wird eitern und den Körper Kräfte kosten. Sein Blut dürfte sich mit deinem vermischt haben.«

»Es brennt«, murmelte Brid.

»Es brennt von der Hitze des Drachenfeuers. Ich kann es heilen, Kind. Wir borgen etwas von Vaal-Peors ureigener Kraft. Der Junge stößt auf fürchterliche Kälte, wenn er das Druidenauge allein erkundet.«

Sie nahm die Kugel aus ihrem Tuch und reichte sie Caspar. »Um ihretwillen«, flüsterte sie, »such die Kälte und gib sie ihr.«

Als er den Mondstein ergriff, nahm er noch wahr, daß die alte Frau seinen Vater ansprach, dann tauchte sein ganzes Denken in die trancegleichen Tiefen der Welt ab, die in der magischen Kugel gefangen war.

»Nun, alte Frau, lang ist es her.«

»Eine lange Zeit voll Trauer und Verzweiflung.« Ihre Stimme bebte. »Und jetzt sind die Vaalaker gekommen, die Lücke zu füllen, da der Glaube an die Mutter schwindet. Der geistlose Gott des Friedens aus dem Süden hat keine Kraft, uns vor der natürlichen Grausamkeit des Eisgottes zu beschützen. Dieser neue, himmlische Gott ist der Natur viel zu weit entrückt. Mein Sohn, du bist im vergangenen Jahrzehnt älter und grauer geworden. Hoffen wir, daß du an Weisheit gewonnen hast. Ich muß dir etwas sagen.«

Während er in seine Trance glitt, konnte Caspar die intensive Gegenwart seines Vaters noch immer spüren. Er schwieg und konnte das schwere, gleichmäßige Atmen und den Puls seines schneller schlagenden Herzens hören, als er die Worte der Greisin wahrnahm.

»Wir haben sie gefunden. Der Junge hat ihr Abbild im Mondstein entdeckt.«

»Sie lebt?« Die Stimme des Barons war schwach und angeschlagen.

»Vielleicht ist es nur das Abbild ihres Geistes, die letzte Energie ihres sterbenden Körpers, der noch immer im Stein gefangen ist, unfähig, wiedergeboren zu werden. Falls sie tot ist, müssen wir sie befreien, damit ihre Seele in die ewig währende Glückseligkeit des Annwyn heimkehren kann, aber ich bete darum, daß sie lebt. Denn wenn sie tot ist, werden wir niemals die Woge der halb verhungerten Vaalaker abwenden, und in den Jahren, die nun kommen werden, wird im schönen Land Belbidia nicht mehr Leben als in der Drachenwüste sein.«

»Weiß der Junge Bescheid?«

»Nein. Ihm Hoffnung zu machen, obwohl sie tot sein könnte, schien mir grausam. Und dann der Schock ... Ihr habt ihn nach der zivilisierten Art Eures Gottes, der gesichtslosen Gottheit aus dem Süden, aufgezogen. Die Große Mutter ist unsere treusorgende Ernährerin: Wir dürfen nicht zulassen, daß die Menschen dieser Welt ihr den Rücken zuwenden. Wir brauchen die Mutter ...«

Die Worte hallten in Caspars Gedanken nach, als er in den Kristall sank. Ihm war, als wäre er geschwebt … nein, geschwommen auf dem Wintermeer, und plötzlich wären die Brecher über seinem Kopf zusammengeschlagen und hätten ihn in luftlose Tiefen und erstickende Kälte gezogen. Anfangs trieb er unter den Wellen, und seine Arme ruderten durch die Flüssigkeit, doch konnte er nicht zum Luftholen nach oben schwimmen. Eine Hand griff nach seinem Kopf und drückte ihn ins eiskalte Wasser hinab. Er wehrte sich verzweifelt, riß an einer Hand und packte einen schwarzen Ärmel. Der Stoff riß ab, legte einen häßlichen Unterarm frei, an dem seine Fingernägel feuchte, rote Tränen an den schwarzen Narbenfurchen hinterließen. Panisch trat er mit den Beinen, um an die Luft zu kommen, ans helle, weiße Licht, das am Kristallblau der Wasseroberfläche schimmerte.

Punkte von glitzerndem, weißem Kristall, wie Sternenpunkte, blitzten um ihn auf. Anfangs waren die kristallinen Lichtpunkte, die das unerreichbare Sonnenlicht weit oben einfingen, von unfaßbarer Schönheit, doch allmählich rankten sie sich ineinander und bildeten ein krebsartiges Netz um ihn herum. Die Hand drückte ihn tiefer. Er versuchte, sich zu strecken, doch irgend etwas im halbgefrorenen Wasser packte seinen rechten Arm.

Wie die schneidend harten Knochen eines Skeletts hakten sich die Finger um sein Handgelenk, schlossen sich darum und drückten mit eishartem Griff, bis er mit dem Etwas verschmolzen war, welches er unter sich spürte. Ganz langsam und steif wandte er den Kopf im dicker werdenden Wasser. Er dachte nicht mehr daran, daß er nicht atmen konnte, sondern fühlte sich genötigt, in das Gesicht zu blicken, von dem er wußte, daß es dort unten bei ihm war.

»Du bringst mir Leben. Du bringst mir Wärme. Wir zwei sind wieder eins. Laß mich nicht allein, Spar.«

Es kam ein überwältigendes Gefühl von großer Schönheit. Seine Ängste und Sorgen wurden von dem Willen aufgesogen, den er dort neben sich spürte. Ein Gefühl magischer Nähe ergriff von ihm Besitz, als käme es von diesem Etwas. Ja, er gehörte dieser weichen Stimme, die wie ein Schlaflied in seinen Ohren sang, ihn tröstete, ihn schläfrig machte …

Er konnte seinen Arm nicht mehr spüren und auch nicht bewegen. Dieser war festgefroren, als ihm der Geist wie ein Parasit die Wärme stahl, sein Leben aussog. Und doch gab er es gern, und sein Geist war befreit. Sein eigener Wille war verzweifelt darum bemüht, das Leben dieses Wesens, das dort im eisigen Kern des Mondsteins gefangen war, zu erhalten. Das strahlend silbrige Gesicht des Mondes, so hatte man ihm gesagt, habe eine dunkle Seite abseits der Erde. Ihm war, als berührte er nun, obwohl die Kugel hell und ganz unglaublich schön zu sein schien, deren verbotene Seite, die vor den Augen der Menschen verborgen und nur durch Phantasie, durch die Seele zu erreichen war.

Noch immer war ihm ganz schwindlig vor freudiger Erwartung, daß er bald schon in das engelsgleiche Gesicht blicken würde, welches neben ihm gefangen war. Er wußte, daß sie schön war, schöner als jedes Wesen auf Erden, denn in ihrer Stimme lag unermeßlich große Liebe. Er lächelte zur Begrüßung, als er sich zu ihr umwandte, doch seine Lippen erstarrten vor eisigem Entsetzen. Ein Büschel von Haaren umwehte ihr Gesicht wie Fäden eine giftige Qualle. Wo die Strähnen vom Eis zu Bändern verstrickt waren, glichen sie Vipern, die massenweise aus ihrem Nest schlüpften. Ihr Mund war ein stiller, klaffender Schrei, und ihre Augen, erfrorene Kugeln von Azur, quollen ihm vor Qual entgegen. Der schöne Geist, der sich ihm so liebevoll entgegengestreckt hatte, war in einer gefrorenen Leiche gefangen, die unter schrecklichen Schmerzen gestorben war, als tausend eisige

Nadeln in ihren Adern kristallisiert waren, wie eine Million winziger Speere, die ihren Körper innerlich zerrissen.

Er fühlte sich auf tragische Weise allein, wie ein kleines Kind, das plötzlich im kalten Herbstnebel auf einem kahlen Berg zurückgelassen wird. Das Gefühl ihres warmen Herzens wurde ihm plötzlich entrissen, als bräche mitten im Winter eine Tür im Schneesturm auf. Die Kälte war fürchterlich. Der Schmerz fraß sich durch sein Fleisch bis ins Mark seiner Knochen. Seine Hand schien zu zerfallen. Die Finger brachen von der Hand wie Eiszapfen von der Traufe eines schneebeladenen Daches.

Er sah sie an, wollte flehen, sie solle ihn aus ihrem quälenden Griff befreien, der ihm wie ein Parasit die Wärme nahm. Fast unmerklich schimmerte ein Hauch von Leben in ihren Augen, als sich ihm zwei strahlend blaue Fenster zu ihrer Seele öffneten. Caspar spürte ihre drängende Not und gab willig von seiner Körperwärme, betete, daß das, was er ihr geben konnte, ihren Schmerz lindern und sie in den Fängen von Vaal-Peors Welt überleben lassen würde.

Doch nun brannte etwas glühend Heißes durch seine andere Hand. Er glaubte schon, die beiden Extreme würden seinen Leib zerreißen. Es war, als füllten Tag und Nacht gleichzeitig denselben Himmel aus und schüfen ein unglaubliches Ungleichgewicht.

Etwas zog ihn aufwärts. Die grausame Hand, die ihn unter die Oberfläche der Eiswelt gedrückt hatte, war fort, und Freunde – er war sicher, daß es Freunde sein mußten – zogen ihn an die Oberfläche. Er haßte es. Plötzlich wollte er hier unten bei der Frau und ihren schönen Augen bleiben, sein Leben opfern, um sie in der unerträglichen Pein ihres gefrorenen Gefängnisses zu erhalten. Ist das die Liebe, die man einer Göttin schenkt? dachte er benommen. Haben wir ihr das angetan, indem wir das Gleichgewicht der Natur gestört haben? Ist das die große Macht, die Brid und Morrigwen anbeteten? Falls dem so sein sollte, verstand er die aufopfernde Hingabe der Priesterinnen. Für dieses wunderbare Wesen wollte er alles tun.

Plötzlich merkte er, daß er nicht atmen konnte. Der Schock kam mit einer Woge der Angst. Er keuchte, stöhnte, versuchte, Luft in seine Lungen zu bekommen. Der scharfe Frost schmerzte. Sein ganzer Körper fühlte sich unerträglich kalt an, nur nicht seine rechte Hand, die vor ätzender Hitze brannte. Eine tiefe, vertraute Stimme in seinem Ohr forderte ihn auf, an diesen anderen Ort zurückzukehren …

Dann wußte Caspar, daß sein Vater ihn rief. Ein Beben lag in Branwolfs Stimme. »Mir scheint, sein Geist will nicht mehr zu uns kommen.«

Morrigwens Worte folgten, alt, weise und zerbrechlich, bedrückt von der Last endloser, sorgenvoller Jahre.

»Ihr würdet es auch nicht wollen, wenn Ihr dort in den Tiefen des Kristalls bei ihr wäret. Aber er ist sehr stark. Er wird es schaffen. Die Kälte vergeht.«

Caspar wurde sich der angenehmen Tatsache bewußt, daß seine rechte Hand, welche noch immer vor pochender Hitze schmerzte, auf Brids Schulter lag. Noch halb in Trance überlegte er, ob es wohl jemandem auffallen würde, wenn er sie ein Stückchen tiefer … nein, das war ein schrecklicher Gedanke. Er blickte in Brids ruhiges Gesicht, fühlte ihren gleichmäßigen Atem an seiner Hand und das beruhigende Pochen ihres Herzens. Aber sie erwiderte seinen Blick nicht. Ihr Gesicht war gerötet, und ihre Haut war feucht vor Schweiß.

»Wird Brid wieder gesund?« fragte er Morrigwen leise.

Morrigwen verbarg ihre Freude über Caspars Wiederkehr in den Wachzustand und nickte ihm bestätigend zu. »Wenn du fühlst, daß Hitze und Kälte in dir ihr Gleichgewicht wiederfinden, dann wird es auch bei Brid der Fall sein. Stets müssen wir nach der Ausgeglichenheit streben, so wie der Sommer den Winter ausgleicht.«

Verblüfft sah Caspar, wie sich sein Vater von ihm abwandte und böse in den Mondstein stierte. Die weichen, steinernen Muster stürmten bei seiner Berührung heftig, schwärzten sich an den Stellen, wo seine Finger die Kugel fest drückten. Morrigwen zupfte an seinem Arm.

»Er wird sich Euch nicht fügen. Ihr gehört zu sehr schon zum neuen Denken, und Euer Geist sucht einzig nach Logik. Spar ist der einzige, dessen Geist den Geheimnissen des alten Denkens gegenüber noch offen genug ist. Ihr und Gwion mögt seinen Verstand gelehrt haben, zu Eurem Gott zu beten, doch niemand hat je seine Seele erreicht.«

Branwolf gab keine Antwort. Sicher würde sich sein Vater auf dieses mystische Gerede nicht einlassen, dachte Caspar. »Gehen wir jetzt heim?« fragte er unschuldig, da er vermutete, daß die Anwesenheit seines Vaters die Wünsche der beiden Priesterinnen nichtig machte.

Zu seiner Verwunderung sah Branwolf ihn fragend an. »Hast du der alten Frau nicht zugehört? Wir müssen sie finden. Wir müssen die Frau im Mondstein finden.«

Branwolf hatte alle Pfeile aufgesammelt, die am Boden lagen, und sein Köcher war wieder halbwegs voll. Doch es gab auf dem Sims noch weit mehr zu tun. Caspar und Hal gingen mit dem Baron, ließen Morrigwen zurück, die sich um Brids Wunden kümmerte.

Als er eben den beiden anderen hinterherhinken wollte, hielt Brid Caspar am Arm fest. »Bring die Drachenklaue mit. Einen derart machtvollen Talisman dürfen wir nicht liegen lassen.«

Stunden später kehrten sie mit Abschürfungen an den Händen zurück, nachdem sie zwei Steingräber errichtet hatten, eines für Reißer und eines für Wystan. Pflichtschuldig brachte Caspar die Drachenklaue für die Priesterinnen mit und fragte sich, welche magischen Kräfte diese wohl besitzen mochte.

Sie fingen die Pferde ein und zogen sie hinter sich her. Wystans ruhiges Zugpferd stapfte willig hinterher, doch Donnerkeil scharrte und schnaubte neben dem gelben Hengst.

Als sie fortritten, bebte die Erde vom tiefen Gebrüll des Drachen weit unten im Bauch des westlichen der drei Vulkane.

»Wir haben ihn nicht getötet«, bemerkte Hal verbittert.

»Nein, aber er ist schwer verwundet.« Branwolf klang zuversichtlich, doch Caspar merkte, daß die Hand des Barons unwillkürlich nach dem Heft seines Schwertes griff. Seine Augen suchten – wie die eines wahren Generals – bereits die Ebene voraus ab. Im Schatten der ruhenden Vulkane wurde die Drachenwüste nun zum dunklen, frischen Grün der Steppe. »Wo sind sie? Kein Mensch im Umkreis von zehn Meilen kann dieses Drachengebrüll überhört haben. Es hätte unsere Feinde geradezu magnetisch anziehen sollen. Hal, du bist unsere Nachhut. Halte deine Augen offen.« Er stieß die Fersen in Donnerkeils Seite und galoppierte zwanzig Schritte weit vor dem Rest der Gruppe, suchte den Horizont ab.

Selbst an einem derart wüsten Ort fern der Heimat fühlte sich Caspar sicher. Sein Vater, der große Baron Branwolf, führte sie, und unter seiner Obhut konnte es keinen Zweifel daran geben, daß ihre Feinde sämtlich vor ihnen fliehen würden. Er wußte, daß der Gedanke unvernünftig war, daß auch Branwolf nur ein Mensch war, aber dennoch fühlte er sich in seiner Gegenwart sicher.

Gegen Abend hatten sie den Rand der Steppe erreicht, und ihre Augen labten sich am fruchtbaren Boden mit seinen rauhen Gräsern und kleinen, struppigen Bäumen. Das Plätschern von Wasser war wie Musik in ihren Ohren, und sie stürmten voran, um sich in den frischen Strom zu stürzen. Das Wasser in den Kanistern hatte schal geschmeckt, und Caspar sehnte sich nach dem Geschmack von reinem Wasser. Es war kalt, unerträglich kalt, als er seine Hände ins Wasser hielt. Seine Beine schmerzten. Er sehnte sich danach, diese Nacht am tröstenden Fluß zu schlafen.

Doch die alte Frau war sturerweise nicht gewillt, ihren Schmerzen nachzugeben und schickte sich an, wieder auf ihr Pferd zu steigen.

»Uns bleibt noch eine Stunde Tageslicht«, murmelte sie.

Hals Hand an ihrem Geschirr war nötig, den gelben Hengst aufzuhalten und der Last des Tages ein Ende zu bereiten. »Nur noch wenige Minuten Tageslicht. Nachdem wir nun schon halt gemacht haben, sollten wir hier unser Lager aufschlagen.«

Branwolf nickte zustimmend.

Morrigwen vergeudete keine Energie, indem sie stritt. Als sie abgestiegen war, sank sie am Boden zusammen und wies die Jüngeren an, trockenes Farnkraut zu suchen, oder – falls sie Glück hatten – Gestrüpp fürs Feuer. »Es könnte gefährlich sein, Licht zu machen, aber sicher sterben wir vor Kälte, wenn wir hier im Norden über Nacht kein Feuer haben.«

Folgsam suchte Caspar hinter den Pferden, die am fließenden Wasser schnaubten und tranken, Flanke an Flanke, und für einen kurzen Augenblick ihren persönlichen Streit aufgegeben hatten. Bald jedoch hob die gelbe Stute ihren Kopf und schlug mit stumpfen Zähnen nach dem seltsamen, schwarzen Hengst.

Brid lächelte. »Männer glauben immer, der Hengst führt die Herde, aber wie bei den Wölfen ist es die Matriarchin, die alle an ihrem Platz hält.«

»Ach was!« schnaubte Hal und streckte seine Beine.

»Trockenes, habe ich gesagt«, rief die faltige Alte Caspar ärgerlich nach. »Nur trockenes Holz. Wir wollen keinen Rauch, Junge.«

»Keine Sorge.« Brid legte dem Jungen tröstend eine Hand auf die Schulter. »Sie ist alt und zänkisch, und ihre Knochen tun ihr weh. Sie will gar nicht so launisch sein.«

Verständig nickend machte sich Caspar auf die Suche nach brauchbarem Brennmaterial und kehrte zu Morrigwen zurück, ohne Vorwurf oder Trotz im Blick. Die Greisin rang sich ein kurzes Lächeln ab.

Am meisten wußte der rote Salamander das Feuer zu schätzen. Benebelt war er aus der Satteltasche hervorgekrochen, doch nun sog er gierig die Wärme der Flammen auf, und seine Augen waren vom flackernden Licht, das sich in seinen großen, schwarzen Pupillen spiegelte, wie hypnotisiert. Caspar kam der unheimliche Gedanke, daß die winzig kleinen Flammen, die er in den starren Augen sah, die Seele dieses Tieres sein mochte, welche in ihm loderte. Er sah den Feuerdrachen an und dachte an seinen geliebten Hund.

Hal untersuchte eine Reihe von Schnitten und Prellungen an seinen Armen und Schultern. Die Jungfrau nahm ihren Kräuterbeutel und suchte nach dem richtigen Balsam für seine Wunden.

»Nichts heilt schneller als die liebevolle Zuwendung einer hübschen Frau«, scherzte Hal, als wäre es eine Situation, welche ihm wohlvertraut war. Caspar hingegen bezweifelte, daß je eine Frau den Jungen bei Krankheit getröstet hatte, bis auf ihre alte Amme natürlich. Elizabetta hatte ihren Sohn bei Krankheit nie verzärteln wollen und erklärt, daß ein hartes Herz ohne Mitleid der schnellste Weg zur Heilung sei.

»Darin liegt nichts Liebevolles«, sagte Brid harsch. »Wenn

ich Salz hätte, würde es ebenso gut wirken, nur wärst du dabei nicht so selbstgefällig.«

Branwolf stieß ein kurzes, scharfes Schnauben aus, als unterdrückte er sein Lachen.

Ärgerlich stieß der dunkelhaarige Junge einen Stock an, der aus dem Feuer ragte. Ein Ende glühte hell. Schwarze Borke schälte sich in konzentrischen Kreisen ab, als sie zu Asche verkohlte, während das andere Ende kühl und von den Flammen unberührt blieb.

Morrigwen schlug mit einem Birkenzweig, der auf ihrem Schoß gelegen hatte, nach Hal, doch er zuckte noch rechtzeitig zurück. »Spiel nicht mit meinem Feuer.«

»Ich dachte, du schläfst«, murmelte er.

»Natürlich schlafe ich nicht. Wie könnte hier draußen jemand schlafen, solange noch Tausende von Vaalakern in der Nähe sind? Wie könnte hier draußen jemand schlafen, wenn wir mitten im Freien liegen und warten, daß sie angreifen?«

»Wo sind sie?« rief der Junge plötzlich aus und fuhr herum, suchte die vaalakische Steppe ab. »Gestern noch waren da Staubwolken im Osten, wo die vaalakische Kolonne südwärts marschierte … südwärts nach Torra Alta«, fügte er bitter hinzu. »Guth-kak hat mich gewarnt, daß Kullak und Scragg uns in den Norden folgen, und heute findet sich keine Spur von irgendwem. Nicht ein einziger, elender Vaalaker.«

Caspar hielt die Luft an, lauschte und fragte sich, wieso ihm die unnatürliche Stille noch nicht aufgefallen war. Sie drehten sich um, wollten die braun verbrannte Erde überschauen, die zu den Drei Schwarzen Teufeln anstieg, deren flache Kronen eben gerade über den südlichen Horizont ragten. Selbst von hier aus konnten sie das Gebrüll des Drachen noch hören, wie Donner, der über die Steppe rollte.

Plötzlich fing Morrigwen an zu lachen, ein schrilles,

freudloses Lachen. Erwartungsvoll wandten sich die anderen zu ihr um. »Versteht ihr nicht? Wir können drei ruhende Vulkane sehen und wissen, daß wir das Gebrüll des verletzten Drachen hören, der selbst die Knochen von Mutter Erde erzittern läßt. Die Feinde wissen nichts vom Drachen. Sie spüren das Beben und hören das Gebrüll wütender Erde, die aufbrechen und glühende Lava speien will. Sie erwarten, von geschmolzenem Gestein geschluckt und unter Tonnen von Schwefel begraben zu werden, der vom Himmel regnet. Sie haben sich so schnell, wie es einer Armee möglich ist, von den Drei Schwarzen Teufeln abgewandt. Kullak wird niemals näher kommen, solange der Drache brüllt.« Sie lachte. »Selbst die Vögel glauben, daß der Berg eine Wolke aus brennendem Stein in die Lüfte blasen will.«

Da lachte selbst Branwolf, auch wenn sein Spott nicht lange anhielt. Er setzte sich vom Rest der Gruppe ab und starrte zu Boden. Er zog seinen Umhang über den Kopf, machte den Rücken krumm und sah aus, als lastete das Schicksal der gesamten Welt auf seinen Schultern. Caspar fragte sich, ob er zu ihm gehen und zu seinen Füßen sitzen sollte, doch er kam zu dem Schluß, daß der Mann vielleicht noch wütend auf ihn war.

Er fragte sich, was mit der Wölfin geschehen war, aber Brid war unbesorgt. Sie nickte zu Branwolf hinüber. »Ich habe sie vor einer Weile gesehen, aber sie hat sich davongestohlen. Kein Wolf bleibt in der Nähe, solange ein Mann von Torra Alta in unserer Mitte ist.« Ein Hauch von Bitterkeit lag in ihrer Stimme.

Als die Sonne hinter dem Horizont verschwand, zog Caspar das Bärenfell um sich, dankbar für den Schutz gegen die bittere Kälte des Nordens.

»Und wer ist dieser Guth-kak?« fragte er müde. Niemand, wie ihm auffiel, hatte Hal dafür gescholten, daß er sie vor einigen Tagen allein gelassen hatte. Er zumindest war froh, daß sein Onkel wieder da war, doch würde er das sicher nicht erwähnen.

Hal gab sich undurchsichtig. »Ein Vaalaker. Ich bin ihm allein in der Drachenwüste begegnet.«

»Und?«

»Nichts und. Ich habe ihm die Hand abgehackt.«

»Hast du ihn getötet?« fragte Caspar staunend.

Hal nickte, aber es waren weder Ruhm noch Stolz in seiner Miene auszumachen.

Caspar verstand nicht. Sein Onkel war nicht sehr mitteilsam.

»Er hatte einen Troll. Ich hasse Trolle.«

Caspar nickte. Da waren sie sich wieder einig. »Ich hasse Trolle auch.« Die schlichten Worte bedeuteten nur wenig. Sie waren eher eine Versicherung der gegenseitigen Freundschaftsbande.

Hal fing an, den Troll zu beschreiben und wie er an der abgeschlagenen Hand seines Herrn genagt hatte.

»Ich glaube nicht, daß ich das hören möchte«, sagte Caspar und nickte zu Brid hinüber. Er fürchtete, derart grauenvolle Einzelheiten würden die Jungfrau erschrecken.

»Es sind keine richtigen Trolle.« Brid drehte ihren Kopf und zeigte keinerlei verletzte Gefühle. »Sie sind ein Greuel. Mutanten, Irrwege der Natur.«

»Und was bedeutet das?« Hal sprach leise mit dem Mädchen, als wäre er mit ihr allein.

»Kannst du es denn nicht in ihren Gesichtern sehen?« fragte Brid geheimnisvoll. »In ihren Augen?«

Plötzlich wurde Caspar die Antwort klar, und der Magen wollte sich ihm umdrehen. »Nein, sie sind nicht menschlich. Das kann ich nicht glauben.«

»Nach dem Großen Buch der Namen zu urteilen«, erklärte

sie, »ist der Vaalakische Troll eine Mutantenkreuzung zwischen einem Bären aus der Tundra und einem kleinen, menschlichen Mädchen, das mit einem Hirnschaden geboren wurde.«

»Das ist absoluter Quatsch«, lachte Hal und drängte auf Vernunft und Logik. »Man kann verschiedene Arten nicht kreuzen.«

»Ich weiß nicht, wie sie es machen«, sagte Brid achselzuckend, »aber in dem Buch steht, daß sie es getan haben, und ich glaube es. Wie Spar kann auch ich es in den Augen sehen.«

»Es würde nicht funktionieren.« Hal schüttelte den Kopf. »Ich sage euch: Es ist nicht möglich.«

Als Caspar an die Augen dachte, die zu ihm zu sprechen schienen, wie kein gewöhnliches Tier es je zuvor getan hatte, fuhr Caspar ein Schauer über den Rücken. Sie waren wie die Augen eines Ertrinkenden unter dem Eis, der die Außenwelt nur noch als verschwommenes, unerreichbares Etwas erkennen konnte. Sie hatten die gequälten Augen einer wirren Kreatur, deren Instinkte in ständigem Aufruhr waren, da widerstreitende Wesen, die im gleichen Körper gefangen waren, einander bekämpften. Caspar glaubte es. Er wußte nicht, ob es möglich war oder nicht, aber er glaubte diesen Augen.

»Was glaubst du also, was ein echter Troll ist?« fragte Caspar und klang noch immer skeptisch.

»Das Buch der Namen sagt, ein natürlicher Troll wäre ein Höhlenmensch aus den Bergen. Ein Mensch, aber ein Urmensch, der ausgestorben sein muß, wenn nicht noch der eine oder andere an unerforschten, wilden Orten lebt … wie der Drache unter Torra Alta.«

»Das Problem mit diesen unnatürlichen Trollen«, seufzte Morrigwen, »liegt darin, daß die Natur sie nicht beherrschen kann. Sie sind widernatürlich, und ohne einen Namen sind sie mit dem Runenzauber nur schwerlich zu manipulieren.«

»Dann sind Namen also wichtig?« Caspar war selbst von seinem Interesse am Runenzauber überrascht.

»Namen sind alles. Such immer nach dem Namen …«, erklärte Morrigwen ernst, als sie sich in ihr Gespräch einmischte.

»Wie war der Name dieses Mannes, Vater?« fragte Caspar plötzlich.

Einen Moment lang sah Branwolf ihn ruhig an, antwortete nicht gleich. »Wystan, ein Holzfäller aus dem Keilerwald. Wir sind seinem Namen manches schuldig und müssen seine Familie ehren.«

KAPITEL 12

»Warum ist es so«, fragte Caspar, »daß Ziegenpfade jedesmal, wenn sie so aussehen, als würden sie tatsächlich irgendwohin führen, plötzlich versanden und enden? Ich meine: Was machen die Ziegen? Im einen Augenblick traben sie noch hintereinander her und trampeln uns brav einen Weg, und im nächsten ... aus ... verschwunden.«

Hal lachte. »Na, im Gegensatz zu deiner Theorie der Trolle glaube ich dir ... aber dennoch verstehe ich es nicht. Alle Ziegenpfade sind so. Immer.«

»Dieses jedenfalls sind Rentierspuren«, korrigierte Morrigwen. Der große Abdruck eines breiten Hufs war zwischen den struppigen Rotbirken, welche sich allesamt gleichmäßig mit dem vorherrschenden Wind ostwärts beugten, in den Boden getreten.

»Nun, sie denken wie die Ziegen«, stützte Brid das Argument des Jungen, während sie gemeinsam über die hügelige Steppe blickten. Ein fruchtbarer Streifen aus Gras erstreckte sich von Ost nach West, soweit das Auge blickte; im Norden konnten sie das seltsame Leuchten der Sonne sehen, die glitzernd die nördliche Eisdecke beschien.

»Ein harter Tagesritt«, erklärte Branwolf und zwang sein muskulöses Roß zu einem ruhigen Kanter, wobei die großen Hufe wie rollender Donner auf dem festen Boden stampften.

Gebt mir Feuerschweif, und ich wäre mittags da, dachte Caspar ärgerlich, als er die schleppenden Schritte der Bergpferde mit seinem heißblütigen Hengst verglich. Wystans Zugpferd, das ohne Sattel allzu unbequem zu reiten war, war hinter ihm vertäut und starrsinnig langsam. Dennoch kamen sie im Land der Nomaden gut voran. Allerdings wirkte die Steppe nun verlassen, nachdem die drei Gipfel der Vulkane hinter dem Horizont im Süden verschwunden waren. Die Luft war von Vogelgesang erfüllt.

Noch immer ritt Branwolf voraus, denn irgend etwas in seiner gepeinigten Seele machte es ihm nach wie vor unmöglich, andere um sich zu haben. Morrigwen hatte den gelben Hengst an Caspar abgetreten, nachdem sie endlich einräumen mußte, daß das Biest für sie zu schwer zu lenken war, da es ständig versuchte, Branwolfs Streitroß einzuholen. Brid zog es vor, mit Hal zu reiten, obwohl Caspar sich nicht vorstellen konnte, wieso. Fest klammerte sie sich an die Hüfte des Jungen. Ihr offenes Haar war die einzige Standarte, welche die Belbidianer entrollten, während sie tief ins Herz Vaalakas drangen.

Westlich von ihnen lag ein flacher, buschbewachsener Hang und jenseits davon die hügelige Steppe. Anfangs dachte Caspar, das Gras sei vertrocknet; er glaubte, er sähe braune Erde, nicht Gras … nur bewegte sich die Erde, wiegte sich sanft. Plötzlich merkte er, daß das, was er dort als Flecken brauner Erde gesehen hatte, eine Rentierherde von solchem Ausmaß war, daß sie das breite Tal ausfüllte, so dicht gedrängt, daß kein Grashalm zu sehen war.

»Im Frühling«, murmelte Morrigwen, »wird nichts mehr zu fressen dasein, und sie werden hungern.«

»Man sollte meinen, daß ein Nomade die Rentierherde hütet«, bemerkte Caspar.

Er hatte das kurze, samtig weiche Geweih eines jungen Hirschen entdeckt, das aus den blattlosen Zweigen des Gebüsches auf der linken Seite des sanft ansteigenden Tales aufragte. Die Vorstellung, daß ein wandernder Nomade da draußen allein unterwegs war, machte ihm keine Sorge. Hal hatte das große Breitschwert, und jetzt war Branwolf da und konnte sie beschützen. Dennoch war es seltsam.

»Was bedrückt ihn?« Hal nickte zu Branwolfs Rücken und dem flatternden Umhang hinüber, einem staubigen Ding, das in seinem Rücken wehte.

Brid sagte nichts, und Caspar zuckte mit den Schultern. »Ich weiß nicht. Er sagt mir nichts. Ich habe das Gefühl, als wäre ich ausgeschlossen, als wäre ich der letzte Mensch auf der Welt, dem er sich anvertrauen würde.«

Brid lächelte freundlich. »Er hat manche Sorge: Seine Verantwortung für die große Festung Torra Alta lastet schwer auf seinen Schultern.«

»Aber er wird dem Hauptmann die Verantwortung übertragen haben«, meinte der größere Junge. »Der weiß, was zu tun ist.«

»Dem Hauptmann und Gwion natürlich«, fügte Caspar hinzu.

Verächtlich schnaubte Hal: »Vielleicht trägt Gwion dem Namen nach Verantwortung, aber er ist ein Mann des Friedens. Die nötigen Entscheidungen wird der Hauptmann treffen.«

Donnerkeils schwarze Umrisse ragten vor ihnen am Horizont auf, und Branwolf brachte das Tier abrupt zum Stehen. Da es eben einen Schritt tun wollte, ging das Roß fast in die Knie und warf den Kopf in den Nacken, bäumte sich ein wenig auf. Caspar trat seine Fersen in die Seiten des gelben Hengstes, drängte ihn zum Galopp, fürchtete, sein Vater stünde einer Gefahr gegenüber.

Als er näher kam, bedeutete Branwolf ihm, er solle langsam reiten, so daß sich Caspar, als er über die Anhöhe kam, Zeit ließ. Als sie sich die Szenerie dort unten ansahen, war es nur allzu offensichtlich, warum sie keinen Nomaden begegnet waren, welche die Rentierherden hüteten.

»Wir müssen ihnen helfen«, flüsterte Caspar erschrocken.

»Es sind Vaalaker … Feinde. Sie haben ihre eigenen Leute

zurückgelassen. Warum sollten wir, ihre Feinde, ihnen helfen?« gab Branwolf zurück, doch er klang nicht sonderlich überzeugt, als stritt er noch mit sich selbst.

»Weil wir Belbidianer sind«, erklärte Hal stolz. »Und worum kämpfen wir, wenn nicht darum, unser Land vor Barbaren zu beschützen? Wenn wir ihnen nicht helfen, sind wir selbst nur Wilde.«

Unter ihnen umkreisten plündernde Trolle lüstern ein Lager, eine verängstigte Gruppe von Frauen, Mädchen und kleinen Jungen, die brennende Stecken schwangen und sie zu vertreiben suchten. Ihr Kreis aus Filzzelten drängte sich um ein qualmendes Feuer, das Zungen aus blauen und roten Flammen weit in die kalte Luft aufspie. Ein entsetzter Schrei stach durch die Luft, als sich ein triumphierender Troll ein junges Mädchen aus der Gruppe schnappte. Um das Lager herum lagen zerbrochene und abgenagte Gliedmaßen von Leichen kleiner Kinder verstreut.

»Ich hasse Trolle.«

Die bitteren Worte kamen Branwolf und Hal gleichzeitig von den Lippen. Entschlossen sahen sie einander an.

»Morrigwen, Brid, bleibt hier. Spar, du schützt sie«, befahl Branwolf und reichte seinem Sohn ein Messer, das er neben der vaalakischen Axt schwingen konnte.

»Nein, ich komme mit euch«, stritt der sommersprossige Junge.

»Widersprich mir nicht noch einmal, Caspar.«

Mit diesen Worten donnerten der Baron und Hal in das flache Tal hinab, und Hal schwang sein Schwert über dem Kopf, so daß sich das Sonnenlicht am schimmernden Metall brach. Branwolf stand aufrecht in seinen Steigbügeln, damit die untere Spitze des Bogens den Widerrist des Pferdes nicht berührte. Vier Pfeile ließ er fliegen, bevor sie noch fünfzig Schritte von den stupsnasigen Trollen entfernt waren.

Tief und furchtlos klang der Schlachtruf Torra Altas aus ihren Kehlen.

Caspar gab sich Mühe, aufrecht und mannhaft auf dem Rücken des gelben Hengstes zu sitzen, bereit, einen jeden Angriff abzuwehren. Brid schien ihn gar nicht zu bemerken.

Der Angriff war bald vorüber. Branwolf zielte fehlerlos, und drei Trolle lagen tot oder sterbend am Rand des Lagers. Zwei Trolle bäumten sich auf ihren Hinterbeinen auf, überragten die Köpfe der Pferde und drohten ihnen mit breiten Seitenhieben ihrer Vorderklauen. Sie quiekten wie gestochene Schweine, da Branwolfs Pfeile ihnen in der Brust steckten. Die restlichen drei Trolle wandten sich ab und machten sich mit plumpem, rollendem Gang davon, der unbeholfen und langsam aussah, doch mit großen, gleichmäßigen Schritten Boden gutmachte. Einer scherte zum Hügel hin aus, und Caspar manövrierte seinen Hengst schützend vor die Frauen. Der Troll kam heran, die winzig kleinen Augen waren auf ihn gerichtet, und dicker Speichel tropfte sabbernd von seinen gelben Hauern. Caspar stieß seinen heimatlichen Schlachtruf aus. Der Troll ließ sich davon nicht beirren.

Ein grauer Blitz schoß hinter den Pferden hervor und sprang dem Untier an die Kehle, knurrte und riß an dessen Halsschlagader. Der kurze Schmerzensschrei des Trolls klang tief und brummend wie der eines Bären, als der Biß der Wölfin an der Schnauze den plumpen Wanst in die Knie zwang. Caspar sprang von seinem Pferd und beugte sich über den Kopf des Trolls, starrte auf das Biest hinab, dann versuchte er, seinen Dolch in das Hirn zu stoßen. Er brauchte drei Versuche, die rauhe Haut zu durchstechen, und verblüfft stierten ihn die kleinen Augen an, bis er endlich eine Hauptader traf und das Trollblut über seine Stiefel lief. Vorsichtig wischte er die Stiefel am Gras ab, dann hob er

Brid in den Sattel und führte die Frauen zum Kreis der Zelte. Die Wölfin verschwand.

Kreischend rissen mehrere Nomadenfrauen an ihrem Haar und liefen zu den gemeuchelten Kindern, die im Umkreis der Zelte lagen. Zwei Dutzend Frauen kauerten beieinander, starrten die Belbidianer ängstlich an.

»Sie glauben, man hätte sie gerettet, damit sie nun unter dem nächsten Schrecken leiden müssen«, murmelte Morrigwen. Als sich Hal den Frauen näherte, wichen sie zurück. »Bleib stehen, junger Mann«, befahl sie ihm. »Im Trollejagen magst du besser sein, aber die überläßt du lieber mir. Wir müssen sehen, ob wir ihre Verwundeten heilen können.«

»Holt meine Pfeile, Jungen«, befahl Branwolf barsch.

Es war eine schmutzige, unangenehme Aufgabe, die Pfeile aus den Kadavern der Trolle zu ziehen, besonders wenn sie gedreht werden mußten, um die Widerhaken zu lösen, die zwischen den Rippen steckten. Caspar wischte die Sehnen und Muskelfetzen ab, die noch an den Pfeilen klebten, dann gab er sie in den Köcher seines Vaters zurück.

Morrigwen hatte einige Fortschritte mit den Nomadenfrauen gemacht. Für die Mütter, die wie außer sich um ihre toten Kinder klagten, konnten sie nichts tun, aber zumindest hatten sie zwei Dutzend Menschen vor den seelenlosen Trollen gerettet. Schweigend drängten sich die Frauen aneinander. Brid kümmerte sich bereits mit einer Salbe aus Zinkspat und gelbem Felberich um ihre Wunden. Da sie ihre Kräuter nicht unnötig vergeuden wollte, reinigte und bandagierte sie die kleineren Schnitte, damit diese von allein heilten. Geräuschvoll schlurften die Frauen über den Boden. Ihre Füße und Beine waren derart dick mit Rentierfellen umwickelt, daß sie keinerlei Form zeigten. Allein die Rundungen, ihre Wangenknochen waren über ihren pelzbesetzten Kragen zu erkennen und faßten blasse, tiefliegende, wölfische Augen ein.

Ihre argwöhnischen Blicke blieben auf Branwolf gerichtet. Sobald er auch nur einen Schritt in ihre Richtung kam, hoben sie die Arme, als wollten sie einen Hieb abwehren, scheuten zurück und murmelten in ihrer kehligen Sprache. »Liegt es daran, daß ich Belbidianer oder daran, daß ich ein Mann bin?« fragte er bitter und hielt Abstand. »Kommt, wir haben getan, was uns die Ehre abverlangte. Wir müssen gehen.«

»Eine Minute, nur eine Minute noch«, bat Morrigwen, während sie vorsichtig die dicken Lederhäute entfernte, welche eine alte, grauhaarige Frau nicht hatten schützen können. Die Hauer des Trolls hatten aufwärts gerissen, als sie versuchte, ein Kind den scharfen Klauen zu entreißen. Ihre Augen waren dunkler, eher wie das Blau des Himmels, wenn man ihn durch winterlichen Nebel sieht. Sie sah der Greisin ins Gesicht, betrachtete sie genau und blieb an dem Zeichen aus blauem Färberwaid hängen, das Morrigwens faltige Stirn zierte. Kraftlos hob die verletzte Frau ihre Hand ein Stück weit, als wollte sie das Zeichen berühren. Tränen glitzerten in ihren Augen, und sie schien tief in Morrigwens Seele zu suchen, mit hoffnungslosem Blick, der auch Verwunderung zeigte. Sie öffnete den Mund zu einem zahnlosen Lächeln der Resignation. Da sie das Gesicht der Greisin nicht erreichen konnte, ließ sie ihre Hand auf ihre Brust sinken und drückte ihre knochigen Finger um Morrigwens arthritische Handgelenke.

»Sie ist eine alte Frau. Sie erinnert sich … sie erinnert sich noch an die Zeit, in der das Zeichen der Göttin fruchtbares Leben und Hoffnung auf Wiedergeburt bedeutete.«

Eine jüngere Frau kniete neben ihr, als die alte Frau unverständliche Worte murmelte, und dann blickte sie unsicher zu der Hohepriesterin von Torra Alta auf. Verächtlich spuckte sie aus und deutete gen Norden zur großen, weißen Eisdecke, die sich südwärts durch die Steppe fraß. Die alte Frau zischte böse und stieß einen Schwall von Worten aus, von dem Caspar meinte, daß er großartig als Erwiderung dienen könnte, wenn Hal ihn wieder einmal ärgerte. Die junge Frau warf ihren Kopf mit respektloser Geste herum, und die Alte packte ihre Hand, sprach kalt und ganz ruhig. Selbst die eisige Stimme Vaal-Peors hätte nicht so kalt und grausam klingen können, dachte Caspar, der vermutete, daß die alte Stammesmutter eine vaalakische Sitte wachrief, die ihr Autorität über die jüngere, kräftigere Frau verlieh.

»Hier, Hal, Spar, tragt diese arme Frau ins Zelt«, befahl Morrigwen. »Sie braucht Wärme.«

Zeternd und schimpfend knurrte die Jüngere die Belbidianer an, als diese unter dem Gewicht der alten Matriarchin voranschlurften. Die Alte erwiderte die scharfen Worte, und dann murrte sie schon leiser.

»Man sollte meinen, sie wären dankbar dafür, daß wir sie gerettet haben«, sagte Hal verbittert.

»Wärst du deinen Feinden dankbar, oder würdest du es als Schande empfinden?« fragte Brid.

»Als Schande«, erwiderte er und dachte an Guth-kak. »Aber es sind Frauen.«

»Und Frauen haben kein Ehrgefühl?«

»Ich … na ja, ich …«

»Natürlich haben sie es. Sie stehen in unserer Schuld, einer Schuld, die sie nicht begleichen können, weil wir der Feind sind.«

Mitleidig betrachtete Caspar das traurige Häuflein von Frauen, die sich den Entbehrungen des Winters im Norden allein würden stellen müssen. Inzwischen war der Weidegrund nicht mehr als einen Tagesritt breit. Schon blich das

Gras um sie herum aus. »Sind diese Menschen wirklich unsere Feinde?«

Morrigwen schüttelte den Kopf. »Nein, diese Frauen sind nicht unser Feind. Diese armen, elenden Kreaturen wurden vom Feind zurückgelassen, der mit seinen großen Belagerungsmaschinen gegen Torra Alta marschiert. Die vaalakischen Männer stehen ihren Trollen näher als ihren Frauen.«

Der ferne, hohe Ton eines Steinbockhorns gellte traurig über die Steppe. Die Torra Altaner erstarrten. Der dünne, schrille Ton war unverkennbar von heulendem Klagen untermalt, als die Luft durch das gebogene Horn ging. Augenblicklich tastete Hal nach seinem Schwert. Branwolf hatte einen Pfeil auf seinen Boden gelegt.

»Vielleicht ist es nur eine Handvoll«, meinte Hal.

»Hier im Herzen der vaalakischen Steppe könnten es Hunderte sein«, hielt sein Neffe dagegen.

Einige der dick gekleideten Frauen zückten Knochenmesser, zischten die Fremden an und stießen sie aus dem Zelt.

»Man sollte meinen, sie würden sich dankbarer zeigen«, knurrte Hal.

»Sie haben Angst davor, was ihre Männer ihnen vielleicht antun könnten, wenn die herausbekommen, daß sie uns Obdach gewährt haben. Wir müssen uns dem Feind stellen«, erklärte Branwolf laut und holte tief Luft. Der Junge mit dem rabenschwarzen Haar warf einen kurzen Seitenblick auf seinen Bruder. »Ich bin bereit, Mylord.«

Die alte Frau, welche noch auf ihrer Bettstatt über Fellen lag, schüttelte aufgeregt den Kopf. Sie hielt die Hände über ihre Ohren, dann klopfte sie damit auf den Boden.

Brid starrte sie an, war einen Moment verwirrt, dann wurde ihr bewußt, was die Alte meinte. »Die Erde bebt von unzähligen Füßen«, murmelte sie und sah die Greisin sorgenvoll an.

»Ich kenne keine Runen, die uns vor einer solchen Zahl retten könnten. Ich kenne Runen, die uns vor bösen Geistern und Narren und Dieben schützen, doch nicht davor. Sie sind verlorengegangen, als die Woge der südlichen Religion die Länder des Caballischen Meeres überschwemmte. Ein Gott des Friedens und der Gnade hat uns wehrlos schlachtenden, marodierenden Horden ausgeliefert.«

»Wir können ihnen entkommen«, rief Caspar aus, doch sie sahen ihn nur leer an; sie nahmen ihn wegen seiner Jugend nicht ernst.

»Sie reiten auf Trollen, mein Sohn. Wir müssen uns etwas anderes einfallen lassen.«

Ächzend stürzte sich die alte vaalakische Stammesmutter auf ihre Ellenbogen und stöhnte dabei vor Anstrengung. Sie deutete auf ihre Brust und breitete dann die Arme aus, um den Rest ihres Stammes zu umarmen, bevor sie schließlich ihre Lippen mit Daumen und Zeigefinger zusammenkniff. Mehrfach wiederholte sie die Geste, bis Brid ausrief: »Sie meint, sie werden schweigen.«

Die Frau warf ihnen einen Blick zu, als wäre sie unsicher, ob man sie verstanden hatte, dann fuhr sie mit ihrer Zeichensprache fort. Die Alte zeigte mit den Fingern auf sie und winkte sie dann fort, stach mit Nachdruck vor sich in die Luft, dann deutete sie ostwärts. Caspar war zum Lachen zumute, als sie ein tiefes Stöhnen von sich gab und mit den Händen über ihrem Kopf flatterte, denn er hielt sie für verrückt.

Sprachlos sahen sie einander an.

»Das Rentier«, sagte Morrigwen schließlich. »Sie macht mit ihren Händen ein Geweih. Sie meint, sie sagen nichts, wenn wir uns zwischen den Rentieren verstecken.«

Ohne Zeit zu verlieren, nahmen sie die Zügel der Pferde auf und führten sie über die fast gefrorene Erde, um sich unter die unruhige Herde zu mischen. Der Lärm war ohrenbetäubend und das stete Klappern der Hörner beunruhigend. Den Rentieren machte die Anwesenheit der Menschen nichts aus, und sie behandelten sie wie ihre Hirten, nahmen sie in ihre Mitte, schluckten sie in der Herde. Nach wenigen Minuten schon hatte Caspar den Kontakt zu den anderen verloren, war von dampfendem Atem und dem süßlichen Geruch eng stehender Tiere umgeben. Sie kauten am Gras, und als würde ihn der Herdeninstinkt anstecken, senkte der gelbe Hengst den Kopf und tat es den anderen gleich. In dieser Kälte, dachte Caspar, wächst das Gras niemals nach. Von irgendwo zu seiner Linken hörte Caspar das ernste Kommando seines Vaters. »Was auch geschieht … hebt niemals den Kopf. Haltet euch unterhalb der Rentiere, dann haben wir vielleicht Glück. Spar, hast du mich gehört? Paß auf, daß du nicht verlorengehst. Komm zu uns herüber.«

»Ja, Sir.« Der Junge ärgerte sich, daß sein Vater ihm nicht mehr fraglos vertraute.

Als die vaalakische Streitmacht über den Hügel kam, hatte der Junge das unnatürliche Gefühl, vollkommen in der Herde aufgegangen zu sein, die sich wie ein Lebewesen, eine Einheit, verhielt. Er bahnte sich einen Weg zwischen den eng stehenden Rentierflanken hindurch, doch konnte er nicht mehr erkennen, woher Branwolfs Stimme gekommen war. Er wagte nicht, nach ihm zu rufen, da die Vaalaker nun im Tal waren. Die Welt um ihn herum wurde zu einer verwirrenden Masse unruhiger Rentiere. Sie hoben die Köpfe und wandten sich gleichzeitig um. Wolken heißen, feuchten Atems schnaubten aus ihren großen Nüstern hervor, als sie den Geruch jenes Raubtiers aufzunehmen versuchten, das in ihr Tal eingedrungen war. Der Junge versuchte, zwischen ihren verkeilten Geweihen hindurchzusehen, die wie eng verwobene Weidenäste waren. Schließlich sah er mehr als drei Dutzend Speere, die den blaßroten Glanz der Wintersonne spiegelten. Ein scharfer, schriller Ton aus einem Steinbockhorn kündete von ihrem Anmarsch. Sie galoppierten dem engen Kreis der Filzzelte entgegen.

Einen Moment lang stand die Herde still. Plötzlich war alles ruhig. Er spürte, daß die Luft von Leben erfüllt war und von einer fast greifbaren Spannung, bevor der Schrei eines jungen Hirschen die Stille durchbrach. Angst ging durch die Herde. Fast wie eine Armee, die Befehlen gehorcht, wendete die Herde anfangs langsam und fing dann an zu laufen. Geweihe schlugen Caspar um die Ohren, ihm ins Gesicht; er hielt sich die Augen zu, um sie vor den Spitzen zu beschützen. Er mußte selbst auch laufen, sonst würde er von ihren gespaltenen Hufen zu Tode getrampelt.

Die Herde scherte in sinnloser Folge nach links und rechts aus, und Caspars Herz wollte von der Anstrengung, mit ihnen Schritt zu halten, fast platzen. Sein Pferd war fort, von der Herde mitgerissen, und er lief allein weiter. Die Rentiere, bisher sein Schutz, wurden nun zum Feind. Sie quetschten und stießen ihn zwischen den Flanken, preßten ihm die Luft aus dem Leib, während sie in Panik vorwärts stürzten.

Brid, dachte Caspar hilflos, wo ist sie nur? Sie ist zu klein, um solche Hiebe einstecken zu können. Er stürmte voran, zumindest dankbar, daß ihm das kurze Gras das Laufen leichter machte, aber das Hecheln in der stechend kalten Luft verursachte ihm Schmerzen in der Brust, die an seinem Durchhaltevermögen nagten. Wenn er stehenblieb, würde er niedergetrampelt oder von der Herde zurückgelassen, so daß die Vaalaker ihn fanden.

»Brid, wo bist du?« rief er. Er sorgte sich nun nicht mehr darum, daß seine Stimme den Donner der Herde durchdringen würde, da Tausende von Hufen am Boden trommelten. »Brid!«

Er stellte sich vor, wie die Jungfrau hilflos durch das Dickicht der gehörnten Tiere taumelte. Doch Morrigwen … Er empfand nicht dasselbe für die kalte, bittere Alte, obwohl sie sich in noch größerer Gefahr als das Mädchen befand. Wenn *er* schon zu kämpfen hatte, bliebe ihr niemals die Kraft zu überleben. Er mußte sie finden. Er packte den Widerrist eines Rentiers, als dessen scheckiges Fell vorüberblitzte, zog sich in den Wald aus Hörnern hoch, der über den laufenden Tieren klapperte. Er warf einen Blick in die Runde, versuchte vergeblich, die Greisin in der dichten Herde auszumachen.

Als er absprang, stürzte er. Taumelnd kam er auf die Knie, dann fühlte er, wie ihm etwas in den Rücken schlug, und er fiel der Länge nach. Hufe rissen an seinem Haar, und er drückte sein Gesicht an die Erde, als das Rentier über ihn hinwegstrich. Er schrie, als ein Huf in seinen Arm schnitt. Steh auf! sagte er sich. Doch als er auf die Knie kam und gleich versuchte loszulaufen, traf ihn das dürre Bein einer Hirschkuh im Rücken und stieß ihn wiederum zu Boden. Er rollte sich zusammen, merkte, wie er von allen Seiten gestoßen und getreten wurde, während gespaltene Hufe mit ohrenbetäubendem Donner ihren Rhythmus auf der gefrorenen Erde trommelten.

So schnell sie losgelaufen war, so schnell blieb die Herde auch wieder stehen, machte sich sogleich wieder ans endlose Grasen. Langsam, steif, entrollte sich der Junge, zuckte zusammen, als er den Rücken gerade machte und auf die Beine kam. Sein Arm fühlte sich taub an, wo die Hirschkuh ihm den Unterarm aufgeschnitten hatte, doch er konnte die Finger noch bewegen. Nur blaue Flecken, sagte er sich entschlossen, nichts, worüber man sich aufregen müßte. Unter Schmerzen hob er seinen Kopf, fragte sich, ob er allein in der Herde wäre und die anderen weiter unten im Tal in den Boden getrampelt worden waren.

Hinter ihnen war das, was einst grünes Gras gewesen war, nun aufgewühlte Erde, wo die Hufe die Soden aufgerissen hatten. Aus der Ferne hörte er das schwere, unrhythmische Trampeln der Trolle. Er reckte seinen Hals und sah die Reiter schwanken, als sie zügig ostwärts aus dem Tal ritten. Wenigstens waren sie vor den vaalakischen Männern sicher.

»Nun, die alte Frau hat Wort gehalten.« Hals vertraute Stimme drang zwischen den Flanken der Rentiere hervor, und Caspar machte sich zielstrebig auf den Weg zu ihm. »Gutes bringt stets Gutes mit sich, wie Catrik sagen würde. Wir haben die Frauen gerettet, und nun sieht es so aus, als würden sie ihre Schuld begleichen.«

»Wo ist Brid? Wo ist Morrigwen?« fragte Caspar und stieß an den Bauch einer störrischen Rentierkuh, die ihm keinen Raum lassen wollte, sich durchzuzwängen.

»Mein Gott, Spar, was ist mit dir passiert?« rief sein Onkel aus.

Branwolf streckte eine Hand aus und zog seinen Sohn an sich. »Ich habe doch *gesagt*, daß du nicht verlorengehen sollst.«

Der Junge hätte sich keine Sorgen machen müssen, sie waren alle zusammen. Die langmähnige Wölfin umkreiste sie langsam, hielt die Rentiere auf Abstand. Ein Hirsch senkte sein Geweih und scharrte jedesmal drohend am Boden, wenn die Wölfin näher kam. Es schien, als hätte sie die trampelnden Hufe und säbelnden Hörner von den Menschen ferngehalten. Offensichtlich wußte die Herde nicht recht, was sie von einem einzelnen Wolf in Begleitung von Menschen halten sollte, doch da sie nun nicht mehr liefen, wichen die Rentiere unruhig vor der Wölfin in ihrer Mitte zurück. Als sich das überfrorene Grasland vor den Torra Altanern ausbreitete, traten sie vor und bedachten das Problem, wie die Pferde wieder einzufangen wären.

Caspar schob seine Hand in die Tasche. »Sie sind nicht mehr frisch, aber ich habe hier noch ein paar Luzernenschößlinge.«

Bald fing er den Rotschimmel und die gelbe Stute, gab sie an Brid und Morrigwen weiter, doch der widerborstige Glanz in den Augen der drei anderen Pferde ließ Caspar fürchten, daß er es mit ihnen schwer haben würde. Da das Zugpferd und der gelbe Hengst beide zielstrebig von den Menschen fortstrebten, bot er an, ihnen zu folgen, während sich Hal und Branwolf an Donnerkeil anpirschten, der unbekümmert in der Nähe graste. Doch es kam nicht oft vor, daß das schwarze Streitroß auf offener Weide frei herumlief, nachdem es sein Leben lang im Stall der Burg gehalten wurde, und es empfand seine neugewonnene Freiheit als zu kostbar, um sie aufgeben zu wollen. Als Caspar das Zugpferd eingefangen hatte, war Hal inzwischen der Geduldsfaden gerissen, und er fluchte bitter über Donnerkeil.

Glücklicherweise konnte Branwolf seinen Ärger verbergen. »Brav, alter Junge, so ist es gut«, sagte der Baron sanft mit seiner tiefen Stimme, während er ein Büschel Luzerne zwischen den Fingern seiner ausgestreckten Hand zwirbelte. Ermutigend schnalzte er mit der Zunge, während der schlanke, schwarze Hengst den Kopf schüttelte und das rebellische Weiß seiner Augäpfel zeigte.

»Hör zu, Donnerkeil, ich habe dich als Streitroß dressiert. Das bedeutet Gehorsam. Noch mehr davon und ...«

»Und wir lassen dich beschneiden«, schrie Hal zornig, sammelte einen losen Flintstein vom Boden auf und warf ihn nach den Hufen des Pferdes. »Es wird dir nicht gefallen, ein Wallach zu sein. Jetzt komm endlich her, du blöder, ignoranter Troll von einem Pferd.«

Donnerkeil bockte, warf seine mächtigen Hufe in die Luft und galoppierte ein Stück.

»So fängst du ihn nie«, schalt Caspar seinen Onkel, als er den gelben Hengst gefangen hatte. Er reichte das Pferd an Brid weiter und stieg auf den Rotschimmel, der bereitwillig auf das Versprechen eines einzigen Büschels welkender Luzerne hin gekommen war. Caspar wußte, daß Donnerkeil einer Stute gegenüber geselliger wäre. Er bahnte sich einen Weg im weiten Bogen durch die Rentiere und näherte sich aus anderer Richtung, schlenderte langsam und lässig voran. Seine Hände lagen ruhig an den Zügeln, und absichtlich sah er das große Streitroß nicht an. Donnerkeil hielt seinen Kopf gesenkt und graste, doch sein Schwanz zuckte, und der Junge spürte, daß die großen, schwarzen Augen ihn beobachteten. Er lockerte seinen Griff um die Zügel der Stute, ließ das Tier sich zum Gras strecken, während er es die ganze Zeit über ganz sanft in Donnerkeils Richtung schob. Selbst noch als das Roß schon in Reichweite war, stürzte er sich nicht auf die Zügel, die glücklicherweise immer noch über dem Knauf des Sattels hingen, sondern wartete, bis er sanft und ohne abrupte Bewegung eine Hand ausstrecken konnte.

Das Schlachtroß war nicht glücklich, als es merkte, daß der Junge es mit seiner beiläufigen Art hintergangen hatte, und sprang wütend schnaubend davon. Caspar trat seine Steigbügel fort und schwang sich auf den Rücken des Streitrosses, da er fürchtete, der schwarze Hengst würde sich losreißen. In dem Augenblick, als Caspar auf Donnerkeils Rücken landete, fügte sich der Hengst, richtete sich auf und nahm das Gebiß an wie das zugerittene Schlachtroß, das es war. »Brav.« Lobend klopfte Caspar an den dicken Hals. »Das war doch gar nicht so schlimm, oder?«

Branwolf warf seinem Sohn einen dankbaren Blick zu und nahm ungeduldig die Zügel in die Hand. »Wir haben viel Zeit vergeudet. Komm.«

Feierlich ritt der Baron voraus, und besorgt dachte Caspar,

daß er seinen Vater noch nie so distanziert und reizbar erlebt hatte. Es erschreckte ihn zutiefst, als sie forschen Schrittes über die Steppe ritten, sich stets auf höherer Ebene hielten und jeden Kontakt zu den verstreuten Zelten mieden, die sich in die Täler schmiegten. Caspar fürchtete nicht, angegriffen zu werden. Es war nicht zu übersehen, daß alle vaalakischen Männer fort waren, sich Morbak auf dem Marsch gen Süden angeschlossen hatten. Doch fürchtete er den Zorn seines Vaters und die Bürde, welche ihn zu derart düsterer Einsamkeit trieb, stets zwanzig bis dreißig Schritte vor den anderen.

Er vertraute sich Hal an. »Es ist, als gäbe es irgendein grauenvolles, tödliches Geheimnis, dem ich nicht ausgesetzt werden soll.«

»Das möchte ich bezweifeln«, erwiderte der größere Junge leichthin. »Wahrscheinlich ist er dir immer noch böse, weil du dich so verantwortungslos verhalten hast.« Doch Hals Grinsen zeigte, daß er ihn nur aufzog. Sorgenvoll betrachtete auch er den Rücken seines Halbbruders.

Hinter dem dunkelhaarigen Jungen lächelte Brid mitfühlend. »Morrigwen ist genauso, stiert nur ins Auge, obwohl sie überhaupt nichts sehen kann.«

»Ist es die Macht Vaal-Peors? Ist er tatsächlich ein Gott, und spüren wir seine schreckliche Gegenwart? Ist deshalb allen so bitter und kalt zumute?«

Hal lachte spöttisch. »Es gibt nur einen Gott. Hast du denn bei Gwion nichts gelernt? Vaal-Peor ist nur der Götze einer zurückgebliebenen Rasse.«

Caspar klammerte sich an diesen Gedanken, versuchte, Trost daraus zu schöpfen, obwohl er die bittere Kälte der Steppen im Norden zutiefst bedrückend fand. Fast schien ihm die Kälte greifbar, und es wäre ihm nicht schwer gefallen, an einen Eisgott zu glauben. Als ihm bewußt wurde, daß sich seine Gedanken der Ketzerei zuwandten, stellte er sich vor, wie Gwions singende Stimme von der Kanzel klang. Doch die Worte schienen ihm bar jeder Bedeutung.

Er sah Brid und Morrigwen an, stolz, gelassen; die tiefe Überzeugung von ihrer Gottheit gab ihnen einen inneren Frieden, den er bei jenen, die den Einzig Wahren Gott verehrten, nie gesehen hatte. Nein, den Menschen des Neuen Glaubens ging diese Zielstrebigkeit und Entschlossenheit ab. Wie Gwion waren sie in die interne Kirchenpolitik verstrickt. Wer sollte Bischof werden? Wer stand vor wem bei der Königlichen Prozession? Wer konnte die höchsten Steuern erheben, um die verschwenderischen Kathedralen zu errichten und ihrem Gott damit den Wert ihrer unendlichen Liebe zu beweisen? Wenn uns diese Frauen etwas gezeigt haben, dachte er, dann daß wahre, reine Liebe keinen Beweis braucht. Sie halten ihre Andacht an schlichten Orten, zwischen Bächen, Steinen und Hainen, und das genügt. Gottes Liebe zeigt sich ebensowenig in goldenen Kelchen, Hermelinen und purpurrotem Garn wie in Kathedralen, die über Generationen errichtet werden, sondern im inneren Frieden der Seele.

Traurig sah er seinen Vater an. Und dann wurde ihm bewußt, daß der Mann von Trauer zerfressen war ... und Schuldgefühlen. Das war es, was ihn so ernst und unerreichbar machte.

Branwolf spielte mit seinen Zügeln, während er entschlossen nordwärts marschierte. Er wollte galoppieren, doch er wußte, daß sein Pferd müde war, nicht von diesem einen Tag, sondern von den langen Tagen ihrer quälenden Reise. Der Baron fühlte sich, als hätte er eine Belagerung ohne jede Hoffnung auf Verstärkung hinter sich oder als wäre er nach langen, erfolglosen Kämpfen während der Kreuzzüge nun auf dem Heimweg. Nie war er südwärts in die heiligen Lande geritten, doch sein nächster Nachbar, Baron Bullback, war dort gewesen, bevor er die Baronie von Jotunn erbte. Obwohl Branwolf an den einen, wahren Gott glaubte und ihn verehrte, waren ihm die Kreuzzüge so fern und abwegig erschienen, und nie hatten sie seine Phantasie beflügelt. Vielleicht hätte er dorthin gehen sollen, dann wäre er in jenem langen, heißen Sommer vor fünfzehn, sechzehn Jahren nicht diesem hübschen Bauernmädchen begegnet ... Ihr Haar war wie Feuer gewesen, golden durchwebt und von poliertem Kastanienbraun durchzogen. Verzaubert war er gewesen, sofort und immerdar.

Doch wenn ich ihr nie begegnet wäre, hätte ich nie diesen schrecklichen Verlust erlitten. Er konnte nicht ertragen, seinen Sohn anzusehen, sein frisches Gesicht mit dem gleichen, kastanienbraunen Haar. Er konnte nicht in diese tiefen, tiefen blauen Augen sehen, mit ihrer mystischen Einbildungskraft, die zu den Sternen wollte. Und diese hohen Wangenknochen, wie eine Elfe, dachte er bestürzt, klein und feinknochig wie eine Elfe. *Welche Erben Torra Altas habe ich gezeugt?* Er konnte es nicht ertragen, das Kind seiner Frau anzusehen.

War es seine Schuld gewesen? Er hätte auf sie hören sollen. Seine Augen suchten den überfrorenen Horizont mit seinem kurzen, büscheligen Gras ab, das sich im steifen Wind neigte. *Keridwen, es tut mir leid. Ich wollte dich nicht anschreien.* Branwolf wußte, daß er aufbrausend war – ebenso wild und unvernünftig wie Hal, doch als er seinen Halbbruder hatte aufwachsen sehen, hatte er seine eigenen Fehler in dem Jungen erkannt und sich bemüht, sie zu bändigen. Nun war er stolz auf die Ruhe und Gelassenheit, die er sich angeeignet hatte. Doch als sich Keridwen ihm öffentlich widersetzt hatte, war er unvernünftig gewesen. Am nächsten Tag war sie fort. Ist wirklich alles meine Schuld? Er warf seinen Kopf in den Nacken und suchte die Fetzen von Federwolken ab, die über den Himmel zogen, von wilden Winden zu langen Stutenschwänzen gestreckt.

»O Gott, oh, großer, allmächtiger Vater, ist wirklich alles meine Schuld?«

Nur der seufzende Atem des Windes wollte ihm Antwort geben.

Er wußte, daß Caspar ihn ansah. Er fühlte, wie sich die suchenden Blicke seiner blauen Augen in seinen Rücken bohrten, aber er konnte sich nicht umdrehen. Er liebte seinen Jungen von ganzem Herzen, doch konnte er nicht mehr in diese Augen blicken. Nicht mehr, seit er sie trübe und regungslos gesehen hatte, als Caspar in die Trance des todbringenden Mondsteins, jenes teuflischen Kristalls, gefallen war. Er hatte gesehen, wie Caspar nicht mehr atmete, als der kalte Zauber von ihm Besitz ergriff. Es hatte ihn zutiefst abgestoßen. Er sollte sich abwenden, von diesen Zaubereien abwenden, doch er konnte es nicht. Er mußte es wissen, mußte die Wahrheit wissen.

Er blieb stehen, riß grob an Donnerkeils Gebiß, als er über eine lange, flache Anhöhe kam. Dort nun endlich breiteten sich vor ihm die schweren Schichten der Eisdecke aus. Sie war nicht flach, wie er sie sich vorgestellt hatte, sondern stieg wie eine Böschung stetig an. Natürlich begann sie nicht abrupt. Schneezungen wuchsen wie Federn am Rand hervor, züngelten an der Grenze zur Steppe. Nach Norden hin glitzerte die Sonne so weit das Auge reichte vom grellweißen Schnee, der das dicke, blaue Eis verhüllte. Doch weiter zum Grund des Tales hin war es von mattem, leblosem Grau. Wie die Gelben Berge, dachte er, die von weitem wie Gold glänzten, doch aus der Nähe betrachtet nicht mehr als eine

Mischung aus mattbrauner und ockerfarbener Erde zwischen von Flechten überwachsenen Felsen, Stechginster und Birken waren.

Zwischen den schwarzen Felsen und Schneefeldern ragte eine feste Eisschicht in die Steppe und markierte die südliche Grenze von Vaal-Peors innerstem Königreich. Sie hatte die Farbe geschmolzenen Zinns, wo das blaue Eis den verwehten Staub eingefangen hatte. Wie das Gesicht eines verbitterten, alten Mannes war das Eis faltig und von tiefen Furchen durchzogen. An der Spitze klaffte ein mächtiger Schlund, den Schmelzfluten aus Zeiten, in denen der Frühling noch wärmer war, herausgemeißelt hatten. In milderen Jahren hatte die Erde das Eis von unten her gewärmt. Die getaute Unterseite des Gletschers hatte Wasser aus seinem Kern abfließen lassen, Schmelzwasser aus seinem Schlund gespien und der Steppe etwas vom gefrorenen Territorium zurückgegeben. Nun gähnte der Schlund nur zahnlos, als wollte er nur mehr und immer mehr vom Grasland schlucken. Ein Hügelgrab lag westlich des Gletschers.

Ohne auf die anderen zu warten, drückte Branwolf seine Fersen in Donnerkeils Seiten und galoppierte ins Tal hinab.

Caspar folgte ihm, gab sich Mühe, seinen Vater einzuholen, als dieser bereits am Fuß des Gletschers abgestiegen war und die Schneefelder zu beiden Seiten betrachtete. Der Mann strich das ergrauende Haar von seinen Schläfen und rief etwas, das der Wind fortriß und die donnernden Hufe von Caspars Pferd erstickten. Atemlos hielt er an.

»Was?«

»Hufabdrücke.«

Schon waren Hal und die beiden Priesterinnen neben ihnen.

»Und ich meine nicht Rentierhufe. Ich meine Pferdehufe.«

»Aber in Vaalaka gibt es keine Pferde«, flüsterte Brid, als dachte sie darüber nach. »Man sagt, die Stämme aus dem Norden hätten sie schon vor Generationen ausgerottet.«

»Ich weiß«, erwiderte Branwolf. »Und das macht mir Sorgen.«

KAPITEL 13

Bei Einbruch der Dunkelheit waren sie am Fuß des Gletschers angekommen und standen vor dem steilen Anstieg über die Felsen, von denen das Eis eingefaßt war. Die gelbe Stute mit Brid auf dem Rücken lief direkt vor Caspar. Das Haar der Jungfrau wehte im Rhythmus des Pferdes hin und her und faszinierte ihn. Er sehnte sich danach, das Mädchen zu berühren. Plötzlich schämte er sich, weil er zu einem solchen Zeitpunkt derartige Gedanken hegte, wo er sich allein um das Wohlergehen Torra Altas und der Frau im Mondstein sorgen sollte.

»Hier schlagen wir unser Lager auf«, verkündete Morrigwen, als sie an einen Vorsprung kamen, der auf die Spitze der gefrorenen Eiszunge hinunterblickte. »An diesen verkümmerten Bergeichen. Die sollten uns Schutz für die Nacht bieten. Hal!« befahl sie und fixierte den Jungen provozierend. »Hol mir etwas trockenes Brennholz oder sonst etwas, das brennt.«

»Ja, Mylady.« Er salutierte spaßeshalber und machte sich auf die Suche nach Feuerholz. Leise raunte er Caspar zu: »Mir fehlt einfach die Energie, der alten Hexe zu erklären, daß sie so nicht mit mir sprechen sollte.«

Caspar lächelte, freute sich innerlich, daß endlich jemand die Schlacht der Willenskräfte gegen seinen halsstarrigen Onkel gewonnen hatte.

»Noch ist es hell genug zu suchen«, wandte Branwolf ein.

Morrigwen schüttelte den Kopf. »Dies ist ein böser Ort. Heute nacht haben wir wegen der dichten Wolken kein Mondlicht. Wir müssen beim Feuer bleiben, innerhalb eines

Kreises schützender Runen. Vaal-Peors Atem ist an diesem Ort dick und faulig.« Ein Schauer durchfuhr sie.

»Frau, dein Kopf ist voll von abergläubischem Unsinn«, schnaubte der Baron.

»Dummer Mann, es mangelt dir am Feingefühl deines Sohnes«, erwiderte Morrigwen steif. Nie hatte Caspar gehört, daß jemand derart dreist mit seinem Vater gesprochen hätte, und er hielt die Luft an. »Ich weiß, daß Ihr ungeduldig seid.« Plötzlich erweichte sich Morrigwen und legte ihre Hand mit mütterlicher Geste auf Branwolfs Arm. »Torra Alta braucht sie. Mutter Erdes Knochen erbeben unter den marschierenden Feinden, und Torra Alta braucht sie. Und heute abend ist hier in Vaal-Peors Reich mehr im Gange als Ihr glaubt. Ich werde die Schutzrunen meißeln.«

Fast konnte Caspar die Geister fühlen, die durch die blauen Schatten pirschten, welche die Sonnenstrahlen schufen, wenn sie durch die Spalten im Gletscher fielen. Die Wolkendecke war aufgerissen.

Branwolf saß mit dem Rücken zum Feuer, starrte über die graue Fläche des Gletschers hinweg, der nun in der Abendsonne golden und dunkelrot getönt war. »Ich werde alt«, murmelte er, »älter als ich jemals gedacht hätte.«

Caspar riß seine Gedanken vom Vater los, denn er empfand ihn als zu fremd und abwesend, statt dessen wandte er sich dem wärmenden Feuer zu.

Der Salamander krächzte zufrieden, als er seine Kiemen an den Flammen wärmte, und dem Jungen war, als empfand er fast so etwas wie Zuneigung für dieses zielstrebige Wesen. Brid saß abseits, ihr Gesicht halb im Schatten, die andere Hälfte vom warmen Licht des Feuerscheins beschienen. Der Anblick erinnerte Caspar an das zwiespältige Wesen der Jungfrau. Einerseits war sie nur ein einfaches Mädchen, fröhlich und vergnügt, doch andererseits war ihr Charakter schwer verständlich, blieb hinter ihrem Äußeren verborgen wie die dunkle Seite des Mondes. Sie war nur ein junges Mädchen und trotzdem eine Hohepriesterin mit über Jahre hinweg gesammelter Weisheit, die über Generationen weitergereicht wurde. Sie war faszinierend und einfach entzückend anzusehen.

»Tu es nicht, Spar.«

Caspar schreckte auf, als er Morrigwens kühle, knochige Hand an seiner Schulter spürte. Er war so sehr damit beschäftigt gewesen, sich das reizende Gesicht des Mädchens anzusehen, war so sehr in seinen Träumen verloren, daß er gar nicht gemerkt hatte, wie sich die alte Frau neben ihn hockte. »Tu was nicht?«

»Verlieb dich nicht in sie.«

»Wer sagt, daß ich es tue?« Vor Verlegenheit stieg dem Jungen Schamesröte ins Gesicht.

Gackernd kam das Lachen der Greisin aus ihrer trockenen Kehle, doch sie neckte ihn eher, als daß sie ihn verspottete. »Es steht dir unübersehbar ins Gesicht geschrieben.«

»Aber es ist nicht ...«

Morrigwen winkte seine Einwände ab, und ihre Stimme wurde ernster. »Ich weiß, daß du von einer alten Frau wie mir keinen Rat annimmst. Ich weiß, daß du deinen Gefühlen folgst, bis du dich verbrennst – das tut die Jugend immer – aber dennoch will ich es dir sagen. Sie ist ein freier Geist, und ihre Religion wird stets vor allem anderen stehen. Sie braucht jemanden, der nicht so empfindlich ist wie du.«

Lässig zuckte der Junge mit den Schultern. »Ist mir doch egal.«

»Wenn ich Hal wäre, würde ich ohne weiteres mein Jagdmesser verwetten, daß es dir ganz und gar nicht egal ist, aber ...« Ihre Worte verwandelten sich in Achselzucken, und steifbeinig stand sie auf. »Die Jugend muß ihre Fehler selbst machen.«

Verzagt zog Caspar die Felle über seinen Kopf, um Hals Anblick auszusperren, als dieser zu dem jungen Mädchen ging und es sich neben ihm bequem machte. Versonnen blickten beide ins Feuer. Caspar hielt sich die Ohren zu, um Brids perlendes Lachen nicht hören zu müssen. Warum mußte Hal so mit ihr plaudern? Ständig klagte Hal, Brid sei eine Heidin und hochnäsig und schwierig, doch dann ging er zu ihr und plauderte stundenlang. Warum konnte er sich von ihr nicht fernhalten?

Doch Brid war bald zu beschäftigt. Es erwies sich als schwierig, den Runenkreis in den nackten Fels zu meißeln. Brid und Morrigwen arbeiteten hart mit den scharfen Spitzen von Feuersteinen, bis sie mit dem fertigen Kreis zufrieden waren. Morrigwen warnte mit scharfer Stimme: »Nicht mal einen Finger dürft ihr außerhalb des Kreises halten.«

Kurz bevor sie schlafen gingen, nagte der Gedanke in Caspars Hinterkopf, daß es etwas gäbe, was er wissen sollte.

»Das Hügelgrab, Morrigwen. Wieso steht dort ein Hügelgrab?«

Hal unterbrach ihn. »Wie um alles in der Welt soll sie das wissen? Wir sind hier in Vaalaka.«

»Wie um alles in der Welt?« spottete die Greisin in Hals Richtung. Sie nahm einen ihrer Stöcke, mit dem sie das Feuer geschürt hatte, und trieb Hal weiter von der jungen Priesterin fort. »Und halte schicklichen Abstand von Brid. Wie um alles in der Welt …«, murmelte sie. Doch dann wurde ihre Stimme schrill und böse. »Ich weiß es, weil sich die Große Göttin, die Große Mutter Erde, nicht den politischen Grenzen der Menschen beugt. Vaalaka ist ebenso Teil der Großen Mutter wie Belbidia, Ophidia, Glain und das Caballische Meer. Bevor sich der Mensch zu politischen Zwecken neuen Göttern zuwandte, wurde Sie auf der ganzen Welt verehrt, und es herrschten Friede und Harmonie. Es gibt gewisse Stellen auf ihrer Hülle, die große Kraft besitzen, wo die Energielinien aufeinandertreffen. Das Hügelgrab markiert eine solche Stelle.«

»Ein Hügelgrab, mehr nicht? Das ist nicht gerade eine Kathedrale für eure Göttin«, schnaubte Hal.

»Nein? Würde eine Kathedrale, ein bloß von Menschenhand erschaffener Bau, den Ort der Energie bedeutsamer machen? Das Hügelgrab steht nur als Kennzeichen für jene dort, denen es am Feingefühl mangelt, daß sie an einem Ort der Energien sind.«

»Gibt es noch andere solcher Orte?«

»An denen Energielinien zusammentreffen?« Morrigwen nickte nur, dann zog sie ihr Bärenfell über den Kopf. Es war zu kalt, um auch nur einen winzigen Körperteil der Nacht des Nordens auszusetzen.

Caspar schlief, doch eine Stimme im Traum bereitete ihm Sorgen. Er kannte die Stimme, aber es war etwas anderes an ihr, als würde sie von einem Sturm getragen, von scharfen Winden zerrissen, bis sie kaum mehr zu erkennen war. Ein Gefühl von kalter Trauer erfüllte seine Träume, ein Gefühl von unsagbarem Haß konzentrierte sich auf ihn, oder ging es nur durch ihn hindurch und galt der Frau im Mondstein? Er konnte es nicht sagen. Er spürte nur den reinen Haß. Die Hand griff nach ihm, harkte über den Boden, um ihn zu berühren. Die Stimme war schrecklich, voll kalten, mörderischen Hasses. Hinter der Verbitterung konnte er beinah den Menschen ahnen, und doch nicht ganz, derart verändert und verdreht war die Persönlichkeit der Stimme, als sie sich mit Vaal-Peors Macht verband, welche über die Tundra wehte. Die Finger einer Hand griffen aus der Nacht heraus nach ihm. Der Arm war häßlich und geschrumpft, als wäre er seit vielen Jahren tot. Er griff nach ihm, suchte nach seiner Seele.

Die Dämmerung am Morgen war eine mühsame Angelegenheit, als eine bernsteinfarbene, halbherzige Sonne müde an einen trüben Himmel stieg. Aus grauen Wolken kam ein weiches, unablässiges Rieseln von Schnee. Es war nicht gerade dazu angetan, Caspars Laune zu verbessern. Brid war schon wach, schritt innen am Rand des Runenkreises auf und ab. Sie winkte Caspar zu sich heran, als sie sah, daß er sich rührte. »Sieh dir das an.« Ihre schwungvolle Stimme klang verwundert.

Der Runenkreis war gänzlich von Kratzern umgeben. Wütende, hungrige Spuren, dachte Caspar erschauernd. »Was ist das?«

Morrigwen stand neben ihnen. »Hoffen wir, daß es Tundrafüchse waren«, flüsterte sie zweifelnd.

Zwar war die Wölfin nur selten zu sehen, doch hielt sie sich stets in der Nähe. Kein Fuchs käme in die Nähe, wenn ein Wolf die Nacht durchstreifte. Ein Zittern durchfuhr ihn, als er an die finstere, schwarze Hand dachte, die im Traum nach ihm gegriffen hatte.

»Tundrafüchse«, erklärte Hal mit dem ihm eigenen Selbstvertrauen.

Groß und beschützend stand Branwolf in der Mitte seiner Untertanen. Seine Augen waren dunkel und die Lider schwer, als hätte er in jener Nacht nicht viel geschlafen. »Wir ziehen zu dieser Bergkette im Westen.« Er deutete auf einen grauen Gipfel, der über der linken Seite des Gletschers aufragte. »Von da oben haben wir einen besseren Blick über den ganzen Eisfluß, und dann können wir planen, wie wir sie suchen … falls sie überhaupt …«

Der Satz erstarb auf seinen Lippen, als wäre der Baron nicht in der Lage, seine innersten Gedanken auszudrücken.

Caspar dagegen fühlte sich durch die Anwesenheit seines Vaters sicherer. Er war die Stütze Torra Altas, und seine natürliche Autorität bändigte sogar die beiden Frauen, wenn auch nur ein wenig.

Morrigwen klagte, daß ihre Gelenke in der Feuchtigkeit schmerzten, und sie saß steif im Sattel, als sie den langsamen Anstieg zu den schneefreien Gipfeln begannen. Als sie den Bergkamm erreichten, war die Luft dort dick und feucht. Weiter nördlich verschwanden die Eisgipfel allesamt im Dunst, wodurch die Schneeberge nur noch größer wirkten. Unmöglich ließen sich Berge und Himmel voneinander unterscheiden.

»Ich habe so eine böse Ahnung«, sagte Caspar leise zu seinem Onkel, als sie zur trübsinnigen Oberfläche des Eisflusses hinunterblickten, welche die drückend grauen Wolken spiegelte. »Mein Haselnußmandala fühlt sich so schmerzlich kalt an.«

»Du hast eine böse Ahnung«, entgegnete Hal wie zur Bestätigung. »Ich weiß gar nicht, was wir an diesem gottverlassenen Ort mit diesen schwachsinnigen Frauen eigentlich machen. Wir sollten auf Torra Alta sein, mit verläßlichem Boden und einem Köcher allerbester Pfeile. Aber Guth-kak hat mir versichert, daß die abergläubischen Vaalaker Angst vor unserer Macht bekommen, wenn wir diese Frau finden. Dann kehren sie um. Sie glauben, daß Torra Alta nur schwach ist, weil wir dem Alten Glauben abgeschworen haben. Es scheint, als bräuchten wir sie.«

Caspar war nicht so zynisch wie sein Onkel. Er hatte die Macht der Frau im Mondstein gespürt, und er *wußte*, daß Torra Alta sie brauchte. »Ich habe eine schreckliche Ahnung, daß wir sie nicht finden werden.«

»Du und deine Ahnungen. Nun, ich habe selbst eine böse Ahnung, und die hat nichts mit irgendwelchem Hokuspokus zu tun. Nur ein Narr erklimmt die Eisgipfel in solch einem Nebel.« Er klang verärgert und besorgt. »Wir wissen nicht einmal, wo wir suchen sollen. Es ist Wahnsinn.«

Als sie den Aussichtspunkt erreichten, den Branwolf gewählt hatte, war der Nebel um den Gletscher derart dicht geworden, als wollte er dessen Geheimnis verhüllen. Sie sahen nur noch eine mattweiße Masse, die aus dem Nebel ragte. Nichts Reines oder Jungfräuliches war mehr am Weiß des Gletschers. Er war trübe, ein uralter Fluß, dessen blubberndes Leben zu eisiger Stille erfroren war. Nur direkt am Rand, wo die Schneeschmelze am ruhenden Monstrum genagt hatte, waren Spuren einer Veränderung im Gletscher zu erkennen. Das Schmelzwasser war über die umgebenden Felsen gestürzt und dann bei Herbstbeginn glatt und durchscheinend überfroren.

Der Nebel um sie wurde dichter, und Caspar spürte, wie die erste Schneeflocke auf seiner Wange landete, schmolz und an seinem Kinn hinabrann. Mit einer abwesenden Geste wischte er sie fort. »Wo sollen wir suchen?« Verzweifelt warf er einen Blick über die Felsen, welche die Eismassen umfaßten. »Es ist unermeßlich groß.«

»Und bedrohlich«, stimmte Brid zu.

»Niemand könnte dort oben überleben.« Hals Skepsis war nicht eben dazu angetan, ihnen Mut zu machen. »Tut mir leid, aber ihr müßt es sehen, wie es ist. Ich meine, es ist einfach zu kalt.«

»Vielleicht gibt es dort eine Hütte oder Höhle, wo man sie gefangenhält. Diese Vaalaker verstehen etwas vom Überleben im hohen Norden«, erklärte Morrigwen, als versuchte sie, eher sich und nicht so sehr den Jungen zu überzeugen. »Also, wir beginnen die Suche am Westrand des Gletschers. Irgendwo am Fuß einer dieser Schluchten werden wir wohl

Schutz finden, und sie wird da sein. Sie muß da sein. Wir müssen sie nur suchen.«

Sie stiegen zur eisigen Zunge hinab, bahnten sich einen Weg um den ausgefransten Rand des Gletschers, stolperten über das Geröll und knirschten durch den Schnee, der in den Mulden lag. Der Schnee war zu grauem Matsch geworden, voller Spuren von Fuchs, Hase, Hirsch, Steinbock und gelegentlich sogar einer Bergkatze. Auf freiliegenden Hängen war der Schnee vom Wind poliert und durch überfrorenes Eis gefährlich. Die Pferde rutschten und stolperten so oft, daß die Reisenden am Ende absteigen und die Pferde führen mußten, als sie die Hänge erklommen. Sie sahen nichts als kriechenden Nebel, der ihnen von der Bergwand herab entgegenkam. Hier gab es keine Spur von Leben, bis auf die Spitzen zweier Hörner, die hinter einer Anhöhe verschwanden.

»Ziege.« Brid zeigte dorthin.

»Oder ein gehörnter Helm?« Hals pessimistische Stimmung hatte sich nicht gebessert. »Es könnte sein, daß Kullak uns wieder aufgespürt hat.«

Schweigend suchten sie weiter, währen das Knallen der Pferdehufe durchs eisige Tal hallte. Als er darauf lauschte, dachte Caspar erneut an die Hufabdrücke, die sie im Schnee beim Hügelgrab gesehen hatten. Es war ein Rätsel, das sie nicht ergründen konnten. Sie marschierten weiter, kamen unter Geröllhängen entlang, die sich im wechselhaften Frühlingswetter früherer Jahre gebildet hatten. Heute ritt Brid das Zugpferd. Mit spitzen Lippen hatte die Greisin Hal angesehen und fest darauf bestanden, daß ihr Mündel allein reiten solle. Ihre eisblauen Augen sprachen tausend Worte der Mißbilligung, doch der forsche, junge Edelmann grinste sie nur an, gänzlich unberührt von ihrer Kritik. Aber das war nicht das Schlimmste, dachte der kleinere Junge verstimmt. Wahrscheinlich war Brid für Hal gar nichts besonderes, sicher nicht mehr als alle anderen Mädchen. Finster stierte er den Rücken seines Onkels an. Du weißt nicht einmal, wie außergewöhnlich Brid ist: Du verdienst sie nicht.

Plötzlich ließ Branwolf halten. Eis versperrte ihnen den Weg. Einst mußte es sich um einen kleinen Zufluß gehandelt haben, der die Hänge hinunterplätscherte und sich dem größeren Fluß anschloß, welcher das Haupttal herausmeißelte, doch nun war es ein gefährliches Stück Eis. Zwar war es nicht mehr als ein Dutzend Schritte breit, doch blieb das Stück für die Pferde mit ihren glatten Hufen schlicht unpassierbar. Die sanfte Neigung garantierte, daß sie auf der glatten Oberfläche ausrutschen würden. Caspar suchte den Hang nach einer sicheren Stelle zum Überqueren ab, während sein Vater abstieg und mit den Fersen am Boden scharrte.

»Hal, Spar, geht mir zur Hand. Wir rauhen es auf.«

Mit der Erfahrung eines Garnisonsführers hatte Branwolf einen Weg um das Problem herum ersonnen. Mit der vaalakischen Axt hackten sie auf den gefrorenen Boden ein, gruben Flintstücke, Erde und Schotter aus und verstreuten alles auf der trügerischen Oberfläche des Eises. Unermüdlich arbeiteten sie, bis sie genug verstreut hatten und ein Weg vor ihnen lag, der für Pferde breit genug war. Danach führten sie die Pferde hinüber. Zögerlich suchten sich die Tiere mit bebenden Gliedern und den Nasen nah am Boden einen Weg und bliesen Dampfwolken über diesen Pfad von Menschenhand. »Es ist kein natürlicher Ort für Pferde«, seufzte Caspar.

»Oder Menschen«, fügte Hal hinzu. Seine Augen suchten weiter unten das Tal ab, und seine Stimme erstarb, als er die Stirn in Falten legte. »Branwolf«, rief er scharf im Ton eines Sergeanten, der seinem Hauptmann dringende Nachricht bringt. »Branwolf, rechts von dir, fünfzig Fuß weit unten.«

»Mein Gott«, rief der Baron aus, dann warf er einen scharfen Blick auf die anderen. »Wartet hier, ihr alle.«

Der Baron warf seinem Sohn Donnerkeils Zügel in die Hände und stürmte mit gezücktem Schwert den Hang hinab. Noch immer wollte Caspar lernen, sich den Befehlen seines Vaters zu fügen, aber als Hal ihm einen kurzen Blick zuwarf und seinem älteren Bruder den Hang hinunter folgte, war das zuviel für den kleineren Jungen, und er ließ die Zügel fallen und rutschte ihnen hinterher.

»Ich habe doch gesagt …«, setzte Branwolf an, doch er verstummte, als sein Blick auf den hellbraunen Kadaver fiel.

»Das ist doch Sturmwind«, rief Caspar, als ihm der kleine Diamantenstern an der Stirn des Pferdes und der einzelne, weiße Strumpf am Hinterlauf auffielen. »Den würde ich mit seinem rehbraunen Fell überall erkennen. Vater, es ist Sturmwind«, wiederholte er hilflos und wußte nicht, was er davon halten sollte.

Das Pferd war tot, schon steifgefroren; sie folgerten, daß es auf dem Eis ausgeglitten und dreißig oder vierzig Fuß weit in die Tiefe gestürzt sein mußte.

»Irgend jemand«, murmelte Branwolf, »irgend jemand muß vor uns hier gewesen sein.« Er suchte den Hang nach Fußspuren ab. »Wie? Wie und *warum* sollte jemand von Torra Alta *hier* sein?« Plötzlich riß er die Augen weit auf, als es ihm klar wurde. »Ich habe mir nicht viel dabei gedacht, aber Sturmwind war schon weg, als ich Donnerkeil geholt habe. Derjenige, der ihn genommen hat, war schon vor uns unterwegs, auf direktem Weg hierher. Aber wozu und wer?«

Sie mußten nicht länger auf die Antworten warten. Ein Streifen aus dunklem Tuch flatterte im Wind und weckte ihre Aufmerksamkeit. Zwanzig Fuß flußabwärts fanden sie die Leiche eines Mannes, der die dunkle Robe eines Priesters trug. Branwolf hob den umgedrehten Kopf an, und schweigend blickte er in das Gesicht.

»Mein Gott, es ist Kurat Dunnock.«

Neben ihm lag ein vaalakisches Sichelschwert. Branwolf durchsuchte seine Kleider und zog eine zerknüllte Pergamentrolle hervor. Er sah sich die seltsamen, nicht zu entziffernden Buchstaben an, doch er erkannte sofort die Insignien des vaalakischen Wappens, welches unten ins Wachs gestempelt war.

»Gestohlen oder zur sicheren Reise durch die vaalakischen Linien ausgestellt?« Hal stellte die Fragen, die Caspar durch den Kopf gingen. »Sehen wir hier einen Verräter oder einen Helden vor uns?«

Caspar beugte sich über die Leiche und riß den Ärmel des Mannes zurück, erwartete schwarze, häßliche Spuren von Fingernägeln auf der Haut zu finden. Die Haut war weiß und unversehrt. Er ließ die Hand zu Boden sinken. »Aber warum sollte Dunnock, ein Mann der Kirche und Onkel Gwions Kurat, Sturmwind gestohlen haben, um ausgerechnet hier herauf zu reiten, genau dorthin, wohin uns der Mondstein führt?«

Branwolf stand aufrecht, aber er schien unter der Last seiner Sorgen geschrumpft zu ein. »Wir erzählen es der alten Frau. Sie ist nicht so dumm, wie es den Anschein hat.« Er führte seine Jungen wieder zu den Priesterinnen hinauf, die wißbegierig schon dort warteten.

Morrigwen schwieg eine ganze Weile, während sie die verborgene Bedeutung des toten Kurats zu ergründen suchte. Sie warf einen Blick auf das zusammengerollte Pergament, drehte es in dem Versuch, Sinn und Verstand in die Buchstaben zu bekommen, auf den Kopf.

»Baumrunen«, erklärte Brid mit einem Blick über ihre Schulter. »Ich kann die einzelnen Buchstaben lesen, auch wenn sie unbeholfen sind, aber sie bilden keine erkennbaren Worte. Ich vermute, die Sprache ist vaalakisch.« Ihr Mund verzerrte sich, als sie die Lippen um die Buchstaben formte. »V-a-a-l-a ... Vaalaka wird erwähnt.« Eilig überflog sie den Rest der Seite. »Und Torra Alta und zwei Namen. Der Rest ergibt für mich keinen Sinn.«

»Welche Namen?« wollte Branwolf wissen.

»Morbak. Oben und ganz unten ist es von Morbak unterzeichnet.« Sie sah dem Baron offen in die Augen. »Und an jemanden mit Namen Dunnock adressiert!«

»Verräter!« bellte Branwolf. Seine Wangen wurden rot und seine Augen schwarz vor Zorn. »Nie zuvor gab es einen belbidianischen Verräter.«

Caspar empfand tiefe Trauer. Das Pergament konnte nicht gestohlen sein, nicht wenn Dunnocks Name oben stand. Es konnte nur als Paß durch die vaalakischen Linien ausgestellt und ihm vom obersten Barbaren Morbak höchstpersönlich überreicht worden sein! Ein Verräter im Herzen von Torra Alta ... es war undenkbar. Wenigstens, so dachte er bitter, ist er schon tot.

»Guth-kak hat nicht gelogen«, stöhnte Hal finster. »Ich dachte, er wollte mich ködern, damit ich ihn töte, doch so war es nicht. Er wollte etwas tauschen. Weil er mir von den Verrätern erzählt hatte, erwartete er von mir, daß ich ihm die Schande und Erniedrigung ersparen würde, die seine Landsmänner ihm entgegenbringen würden.«

»Verräter«, dachte Caspar bedrückt. Dunnock ist nicht der einzige.

»Warum?« wollte Branwolf wissen.

»Warum Dunnock?« fragte Brid. »Oder warum er hier ist?«

»Beides.« Es schien Caspar lächerlich, daß sein übergroßer Vater dieses winzige Mädchen um Rat fragte, doch Brid hatte etwas an sich, mit dem sie jeder Lage gewachsen zu sein schien.

»Warum Dunnock, weiß ich nicht. Gier nach Geld, nach Macht, unzufrieden mit seiner Stellung?«

»Dunnock? Niemals. Er war ein harmloser, kleiner Mann, unterwürfig und von tiefer Verehrung für den neuen Gott bewegt. Stets predigte er von Seiner Mildtätigkeit und Gnade. Er ist an meiner Nordgrenze entlanggereist, um den Waldbewohnern die frohe Botschaft zu überbringen.«

»Und den Vaalakern, wie es scheint. Aber wenn er so unterwürfig ist, wie Ihr sagt«, krächzte Morrigwen nach einem Augenblick des Nachdenkens, »dann würde ich sagen, daß er wegen seines Gottes hier ist. Ihr sagt, er sei ein Mann des neuen Gottes, ein Mann, der geschworen hat, Frieden zu halten, seinen Nachbarn zu lieben und das Wort des Herrn zu ehren. Ein solcher Mann tut diese Dinge nicht für weltlichen Besitz, sondern für seine Seele. Irgendwie muß er herausgefunden haben, wo die Mutter ist, und deshalb gefürchtet haben, daß die alte Religion wieder aufersteht, wenn sie jemals wieder nach Torra Alta käme. Er ist hierhergekommen, um die Mutter zu finden und dafür zu sorgen, daß sie für alle Zeiten vernichtet wird. Beten wir, daß er gescheitert ist.«

»Aber woher wußte er, daß sie hier ist?« wollte Branwolf wissen. Sein Gesicht war verzerrt, als kämpfte er darum, zu verstehen, was die Greisin ihm da erzählte.

»Ich kenne nicht auf alles eine Antwort, mein Sohn. Er hat die Antwort in aller Stille mit ins Grab genommen. Aber wenn er es weiß, wird es noch andere geben. Wir müssen sie finden. Wir müssen beten, daß sie noch lebt.«

»Sollten wir ihn nicht begraben?« sagte Caspar in die staunende Stille hinein. Er war in Gedanken schon nicht mehr bei dem Kuraten. Er spürte die Energie, die aus dem

Mondstein pulsierte, als versuchte die Frau, die dort in dessen Herz gefangen war, vergeblich, ihn zu erreichen. Er spürte die Gewalt der Verzweiflung, als balancierte sie auf Messers Schneide zwischen Leben und Tod. Sein Leben wäre so öde und sinnlos wie dieses erfrorene Land, wenn er sie nicht finden und aus ihren Qualen befreien konnte.

»Einen Verräter begraben! Niemals!« brüllte Branwolf und führte sie weiter auf ihre Suche am Rande des Gletschers.

Nach vielen Stunden emsiger und ergebnisloser Suche fing Hal an zu murren. »Es ist sinnlos. Das Licht wird schwächer, und wenn die Wolken noch weiter sinken, werden wir uns im Nebel noch verlaufen.«

Widerwillig seufzte Morrigwen. »Ausnahmsweise hast du recht. Die nächste Wasserrinne auf dem Weg wird uns Schutz vor dem Wind bieten, und dort schlagen wir unser Lager auf.«

Die anderen vier, selbst Branwolf, nickten müde, ohne zu protestieren, und sie schleppten sich in den Schutz der nächsten Schlucht. Caspar warf einen Blick in die verschneite Wasserrinne und schüttelte den Kopf. »Egal wie müde wir sind, aber hier werden wir bestimmt nicht schlafen.«

»Wieder eine deiner Ahnungen?« höhnte Hal.

»Nein.« Der kleinere Junge deutete auf die Spuren im Schnee, ganz unten in der Rinne. »Sieh doch, da ist alles voller Hirschfährten, aber keine Spur von Steinböcken.«

»Du hast recht«, räumte Hal ein. »Ich möchte auch nicht unter einem Hang schlafen, von dem eine Lawine herunterkommt.«

»Merkwürdig, daß der Steinbock etwas von Lawinen versteht, das Wild aber nicht«, sagte Caspar, als dächte er laut.

»Nicht wirklich«, widersprach ihm die müde, alte Hohepriesterin. »Schon immer haben Steinböcke hier oben weit im Norden und auf den hohen Gipfeln der Gelben Berge gelebt, aber die natürliche Umgebung des Wildes waren die flacheren Vorgebirge von Torra Alta und die wärmeren Steppen Vaalakas ... bis der Mensch sie gezwungen hat, sich bei den Bergziegen zu verstecken.«

»Ich bin zu müde für Vorträge«, knurrte der ältere Junge.

In jener Nacht belegten sie das Feuer dick mit Asche und wickelten sich in Felle, aber es war trotzdem furchtbar kalt. Sie hatten sich im Windschutz eines Felsens eingenistet, konnten die Kälte der Nacht gerade eben von sich halten, und als der Morgen dämmerte, wollten sie alle unbedingt weiterziehen. Noch immer lag der Nebel über dem Tal und sperrte sie in der Domäne des Gletschers ein. Alles war grau. Gegen Mittag sank der Nebel tiefer, und alles Suchen war unmöglich.

»Es tut mir leid, Spar, aber wir müssen die Suche unterbrechen. Man sähe nicht mal eine Hütte, wenn sie nur zehn Schritte vor einem stünde, und in diesem erstickenden Nebel könnte man von einer Klippe fallen und es erst merken, wenn man am Boden aufgeschlagen ist«, erklärte Brid dem kleineren Jungen.

Doch Caspar war wild entschlossen weiterzusuchen. »Aber wir müssen sie finden. Wir müssen weitermachen«, protestierte er ärgerlich. »Sie braucht mich.«

Hal warf ihm einen Blick zu, mit dem er zu sagen schien, daß Caspar seinen Verstand, der von jeher nicht ganz ungetrübt war, nun komplett verloren hatte.

»Wenn sich der Nebel verzieht.« Morrigwens Entscheidung war endgültig.

Der Nebel verzog sich aber erst am Vormittag des nächsten Tages, und inzwischen war Branwolf mürrisch vor Enttäuschung. Die Muskeln unter seinem rauhen Bart zuckten nervös, doch er stimmte zu, daß sie warten sollten, bis sie etwas weiter voraus sehen konnten. Der klarere Himmel machte bei ihrer Suche jedoch kaum einen Unterschied. Am Nachmittag hatten sie nicht nur die Westseite des Gletschers abgesucht, sondern auch den östlichen Rand durchforstet.

»Wir können nicht ewig suchen. Es erscheint mir hoffnungslos«, sagte Hal sachlich.

»Nein! Sie muß hier sein«, protestierte sein Neffe wiederum. »Ich habe sie gesehen. Ich habe das Hügelgrab und dieses Tal gesehen. Können wir nicht noch einen Blick in den Mondstein werfen und sehen, ob er noch etwas preisgibt?«

Doch die magische Kugel blieb grau wie der Nebel, und kein noch so flehentlicher Gedanke an die Große Göttin konnte ein Bild aus ihrem Herzen locken.

»Hier sind zu viele böse Mächte«, seufzte Morrigwen. In letzter Zeit hatte sie sich immer weiter zurückgezogen, als gäbe sie sich geschlagen. Trauer zog ihr faltiges Gesicht in die Länge. »Der Geist von Vaal-Peor ist in diesem von Eis erstickten Tal sehr stark. Falls hier für uns etwas zu finden ist, verbirgt er es vor uns.«

»Hier ist nichts. Keine Hütten, Schuppen, Höhlen, Unterstände oder irgendeine Spur von Leben. Nur der alte Gletscher, von Rissen und Spalten durchzogen. Sie ist nicht hier.« Der ältere Junge sprach mit wachsender Ungeduld. »Wird es nicht Zeit, daß wir heimgehen?«

Irgend etwas nagte an Caspar, ein zögerlicher Vorschlag, der nicht recht zu verstehen war. Es war, als wüßte er, wo die Mutter war, als hätte man es ihm gezeigt oder gesagt, doch wäre er sich dessen damals nicht bewußt gewesen. Soviel geistige Verwirrung hatte sie umgeben.

»Ich werde es noch einmal mit dem Zweig der Edeltanne versuchen«, bot Brid an. »Vielleicht zeigt uns der Baum des Weitblicks etwas.«

»Nicht schon wieder! Muß das sein?« meinte Hal, doch Brid befand sich bereits in Trance; ihre Augäpfel rollten und wurden weiß. Angewidert wandte sich der Junge ab. »Mädchen sollten so etwas nicht tun. Es ist nicht hübsch.«

Als sich Brid wieder einigermaßen von der Droge erholt hatte, schüttelte sie den Kopf. »Nichts. Alles war überfroren und dunstig.« Ein Schauer durchfuhr das Mädchen. »Nur diese Kälte … mehr war da nicht.«

»Der Gletscher«, rief Caspar plötzlich. »Sie ist nicht am Rand, sondern irgendwo in einer der Spalten versteckt.«

»Spar, du bist albern. Man kann sich in einem Spalt nicht verstecken. Nur sterben kann man da«, erklärte Hal barsch.

»Und wenn man eine Hütte in einen Spalt baut?« schlug Caspar vor, klammerte sich an jede Hoffnung.

»Wir werden es versuchen müssen«, entschied Morrigwen.

»Selbstverständlich«, donnerte Branwolf, während er trübsinnig über den gefrorenen Fluß blickte. »Laßt die Pferde los. Wir gehen aufs Eis.«

Die kaum spürbare Wärme des Tages hatte die oberste Schicht des Gletschers doch aufgetaut und Schneematsch aus dem Eis gemacht, daher war es nicht so rutschig wie befürchtet. Der beharrliche Sonnenschein, der sich im weißen Eis spiegelte, schmerzte jedoch bald in den Augen, als sie ihre systematische Suche begannen und das Gefälle dieses Eisbergs zu Lande begutachteten.

»Dieser Ort gefällt mir nicht«, sagte Morrigwen erschauernd. »Es stinkt nach Tod, nach Vaal-Peor. Es ist wie eine riesige Kathedrale für diesen verdrehten Gott.«

Tatsächlich war jeder Spalt, in den sie vorsichtig hineinlugten, eine Grube zertrümmerter Kadaver, wo nichtsahnendes Wild ausgeglitten und ins offene Grab gestürzt war. Und wenn die Tiere nicht beim Sturz gestorben waren, hatten die glatten Eiswände ihnen ein Entkommen unmöglich gemacht, und sie waren vor Kälte verendet oder verhungert.

Als Brid ihren Hals über eine Kante reckte, um in einen

tiefen Spalt zu blicken, wollte Caspar sie schon warnen, daß sie vorsichtig sein sollte, doch dieser Rat würde sie nur verärgern. Sie würde nur erwidern, daß er ihr nicht sagen solle, was sie zu tun habe, und so schwieg er. Heiß stieg dem Jungen das Blut in die Wangen, als er sah, wie Hal die Hand der Jungfrau nahm und sie sanft und beschützend von der Kante zog.

»Wir wollen dich nicht auch noch verlieren«, sagte er grinsend.

Brid lächelte dankbar.

Mit quälender Langsamkeit schlurften sie über das Gefälle des Gletschers, bis die Sonne hinter einen kegelförmigen Gipfel glitt und sich ein grauer Schattenfinger auf das weiße Eis legte. Langsam überfror die Oberfläche, wo der Matsch vereiste, und jeder Schritt wurde gefährlicher.

»Seht euch mit Schneebrücken vor«, warnte Morrigwen und deutete auf den frischen, weißen Schnee, der dort in einem bläulichen Schatten lag. »Seht euch das an. Nichts stützt den Schnee. Es ist nur eine dünne Schicht über dem Abgrund.«

»Sie ist tot«, verkündete Caspar plötzlich voll Verzweiflung. »Ich spüre nur die Kälte, und das, was ich im Mondstein gesehen habe, war nichts als Erinnerung, die schreckliche Erinnerung an ihren Tod.«

»Komm schon.« Hal versuchte, ihn zu trösten, und fügte zur allgemeinen Verwunderung hinzu: »Jetzt sind wir so weit gekommen, da können wir die Sache auch ordentlich zu Ende bringen.«

»Gib nicht auf, Spar«, drängte das Mädchen ermutigend.

Die Greisin sagte nichts, sondern nickte nur zu den höher gelegenen Hängen des Gletschers hin, als wollte sie allen befehlen, die Suche fortzusetzen. Plötzlich zerbrach etwas in Caspar, und er konnte keine Ratschläge oder Anweisungen von irgend jemandem mehr ertragen. Er wollte nur noch allein sein und sich seiner unerträglichen Enttäuschung widmen. In den letzten Tagen war er immer sicherer geworden, daß die wunderbare Liebe der Frau im Mondstein noch lebte, doch nun war diese Hoffnung von Logik und Vernunft erstickt. Er fühlte nur noch das kalte Böse. Vielleicht hatte der eisige Haß Vaal-Peors die Kälte im Nacken von der schwarzen Berührung Cailleachs wiedererweckt. Selbst die verheilte Wunde an seinem Knöchel brannte nun wieder vor kaltem Schmerz. Er wollte den anderen entfliehen und mit seinem Leid allein sein. Er fing an zu laufen.

Er rannte so schnell wie möglich auf dem gefährlichen Hang, und die eisige Luft brannte in seinen Lungen. Während er sich so antrieb, wich der Schmerz über den Verlust dem Schmerz körperlicher Erschöpfung. Er rutschte aus und schürfte sich am Eis, doch er kam wieder auf die Beine und rannte weiter bergan, wollte den anderen so weit wie möglich entkommen. Wieder glitt er aus, fing seinen Sturz mit nackten Händen ab und riß sich dabei die Hand blutig.

Endlich blieb er stehen. Er rang die Tränen nieder und wandte sich nach den anderen weit unten um. Als er sich auf den weichen Absätzen seiner abgewetzten Stiefel umdrehte, glitt er auf dem frisch gefrorenen Schnee aus. Er merkte, wie der Fuß unter ihm ins Rutschen kam. Schreiend stürzte er ab.

KAPITEL 14

Mit dem Kopf voran rutschte er über den gefrorenen Schnee, bekam immer mehr Schwung, so daß das Eis immer schneller an seinem Gesicht vorüberglitt. Anfangs breitete er die Arme weit auf dem Gletscher aus, versuchte vergeblich, sich an irgend etwas festzuhalten, um den Sturz zu bremsen, doch die Oberfläche war spiegelglatt. Immer tiefer raste er den Eisblöcken weiter unten entgegen, die drohten, ihm den Schädel zu spalten.

Eine Unebenheit im Eis brachte ihn ins Kreiseln. Da ihm nichts anderes übrigblieb, als sich der Macht des Gletschers zu beugen, rollte er sich zusammen, legte die Arme um den Kopf, um seinen Schädel zu schützen, und betete. Diesmal kam ihm das Gebet von allein, und er flehte um die Hilfe der mütterlichen Göttin. In einem einzigen Augenblick war die lebenslange Indoktrination durch den Neuen Glauben gebannt. Von Angst getrieben, rief er instinktiv die Frau im Mondstein, die ihn im stillen zu locken schien.

Wie ein Stein auf dem Wasser sprang er über die Wellen und Dellen auf dem Gletscher, schlug hart ans feste Eis und prellte sich den ganzen Leib, Hüften, Knie und Ellbogen. Wundersamerweise blieb sein Schädel unversehrt. Eine weitere Delle im Eis warf ihn in die Luft, drehte ihn herum. Seine Arme ruderten außer Kontrolle. Diesmal landete er schief, und sein Gesicht glitt übers Eis. Er spürte, wie die Haut abgeschürft wurde, als sie über den rauhen Gletscher scharrte. Er war zu schnell, um auch nur schreien zu können. Eine weitere Unebenheit katapultierte ihn in die Luft, und er machte sich für den diamantenharten Aufprall auf dem gefrorenen Fluß bereit. Sein Magen schien über ihm zu schweben, als er für eine Sekunde schwerelos wurde, bevor er hart aufkam.

Ein kurzes Stück weit wurde der Hang eben, und er kreiselte voran. Als die weiße Fläche gerade wieder kippen wollte, prallte er an einen Eisbrocken, faltete seine Glieder darum, als hätten sie keine Knochen, und kam dort endlich zum Stillstand. Unfähig zu atmen, lag er auf einem Stück blauem, durchscheinendem Eis.

Mit schmerzhaftem Krächzen kehrte die Atemluft zurück. Seine kollabierten Lungen sogen mit einem Mal eine große Menge eiskalter Luft ein, welche die feuchte Wärme in seiner Kehle herauszureißen schien. Er fühlte sich, als wäre er innerlich und äußerlich gehäutet. Er wartete darauf, daß sich der Rest seines Körpers bemerkbar machen würde, und nach einem Augenblick begann er behutsam, seine Arme und Beine zu bewegen. Zögerlich untersuchte er die Haut in seinem Gesicht, prüfte, wieviel Haut er hinter sich gelassen hatte, auf Hunderten von Metern dünn über das Eis verteilt.

Anfangs war seine rechte Schulter taub und reagierte nicht, doch auf einmal kam wieder Leben in sie. Vorsichtig drehte er seinen Arm in alle Richtungen, dachte erleichtert, daß er zumindest nicht gebrochen war, doch er zuckte vor Schmerz und kniff die Augen fest zusammen. Er blinzelte, als rotierende schwarze und rote Formen mit blitzenden Sternen sich vor seinen Augen drehten. In dem Versuch, sich auf alles, nur nicht auf seine Schulter zu konzentrieren, betrachtete er erneut das kristalline Eis unter sich, sah anfangs nur einen verschwommenen Schleier. Von einem gelegentlichen Strahl roten Lichts abgesehen, sah er bald wieder klar in die unfaßbare Tiefe des eisigen Flusses. Er hielt seine Schulter und richtete sich auf, so daß er auf seinen Fersen ruhte, und wurde sich allmählich des schwarzen Schattens bewußt, der unter ihm lauerte.

Der verzerrte Schleier des Schattens zog sich zu einem Bild zusammen; langsam begann er zu glauben, was seine Augen ihm sagten. Die wachende Erkenntnis leerte seinen Verstand von allem anderen. Er sah ein Gesicht, das von einem Heiligenschein dunklen Haares eingefaßt war – ein Gesicht, das er erkannte – und ihn durch die undurchdringlichen Eisschichten anschrie. Plötzlich ergab alles einen Sinn, und Caspar schrie vor Entsetzen.

Er kreischte dem, was Gott hinter den grauen Wolken über ihm verbergen mochte, Flüche entgegen. Warum hatte er vorher die Reaktion des Mondsteins auf seine Berührung nie verstanden? Die Frau darin hatte ihn um seine Wärme, seine Hilfe angefleht, und nichts von beidem hatte er ihr geben können. Nun hatte er sie im Eis begraben gefunden und verstand endlich, weshalb er sie kannte. Vor Qualen fiel er auf die Knie und schlug mit seinen Fäusten ans steinharte Eis. »Mutter! Mutter!« heulte er.

Ein Instinkt, der tief in seinem Herzen lag, sehnte sich nach ihr und der Liebe und dem Schutz, der ihm in seiner ganzen Kindheit verwehrt gewesen war. Er sehnte sich nach ihrer Liebe. Er sehnte sich danach, von der Pein befreit zu sein, die er wegen ihres Verlusts empfand. All der Schmerz, der in seiner innersten Seele geeitert hatte, quoll nun in seinem Herzen auf. Fort waren alle Gedanken an die mythischen Priesterinnen, die sie als Schlüssel zu Torra Altas Rettung suchten. Er sah seine Mutter an, sein eigen Fleisch und Blut, und sein Herz barst förmlich vor untragbarer Trauer.

Ihr Gesicht war vor Qualen verzerrt. Sie war tot. Sie war allein und ohne Freunde gestorben, hier oben in der Wildnis von Vaalaka. Ihre Seele war unter dem Eis gefangen, auf ewig unfähig, eine Ruhestatt zu finden, nur die langsamen Folterqualen ihres Todes. »Meine Mutter!« schrie er, als er verzweifelt auf die Knie fiel, seinen Kopf sinken ließ, um sich seiner Trauer hinzugeben.

Seine Gefährten nahm er kaum war, als deren Hände voll Sorge seine Knochen und Muskeln abtasteten und nach Verletzungen suchten. Das verschwommene, verzerrte Gesicht, das dort im Gletscher begraben war, nahm ihn gänzlich gefangen. Sie hatte ihm ihre Liebe durch den Mondstein geschenkt, und er hatte sie nicht erkannt. Nun würde er sie nie mehr kennenlernen. Sie war tot.

»Meine Mutter! Sie ist tot!« schrie er und warf sich aufs Eis.

»Er hat sich den Kopf gestoßen«, sagte Hal hilfreich.

Und dann sahen es auch die anderen. Diese Erkenntnis brachte sie augenblicklich zum Schweigen, dann stimmte Brid einen wehklagenden Trauergesang an.

Caspar schluckte seine Tränen herunter, und sein Hals schmerzte. »Vater, sie ist tot. Im Eis begraben. Begraben in der Kathedrale Vaal-Peors.«

Branwolfs Miene war hart und weiß wie der uralte Gletscher. Er starrte an seinem Sohn vorbei die Leiche seiner Frau an. Seine geballten Fäuste lösten sich wie bei einem Sterbenden, der das Leben ziehen läßt. Er zwinkerte nicht, sondern stand ganz still, schwankte auf den Beinen, als blickte er in sich hinein und sähe eine leere Seele. Endlich zuckte ein Muskel an seinem Unterkiefer, und zornig biß er die Zähne zusammen, zornig über den Tod der Hoffnung, nachdem er nun zwölf Jahre auf ihre Rückkehr gewartet hatte. »Meine Keridwen«, flüsterte er.

»Ich dachte wirklich, sie würde noch leben ...«, sagte Morrigwen, während die Tränen ungehindert über ihre Wangen rollten, stille Tränen der Trauer. Mit krummen Fingern zerrte die gebrochene Alte an ihrem Haar, riß mit krummen Fingern weiße, struppige Büschel heraus und weinte dabei, ohne zu schluchzen. »Wir müssen sie nach Hause bringen«, sagte sie. »Ich kann mein Pflegekind nicht in dieser gottverlassenen Ecke der Welt zurücklassen, wo die Wärme von Mutter Natur nicht …«

Barsch unterbrach Hal. »Sie liegt unter festem Eis. Wir würden an Unterkühlung sterben, bevor wir sie herausbekommen haben.«

»Laß uns allein«, schäumte Morrigwen. »Vielleicht ist sie nicht mein eigen Fleisch und Blut, aber in meinem Herzen ist sie meine Tochter. Du dringst in meine Trauer ein. Du Junge, du verstehst nichts.«

Beschämt wich Hal vor dem Zorn der Greisin zurück. »Es tut mir leid, ich habe nicht nachgedacht.«

Caspars bebende Stimme schloß sich der Greisin an. »Wir müssen sie heimbringen und ein Monument für sie errichten, zu ihrem Gedenken. Wir müssen etwas tun. Vater? Wie bekommen wir sie dort heraus?«

Branwolf war von bitterem Schweigen verschlossen, starrte seine Frau in ihrer Todesqual an. Er holte tief Luft und sah zu Caspar auf. Seine Miene wurde weicher, doch er fand keine Worte.

Hal schämte sich derart für sein mangelndes Taktgefühl, daß er als erster einen praktischen Versuch unternahm, indem er die vaalakische Axt über seinen Kopf erhob und mit der Klinge auf das Eis eindrosch. Ein Netz aus Splittern breitete sich auf dem Eis aus und überzog die Oberfläche, doch die Klinge wurde abgeschmettert und erschütterte Hals Arm. Angewidert ruckte er die Waffe in dem kleinen Spalt im Eis hin und her, starrte die schattigen Umrisse der Frau an, die auf Armeslänge unter der Oberfläche begraben lag. »Es ist hoffnungslos. Wenn die Axt dem Eis nichts anhaben kann, können wir nichts tun.«

Müde seufzte Morrigwen. »Es wird mehr als nur brutale

Gewalt nötig sein, wenn Vaal-Peor seine Beute preisgeben soll. Wir werden sie hier herausholen und ihr den angemessenen Respekt zukommen lassen. Wir müssen ihre Seele befreien. Das allein ist übrig. Alles andere ist an den grausamen Vaal-Peor verloren.«

Sie schloß die Augen. Als sie diese einen Moment später wieder aufschlug, hatte sie ihre Seele in den Umhang ihrer Berufung gehüllt. Sie war nicht länger eine alte Frau, sondern eine furchtlose und entschlossene Hohepriesterin, ergebene Dienerin der Großen Göttin. Sie hatte keinerlei Gefühle mehr, verbot sich derartigen Luxus. Härte bildete sich in ihren Augen, entfernte sie von allen anderen Lebewesen. »Ich muß nur einen Augenblick nachdenken.« Morrigwens Stimme klang ruhig und gezähmt. »Brid, du reinigst dem Jungen das Gesicht und legst einen Umhang um ihn, damit er warm bleibt. Die Sonne geht unter.«

Caspar bemerkte die sanfte Berührung der Jungfrau kaum, als diese das verschmierte Blut abwischte. Ohne etwas anderes wahrzunehmen, betrachtete er voller Trauer den Schatten im Eis. Ein fester Knoten schien sich um sein Herz zu schließen, quetschte alles Gefühl heraus. Quälende Leere nagte an seinem Innersten. Wieder hat sie mich verlassen. Brids Finger fuhren an seinem Schlüsselbein entlang. Nervenzerfetzender Schmerz schoß an seinem Arm hinauf, durch seine Schulter in den Nacken, und riß den Jungen wieder in seine Umgebung zurück.

»Es ist nicht gebrochen«, teilte sie dem Jungen mit. »Nur eine ordentliche Prellung.« Ihre Stimme war ruhig und distanziert wie die der Greisin. Sie war kein Mädchen mehr, sondern eine Verkörperung ihrer Göttin.

Caspar schöpfte Kraft aus ihrer kalten, stählernen Verweigerung von Emotionen. Tief atmete er die eiskalte Luft ein und sperrte seinen Schmerz aus. »Ich weiß, ich werde es überleben«, sagte er nüchtern. Sein Blick suchte die einsame Trauer seines Vaters.

»Hal, hol mir diese große Drachenklaue«, forderte Morrigwen plötzlich. »Vielleicht weicht die Kälte des Gletschers vor deren Gewalt zurück.«

Als Hal mit der Satteltasche der Greisin wiederkam, streckte sich sein Schatten wie eine lange Nadel über den Gletscher, als die letzten Sonnenstrahlen vor der gefrorenen Welt flohen. Morrigwen befahl ihm, die hauerähnliche Klaue zu nehmen und damit auf das Eis einzuschlagen. Sie war bitterlich enttäuscht, als die Oberfläche des Gletschers gänzlich unberührt blieb, und murmelte einen Moment lang vor sich hin. »Mir fehlt etwas ... der Gletscher, Eis, gefrorenes Wasser ... Wasser. Natürlich, wir müssen es mit dem Element des Feuers ausgleichen. Sehen wir mal, wieviele Elemente des Feuers wir hier haben. Drachenklaue, Mondstein, Salamander, Schwert ...« Dann schwieg sie wieder und machte sich an ihrer Satteltasche zu schaffen. »Brid«, befahl sie barsch, »halte das Licht des Druidenauges über mich. Es ist zu dunkel, ich kann nichts sehen.«

»Was ist das für ein Hokuspokus?« wollte Hal wissen. »Wenn die Axt das Eis nicht zerschlagen kann, dann wüßte ich nicht, was es sonst schaffen sollte.«

»Du irrst dich«, fuhr Morrigwen ihn an. »Die Axt ist ein Gegenstand des Feindes und daher dem Dienst des Eisgottes gewidmet. Feuer ist das gegenteilige Element. Um dem Eis entgegenwirken zu können, brauchen wir so viele Gegenstände mit den Eigenschaften des Feuers, wie wir finden können. Alles ganz logisch und simpel. Und was nun? Brid, denk nach, Mädchen. Ich will, daß Keridwen in Frieden ruht.« Kurz zuckte ein Anflug von Gefühl über die beherrschte Miene der Greisin, und sie schürzte zornig ihre Oberlippen, aus Wut über die ganze Welt.

»Blut«, brach es aus der Jungfrau hervor, mit Blick auf Caspars aufgeschürfte Wangen. Sie sah sich um, suchte ihre Habseligkeiten, da fiel ihr Blick auf den älteren Jungen. »Und Hal natürlich. Feuer regiert sein Wesen.«

»Was redest du?« Der Junge klang bestürzt und ärgerlich.

»Feuer ist ein männliches Element, also beherrscht es dich, jedoch nicht mich oder Brid. Dein hitziges Wesen bedeutet, daß du mehr unter seinem Einfluß stehst als Caspar, den die fließenderen, empfindlicheren Elemente beherrschen. Und obwohl auch der große Baron viel Feuer in seinem Wesen hat, besitzt er doch auch die unterschwellige Festigkeit der Erde.« Sie sah zu den dunklen Umrissen des Barons hinüber, der abseits der anderen auf dem Eis kniete und mit seiner Trauer allein sein wollte. »Außerdem«, so wandte sich Brid wieder Hal zu, »bist du in einem Feuermonat geboren, dem Monat des Weißdorns. Ostara hieß er im alten Kalender, April nennen sie ihn im neuen Kalender. Es bedeutet, daß wie beim Widder das Element des Feuers in deinen Adern äußerst ausgeprägt ist.«

»Was soll ich deiner Ansicht nach tun?« Hal stand aufrecht und sah mit sich zufrieden aus. Er freute sich, daß man ihm das männliche Element des Feuers zuschrieb, dennoch ließ er einen unsicheren Seitenblick auf den eisigen Schatten im Gletscher gleiten.

»Wenn die Zeit gekommen ist.« Morrigwens Augen waren rot vor Tränen und befahlen den Jungen, aus dem Weg zu gehen und zu warten. »Nun gib mir das Schwert.« Sie streckte eine Hand nach dem Heft aus.

Die Greisin kratzte eine Linie ins Eis, beschrieb einen Kreis um Keridwens dunkle Gestalt. Dann schnitzte sie ein Wappen in die Mitte, direkt über Keridwens reglosem Herzen. Danach ritzte sie das gleiche Zeichen an vier Stellen um den Kreis ein, jeweils in die Himmelsrichtungen.

»Ich schreibe Kanos Rune, die Rune des Feuers. Große Mutter, höre deine Tochter«, begann Morrigwen zu singen. Als sie mit ihrer Beschwörung fortfuhr, schien sie zu wachsen, bis sie riesenhaft und mächtig wirkte, wie eine eindrucksvolle Kaiserin an der Spitze ihrer Legionen. »Dieses sind die Runen des Feuers. Wir bieten das Druidenauge, dessen Herz aus Feuer ist. Wir bieten den Salamander, dessen Gedanken und Liebe dem Feuer gelten. Wir bieten das alte Breitschwert, welches im Feuer geschmiedet wurde. Wir bieten unser Blut.« An dieser Stelle nahm sie das Schwert, schnitt sich in den Unterarm und ließ das Blut aus der Wunde aufs Eis tropfen. Auch Brid streckte ihren Arm aus und ließ sich, ohne zurückzuzucken, von Morrigwen ins Fleisch schneiden. »Wir bieten Blut, das Feuer in unseren Adern. Und wir bieten Hal, im Monat des Feuers geboren. Hilf uns, den Riegel des Eises, der unsere Schwester gefangenhält, zu brechen. Dieses sind die Runen des Feuers, lasse sie unsere Feinde verbrennen. Lasse sie brennen.«

Brid und Morrigwen traten aus dem Kreis und ließen Hal verdutzt allein in der Mitte zurück.

»Was soll ich denn tun?« fragte er und wirkte besorgt.

»Auf ein Zeichen der Göttin warten«, erklärte die Greisin.

Als er seinen Onkel ansah, der dort mit dem Schwert im Eis stocherte, erinnerte sich Caspar plötzlich an die Trance, die der Mondstein ausgelöst hatte, als es sich so angefühlt hatte, als sei er im Eis gefangen. In seinem Alptraum hatte Hal ihn befreit, indem er mit dem Schwert auf das Eis eingeschlagen hatte. »Hal, nimm das Schwert und stoß es ihr direkt ins Herz.«

Er hob das Schwert wie einen Opferdolch und stieß es direkt in den Kreis. Er hieb auf die Rune des Feuers ein und schlug sich das Heft des Schwertes ans Kinn, als die Klinge das Eis nicht durchdringen konnte. Wütend fuhr sein Blick herum. Der rote Feuerdrache richtete seine Halskrause auf, wie ein knurrender Hund es mit seinen Nackenhaaren tut, und zischte aus dem klaffenden Maul.

»Selbstverständlich kann das Schwert das Eis nicht brechen. Ihm fehlt das Gewicht, du Narr.« Offenbar schmerzte seine Lippe und schürte die Glut seines Zorns.

»Hilf ihm, es zu lenken«, murmelte Morrigwen Caspar zu, doch der Junge brauchte einige Sekunden, bis er wußte, was die Hohepriesterin meinte.

»Hal, hör mir zu«, flehte der kleinere Junge. »Glaub an das Schwert und lenke dein wildes, hitziges Wesen gegen das Eis, nicht gegen mich.« Caspars Verständnis des sprunghaften Wesens seines Onkels ging so weit, daß er wußte, wie schnell der Junge mit dem rabenschwarzen Haar ohne Schwierigkeit von einem Zielobjekt zum nächsten wechseln konnte. Es überraschte ihn nicht, als sich Hals bohrender Blick erweichte und dann mit verstärktem Haß gegen das Eis richtete. Seine Miene wandelte sich von finsterer Entschlossenheit zu purer Aggression, und mit dem wilden Heulen seines Schlachtrufs hackte er aufs Eis ein.

Hal sank auf die Knie, beugte sich über das Heft des Schwertes. Zwei Fuß der Klinge bohrten sich in den Gletscher.

»Es war, als hätte ich die Waffe in ein Wasserbecken gestoßen«, versuchte er es zu erklären, als er mit benebelter Miene am Schwert entlang sah. Der Gletscher war unbeschädigt, bis auf die Stelle, an der die Klinge in das Eis gedrungen war.

Brid trat aus der Dunkelheit in den Kreis, der vom fahlen Licht des Mondsteins beleuchtet wurde. Sie legte ihre Hand auf das Heft des Schwertes. In dem Augenblick, in dem sie das Metall berührte, tanzten ihre grünen Augen wie funkelnde Lichter, als Tränen der Freude und Erleichterung aufstiegen. »Sie lebt!« Ihre Worte waren wie die Schönheit eines Regenbogens in einem schwarzen Sturm. Es lag eine solche Überzeugung, eine solche Ruhe in ihrer Stimme, daß sich alle Blicke auf sie richteten. Alle Wahrnehmung war einzig mit dem Gefühl von Hoffnung erfüllt. »Sie lebt«, sagte Brid erneut mit Staunen in der Stimme. »Ich kann spüren, wie ihre Lebenskraft durch die Klinge pulsiert. Erbärmlich schwach, doch sie ist da. Die Große Mutter lebt!« Brid breitete die Arme aus und warf ihren Kopf in den Nacken, daß ihr die weichen Locken bis auf die Hüften fielen. Dankbar lachte sie zum Himmel auf.

Branwolf war wie elektrisiert. Er griff nach der vaalakischen Axt, schritt entschlossen in den Kreis aus bleichem Licht und begann, auf das unbeugsame Eis einzuhacken. Als es ihm nicht gelingen wollte, versuchte er, das Schwert herauszuziehen, damit er es erneut ins Eis bohren konnte, doch der Gletscher wollte es nicht freigeben. Es klemmte zwischen Millionen Tonnen von Eis, und er konnte es nicht bewegen. Mitleiderregend sah er auf.

Caspar wußte nicht, wie er den Schmerz seines Vaters lindern konnte. Anfangs hatten ihn Brids Worte der Hoffnung mit unbeschreiblicher Freude erfüllt, doch dann traf ihn die entsetzliche Erkenntnis. Sie lebt: Der Alptraum im Mondstein ist real. In jeder Sekunde erleidet sie den Schmerz des nahenden Todes. Eiskristalle schneiden wie Scherben aus Metall durch ihre Adern, durchbohren ihre Nerven, zerreißen sie von innen ... Zwölf Jahre lang hat sie in ständiger Folter verbracht. Es war mehr, als er ertragen konnte. Caspar weinte.

Als er sah, wie sein Sohn sich quälte, kam Branwolf endlich zu sich und trat aus dem Kreis, um ihn zu trösten. Sanft sprach Morrigwen zu beiden. »Es ist keine physische Macht, die sie im Eis gefangen hält, sondern das Werk eines

Gottes. Ihr werdet diesen Bann nicht mit bloßen Händen brechen. Aber unsere Zauberkraft ist groß, und wir werden sie retten. Nun tretet zurück, und laßt mich meine Arbeit tun.« Ihre Worte waren freundlich und zuversichtlich. »Vertraut mir. Hier, an diesem Zusammenfluß der Energien, ist unsere Hoffnung groß. Die Göttin ist nicht bezwungen. Solange es noch Leben gibt ...«

Gibt es Hoffnung, dachte Caspar. Er holte tief Luft und zog seinen Vater in die kalte Nacht hinaus, damit die Priesterinnen ihre Arbeit tun konnten. Branwolf stand dort neben ihm, und sie hielten einander fest.

Beide Priesterinnen, eine in Grün, eine in Blau, berührten das Heft des Schwertes, schlossen die Augen und konzentrierten sich. »Große Göttin, hilf uns, die Mutter aus dem Eisgrab zu befreien. Durch die Rune des Karo, des Feuergeistes, befreie sie.« Konzentration und Mühe waren an ihren gespannten Muskeln zu erkennen, die vor Anstrengung zitterten. Doch sie mußten sich beide geschlagen geben.

»Sie ist nicht stark genug«, sagte Morrigwen leise. »Ohne die Kraft von uns allen dreien können wir die Große Göttin nicht rufen. Nur die Kraft der Dreieinigkeit kann die heilige Macht der Mutter lenken.«

Caspar erinnerte sich an den schrecklichen Nebel voller Schlangen in Cailleachs Wald und daran, wie der grüne Dämon gespottet hatte: »Zwei sind nicht genug!«

Wie von derselben Kraft bewegt, wandten sich Brid und Morrigwen beide zu ihm um. »Bisher hat nur Spar sie durch den Mondstein erreichen können. Sie ist die Mutter. Das stärkste Band auf dieser Welt verbindet sie mit ihrem Kind. Nur du kannst ihr helfen, Spar.«

Urplötzlich wurde alles klar. Caspar erinnerte sich an die schreckliche Hitze des Drachenblutes, das in Brids Adern gekocht hatte. Zwölf lange Jahre hatte diese Hitze durch den

Mondstein Keridwen am Leben erhalten. Er erinnerte sich daran, wie die schreckliche Kälte seine eigene Wärme aus ihm gesogen hatte, sein eigenes Leben sie genährt, am Leben erhalten hatte. Nun sah er den Mondstein an, dann den hellroten Salamander, der seinen Fuß wachsam gegen die weiße Kugel drückte. Und jetzt ist es der Feuerdrache, der sie bei uns hält.

»Komm, mein Junge«, befahl Morrigwen. »Leg deine Hand ans Heft des Schwertes und gib ihr deine Kraft. Gib deiner Mutter deine Kraft.«

Willig trat Caspar vor, um das Opfer zu bringen. Ohne zu zögern hielt er den Griff fest, doch er war auf den Schock, der jetzt sein Herz durchbohrte, nicht vorbereitet.

Er kannte die Stimme, erinnerte sich unbewußt an sie aus den frühesten Jahren seiner Kindheit, weich und klar mit dem singenden Tonfall der Berge, doch mit tieferer, sanfter Ruhe. »Ich werde dir nicht schaden, Spar, mein Kind. Ich nehme nur, was ich brauche, und es soll dir nicht weh tun.«

Caspars Arm spannte sich wie ein starrer, zerbrechlicher Knochen, und er biß die Zähne gegen den Schmerz zusammen. Die gesunde, rosige Farbe seiner Haut wurde zu kränklichem Eisweiß, dann zum Blau des Todes. Er schloß die Augen vor Schmerz, wollte noch mehr geben, pumpte mit aller Kraft Hitze aus seinem Leib, die er auf die schwache Wärme seiner Mutter konzentrierte. Plötzlich wurde er zurückgestoßen, und er taumelte rückwärts, von der Anstrengung geschwächt.

Brid und Morrigwen legten ihre Handflächen wiederum auf das geschmiedete Heft, bedeckten mit den Fingern den großen Rubin, um den die beiden Drachen in ewigem Kampf stritten. Ihre Gesichter verzerrten sich vor Schmerz. Caspar bemerkte, wie sie losließen und ihn ansahen. »Es reicht nicht, Junge, du mußt ihr mehr geben.«

Tapfer hielt er sich mit seiner tauben Faust am Heft fest, nahm seine andere Hand zu Hilfe, um die Finger zu schließen.

»Nein, Spar, du darfst nicht mehr geben.« Er hörte seine Mutter leise, ganz leise flüstern. Noch immer hielt er fest und sah die beiden Priesterinnen kopfschüttelnd an, um anzudeuten, daß er gescheitert war. Sie traten vor und schlossen ihre Fäuste um die seinen.

»Keridwen, du mußt mehr von ihm nehmen. Du mußt es tun, um uns alle zu retten.«

»Ich will meinem Sohn nicht schaden.« Die Worte klangen endgültig, und weder Brid noch Morrigwen konnten mit der Kraft dieser Gefühle streiten. »Vaal-Peor kann die ganze Erde nehmen, aber ich werde meinem Sohn nicht schaden.«

»Wir müssen eine andere Macht finden«, flüsterte Brid.

»Uns bleibt keine Zeit«, schrie Morrigwen die kristalline Oberfläche des Gletschers an. »Schon jetzt marschieren Vaal-Peors Mächte gegen Torra Alta. Wir brauchen dich jetzt. Sonst ist alles verloren.«

Caspar hielt seine Hände fest am Heft des Schwertes und fühlte, wie die Stimme seiner Mutter durch das Metall bebte. »Du mußt das Druiden-Ei finden. In seiner Schale sind alle Geheimnisse des alten Wissens eingesperrt, alle Worte von Hexerei, Zauberkräften und Magie. Das Ei enthält die Saat der Macht, und seine Kraft wird den Gletscher spalten.«

Verzweifelt rief Morrigwen nach ihr. »Wir sind verloren, bevor wir das Ei finden. Seit Tausenden von Jahren wird es versteckt gehalten. Wir haben keine Zeit, es zu suchen.«

»Wir müssen um Zeit beten«, antwortete Keridwen bestimmt.

Morrigwen warf ihren silbrigen Kopf zurück und sah zum schwarzen Himmel auf. Weit und breit war vom Mondlicht nichts zu sehen. »Wir müssen um Kraft beten!«

Ein Blitz fuhr über den sternenlosen Himmel. Weiße Gesichter sprangen aus der erschreckten Nacht. Mit dem bebenden Zorn kriegführender Götter schlug grollender Donner an die Gipfel und erschütterte den vaalakischen Gletscher bis ins Mark. Das Eis zischte und knackte; beißender, sengender Gestank erstickte die Luft.

Die Greisin suchte in den Blicken ihrer Gefährten. Die geheimnisvolle Kraft in der krummen, alten Frau überstieg selbst das massive Alter und die Macht der Gletscher um sie herum. Die Lebenskraft selbst schien aus ihren Pupillen zu brennen. Sie schäumte. Sie sprach in Rätseln und Zaubersprüchen. Sie nahm ihre Hände von Caspar und kroch am Boden herum, ritzte unzählige Runen in den Gletscher. Sie hieß die anderen schweigen. »Wir warten auf den Sonnengott selbst, und darauf, daß das erste Morgenlicht den Zauber segnet.«

Gezackte Blitze spalteten das Firmament, teilten den schwarzen Himmel mit grellweißer Energie, die ihre Worte verstärkte. Schließlich erschütterte ein Donnerschlag die Erde, doch das Eis hielt noch immer seine kalten Kiefer um den Leib der Mutter Keridwen geschlossen. Sie warteten in der schwarzen Stille der Nacht, lebten durch die elektrische Kraft der Zaubersprüche, die um sie gewoben wurden und deren Energie auf der Spiegeloberfläche des eisigen Flusses funkelte.

Endlich glitt das gespenstische Licht der nördlichen Dämmerung zwischen den Zähnen des Berges im Osten hindurch und schlich auf Zehenspitzen über die kristalline Fläche des Gletschers. Das perlweiße Licht erwärmte sich zur Röte eines reifen Pfirsichs, als die Sonne den Erdboden streichelte, ihn mit der Hoffnung segnete und dem Versprechen auf Leben und einen neuen Anfang. Stück für Stück kroch die Sonne am dunstigen Himmel hinauf, und wahllos wurden ihre

Strahlen von den Eissplittern und Eiszapfen, die wie Dolche von den überhängenden Felsen hingen, zerstreut. Stück für Stück kroch der große Sonnengott von Osten heran, breitete seinen warmen Umhang aus, um die Torra Altaner zu umfangen, und schließlich berührte er das Heft des Schwertes.

»Endlich!« rief Morrigwen. »Der Bann ist geschmiedet.«

Alle Hände wichen vom Griff des Schwertes zurück, und Hal trat vor, als hätte man ihn darum gebeten. Er stellte sich breitbeinig hin und suchte die Blicke jedes einzelnen um ihn herum, sammelte ihre Kraft. Dann riß er das Schwert aus dem Eis.

Es fing das Sonnenlicht, blitzte goldene Strahlen über das eisgraue Tal. Mit großen Augen ließ er das Schwert langsam sinken. Wo gestern noch die mittlere Furche in der breiten Klinge makellos glatt gewesen war, sah man jetzt ein grobes Muster heidnischer Runen ins harte Metall geätzt.

Morrigwen fuhr mit ihren knorrigen Fingern über die geheimnisvollen Symbole, las sie. Sie hob die fleckig blauen Augen ihrem Herrn entgegen, Baron Branwolf von Torra Alta. »Es sind die Runen des Krieges. Ihr werdet sie in Torra Altas Herzstein schlagen, und sie werden die Festung vor den Verwüstungen durch Morbaks mächtige Armee schützen. Schnitzt diese Runen ins Herz der alten Festung, und Ihr werdet den Angriff der landhungrigen Vaalaker abwehren, deren Vorhut schon an den Grenzen Eurer Länder steht. Doch da die Herren über das fette und hübsche Land von Belbidia die Große Mutter verraten haben, verleiht sie uns die Kraft nur für den Verlauf dreier Jahreszeiten. Die Runen des Krieges werden unerschütterlich in Torra Altas Herzstein wachen, bis der Regen des kommenden Frühlings ihre Gestalt auswäscht und die Konturen trübt. Die Bergwinde und unachtsame Füße werden den Basalt glätten. Zu diesem

Zeitpunkt wird der Zauber der Runen allmählich nachlassen, und wie der Staub unserer Leichen wird ihre Kraft wieder an die Göttin fallen. Sie gewährt uns die Gnade dreier Jahreszeiten, damit wir unsere Treulosigkeit wiedergutmachen und den großen Talisman der Macht finden können, der Keridwen aus den Fängen Vaal-Peors befreit. Für sie müssen wir diesen Talisman von immenser todbringender Macht finden. Falls es uns nicht gelingt, sind wir Morbak und seinen schlachtenden Horden ausgeliefert. Und Keridwen wird sterben.«

Die Jungfrau stieß die knochige Hand Morrigwens, der Greisin des Todes, vom Heft des Schwertes fort und betastete sorgsam den Rubin, der zwischen den Klauen der geschmiedeten Drachen lag.

»Deine Sichel«, forderte sie.

Mit Geschick löste sie den Stein aus dem Griff der Drachen und hielt ihn ins Licht, so daß die Sonne blutrot durch dessen Herz schien. »Seht doch«, rief sie staunend. »Die Rune der Mutter. Sie hat uns ihren Segen gegeben.« Caspar blickte ins Herz des Steins und sah einen dreigeteilten Kreis.

»Die Rune der Mutter.« Branwolf streckte eine Hand aus, um nach dem Stein zu greifen. »Ich werde ihn mitten in Torra Altas Herzstein setzen, damit er den Segen an mein Volk weitergeben kann. Er wird der Welt zeigen, daß ich mein Volk zurück zum Alten Glauben führen und den Glauben an die Große Mutter in meinen Ländern wiederherstellen will.«

Dunkler Schrecken umwölkte Hals Miene.

Caspar wandte sich um und legte seine Hand aufs Eis über dem Herzen seiner Mutter. »Wir kommen wieder, Mutter, wir kommen mit dem Druiden-Ei.«

Branwolf fügte seinen Eid hinzu. »Wir werden diesen heidnischen Talisman der Macht finden und dich holen, meine Keridwen. Mit den Runen des Krieges werde ich unsere

Feinde abwehren, bis wir das Druiden-Ei in Händen halten, um dich damit zu befreien.«

Im Licht des neuen Tages lag die öde Ebene der Drachenwüste vor ihnen, und Branwolf richtete sich auf. »Wir kehren heim, um unsere Burg zu verteidigen.« Verwundert strich sein Blick über das helle Schwert, in das die Macht der Kriegsrunen geätzt war.

Vorher jedoch, so sagte er zu sich, ist dort eine Familie mitten im Keilerwald mit einer kleinen, süßen Tochter. Ich muß ihnen schlechte Nachricht überbringen.

Caspar dachte nur an den Schmerz seiner Mutter, die dort im Eis begraben lag. Sein Herz strebte ihr entgegen und würde dort eingefroren bleiben, bis sie daraus befreit war.

DAS RUNENALPHABET

A	ᚨ
B	ᛒ
C	ᚴ
D	ᛞ
E	ᛖ
F	ᚠ
G	ᚷ
H	ᚻ
I	ᛁ
J	ᛁ
K	ᚴ
L	ᛚ
M	ᛗ
N	ᚾ
O	ᚩ

P	ᛈ
Q	
R	ᚱ
S	ᛊ
T	ᛏ
U	ᚢ
V	ᚢ
W	ᚹ
X	ᛉ
Y	ᚣ
Z	ᛦ
Th	ᚦ
Ea	ᛠ
Ng	ᛝ
St	ᛥ

EXCALIBUR – zeitlose Klassiker mit den besten Romanen der modernen Fantasy vereint.

(70102)

(70103)

(70104)

(70106)

(70107)

(70147)